KB212920

한국어, 우리말 우리글 ②

우리말 바로쓰기

심재기 저

책머리에

세월이 참 빠릅니다. 어느새 21세기도 10년 세월이 흘렀고 저는 7순을 훌쩍 넘겼습니다. 옛날 어른들이 세월을 일러 전광석화電光石火라 하신 말씀을 실감하게 됩니다.

저는 1960년에 대학을 졸업하고 곧바로 국어선생이 되어 지금까지 우리말 우리글을 가르친다고 하였으니 70년의 생애에서 꼭 반백 년을 우리말에 묻혀 살아 온 셈입니다. 돌이켜 보면 참으로 황홀하고 아름다운 세월이었고 또 한편 송구하고 고마운 세월이었습니다.

가르친다는 것은 곧 배우는 것이라는 마음으로 한국어의 아름다움을 말하며 살았으니 세월이 황홀하고 아름다웠다 할 수 있겠고 특별한 재주가 없었건만 지난 세월 내내 하늘이 저를 국어선생으로 보호하고 감싸 주었으니 이 또한 송구하고 고마운 세월이라 할 것입니다.

그동안 저는 강의에서 미진했던 이야기를 어설픈 대로 몇 권 책으로 묶어 낸 일이 있었습니다.

그 모두가 20세기 마지막 20년인 1990년 전 후의 일입니다. 오늘에 와서 보면 2, 30년이 지난 옛날입니다. 그러므로 이 이야기는 어쩌면 시효를 잃은 낡은 이야기일 지도 모릅니다.

그런데 어느 날 제이앤씨의 윤석원 사장님이 저를 찾아오셔서 그 옛날 책이 아직도 유효하다는 말씀을 하시며 한 뭉치로 묶어 보자고 하셨습니다. 저는 부끄럽지만 용기를 냈습니다. 한국 사람과 한국말이 이 인류의 역사 안에서 정말로 의미 있는 존재라면 그리고 그러한 사실을 우리가 굳게 믿고 있다면 저의 이 다섯 권 책은 우리말과 글을 사랑하는 사람들에게 작으나마 위로와 도움이 되지나 않을까 하는 외람된 생각을 한 것입니다.

지난 50년 간 제 생각이 한결같은 것은 아니었습니다. 우리말과 글이 우리 민족과 함께 새로운 인류 문화에 한 줄기 빛이 되리라는 믿음에는 변함이 없었지만 우리말과 글을 어떻게 지키고 가꾸어야 하느냐 하는 세부항목에서는 다소간 변화가 있었습니다.

저는 한자漢字 없는 우리나라의 언어문자 생활을 생각한 적이 잠시 있었습니다. 그러나 그것은 우리 역사에서 2천 년 과거의 정신문화 재산을 빼버리는 결과가 된다는 것을 깨달았습니다.

그래서 저는 한자를 줄여 쓰는 방법을 끊임없이 연구하며 새로운 언어문자 생활을 모색할 수는 있으나 한자를 완전히 없앤다는 것은 안 된다는 결론에 이르렀습니다. 이러한 제 생각이 이 다섯 권 책에 드믄 드믄 드러나 있습니다.

이제 저는 이 책을 한국과 한국어를 사랑하는 모든 사람들에게 바칩니다. 특별히 한국 사람들에게 바칩니다.

이 책을 읽으시는 분들은 저와 함께 이 세상에 한국 사람으로 태어나 우리말과 우리글의 아름다움에 감탄하며 사랑과 긍지를 가지고 한 세상 살다 가는 것을 한 없이 감사하십시다.

2008년 6월 20일.
지은이 심재기 씀.

차례

2장 지성인의 국어 인식 · 179

1장

민족문화의 꽃, 우리말 우리글

민족문화의 꽃, 우리말 우리글

한글 창제의 민족문화사적 의미
남북한 언어 차이 어떻게 볼 것인가?
우리 민족언어의 어제 · 오늘 · 내일
우리말을 아름답게, 우리글을 정확하게
어문語文 질서秩序의 과거와 현재
우리말 어휘는 풍부한가?
한글전용專用의 부당성不當性
교양국어教養國語 교육教育의 현재와 미래
우리말 바로쓰기 12제題

한글 창제의 민족문화사적 의미

이 글은 1995년 4월 15일 토론토대학에서 개최한 한글학교 교사 대상 세미나에서 발표된 강의 내용을 추가 보충해서 정리한 것입니다. 이 강의는 우리글을 가르치고 보급하는 한글학교 관계자뿐 아니라 일반 교민들에게도 좋은 교육 자료가 될 것으로 보여 본보는 수회에 걸쳐 논문을 연재할 계획입니다 (토론토판 『한국일보』, 편집자주).

1. 머리말

우리 민족이 세상에서 비교적 똑똑한 민족이요, 또 오랜 역사적 전통과 아름다운 유산을 지닌 민족이라는 것을 우리들은 믿고 있다. 이 믿음은 이른바 민족적 긍지를 갖게 하여 이 세상 어디에 살든지 우리가 한국사람 이라는 것과 한국말을 사용한다는 것을 자랑으로 생각하게 한다. 더구나 이 믿음은 한국말을 적기 위한 '한글'이라는 문자가 있음으로 하여 더욱 분명하고 움직일 수 없는 확신으로 굳어진다. 그것은 '한글'이 이 세상에서 가장 훌륭한 문자라고 온 세상 사람들이 입을 모아 말하기 때문이기도 하다.

그러면 한글은 정말로 이 세상에 존재하는 어떤 문자보다도 훌륭한 문자인가? 훌륭한 문자의 조건이 무엇이기에 한글을 훌륭한 문자라고 하는가? 또 훌륭한 문자만 있으면 그 민족이 우수한 민족이고 또 문화민족이라고 자랑할 수 있는가? 한 걸음 물러서서 '한글'이 훌륭한 문자라고 한다면 그것은 어떻게, 그리고 어떤 과정을 거쳐서 만들어진 것인가? 그리고 그러한 한글이 우리 민족의 미래에 어떤 의미를 갖는 것인가?

이 글은 이러한 문제를 살펴보고자 한다. 필자는 이러한 문제를 이 짧은 글에서 만족할 만한 정도로 자세하고도 완벽하게 표현할 수는 없다. 그러나 민족적 긍지를 지니고 사는 데 도움이 될 만큼의 지식을 정리하도록 힘쓰고자 한다. 부잣집 아들이 자기가 얼마나 많은 재산이 있는지조차 모르고 산다면, 그리고 가난하고 궁상맞게 산다면 그것은 얼마나 불행한 일이겠는가? 그래서 필자는 우리 민족이 문화적으로 너무나도 풍요롭고 넉넉한 집안의 자손이라는 것을 이 글에서 확실하게 해 두고 싶다.

이 글을 읽는 분들도 틀림없이 필자의 이러한 소망에 깊은 이해와 사랑을 보내 주시며 공감하시리라 믿는다.

그러면 이제부터 한글 창제에 관한 우리의 생각을 정리해 보기로 하자. 이 문제를 풀기 위해서는 거쳐야 할 커다란 하나의 관문이 있다.

그 관문은 '한글'이 이 세상에 나오기까지 우리 조상들이 어떤 문자를 썼는지를 살펴보는 일이다. 이 세상에 어떤 사건이건 그 사건이 열매를 맺기 위해서는 그러한 결과를 낳게 한 필연적인 사건들이 그 앞에 있었음을 알아야 하기 때문이다. 그래서 처음에는 한자를 빌어서 우리말을 적던 시대, 즉 한자 차용 표기 시대漢字借用表記時代의 문자생활을 간략하게 훑어보고, 그 다음으로 한글 창제 당대의 세상 형편을 살핀 다음 한글 문자의 효용 범위, 문자 체제상의 특징, 그리고 한글 창제가 감추고 있는 창제자들의 이상이 무엇인가 하는 문제들을 점검하기로 하겠다.

이러한 이야기는 궁극적으로 한국 문화의 특징이 무엇인가 하는 문제를 건드리게 되는데, 이것 역시 한국 문화를 총체적으로 다룰 수는 없는 것이므로 한글 창제와 관련된 범위 안에서 우리 문화의 특성을 이해하면서 한국어의 미래가 한국 민족의 미래에 어떤 함수 관계가 있는가를 이야기하는 것으로 이 글이 마무리될 것이다.

2. 한글 창제 이전의 문자 생활

우리 조상들은 한자漢字를 받아들이면서 비로소 문자 생활을 시작하였다. 우리 민족이 언제부터 한자를 사용했느냐를 정확하게 밝힐 수는 없으나 한사군漢四郡의 일부가 한반도에 있었다는 역사적 사실을 상기한다면 서력 기원을 전후한 시기부터 우리 조상들은 중국인들과 이웃하여 살면서 그들이 일찍부터 사용하고 있던 한자를 사용했던 것으로 짐작된다.

근자에 어떤 학자는 한자가 모두 중국인 조상들이 만든 것이 아니요, 우리 조상인 동이족東夷族도 한자를 만드는 데 한몫을 했다고 주장하고 있다. 그러나 우리는 지금 아득한 옛날의 그런 문제까지 검토할 시간적 여유가 없다. 한자가 예나 지금이나 동양 여러 민족의 공통문자였다는 사실만 분명하게 짚고 넘어가기로 하자.

그런데 한자는 그 본질이 낱글자 하나하나가 뜻을 나타내는 것이요, 그것이 실제로 발음되는 입말spoken language과는 거리가 있는 것이었다. 사물을 그림으로 그리는 것으로써 시작된 글자이기 때문에 그 출발부터가 입말과는 차이가 생길 수밖에 없었다. 더구나 우리말은 토吐를 붙여야 하는 알타이어족의 하나이기 때문에 토가 거의 없는 중국어보다는 한자로 적는 데 더 큰 어려움이 따르는 것이었다.

한 가지 예만 들어보기로 하자. 조선 왕조를 세운 이성계 태조대왕의 비밀스런 스승이었다고 전해지는 스님의 이름은 무학無學이었다. 그러면 '무학'을 어떻게 새길 것인가? 요즈음 우리들은 초등학교 공부도 못하여 한글도 제대로 읽지 못하는 나이 많으신 할머니를 가끔 '무학'이라고 부른다. '없을 무無', '배울 학學'이니 '배운 것이 없는 분'을 무학이라 하는 것이다. 그러나 임금님의 스승 노릇을 한 유식한 스님을 '배운 것이 없는 분'이라 말할 수는 없을 것이다. 물론 스님이 자신의 학문과 인격을 겸손하게 낮추기 위하여 "저는 배운 것이 아무 것도 없는, 별 볼일 없는 중입니다." 이렇게 겸양의 뜻으로 '무학'이란 이름을 붙였을 수도 있다. 그러나 원래 불가佛家에서는 '무학'을 세상에서 배울 것은 모두 배워서 이제는 더 이상 '배울 것이 없는 분'을 '무학'이라고 부른다. 아마도 무학대사는 스스로 '배운 것이 없는 사람'이라는 겸양의 뜻으로 자기 법명을 '무학'이라 하였을 것이요, 세상 사람들은 그 스님의 높은 학덕을 칭송하기 위하여 '배울 것이 더 없는 큰 스님'이라는 뜻으로 '무학대사'라 하였을 것이다.

이처럼 한자는 간단한 하나의 낱말도 정반대로 해석할 수 있는 결함을 지니고 있다. 그래서 한자와 한문을 아는 사람끼리만 통하는 제한된 지식층을 만들 수밖에 없었던 것이다. 그렇지만 우리 조상들은 지금부터 약 이천 년 전에 이용할 수 있는 문자는 이 한자밖에 없었다.

그래서 이것을 가지고 우리말을 적는 방법을 개발하기 시작하였다. 이 시기가 한글을 창제하기 전까지였으니 자그마치 일천오백 년 가까운 세월이었다. 문헌에 전하는 것만을 따진다면 대략 일천이삼백 년을 헤아린다.

이 시기를 한자 차용 표기 시대漢字借用表記時代라 하는데, 크게 삼국시대 통일신라시대 고려시대의 연이은 세 개의 역사적 시대를 아우르는 긴 기간이다.

한자를 이용하여 우리말을 적는 방법은 크게 두 가지이고, 그 방법을 이용한 글쓰기의 종류는 크게 네 가지이다.

먼저 이용 방법부터 살펴보자. 한자 하나하나는 고유한 글자모양形과 그 모양을 입으로 발음할 때의 소리 즉 음音과 그 모양, 그 소리가 나타내는 뜻, 즉 의義라는 세 가지 요소로 되어 있다.

'하늘 천'이라는 글자 모양은 '天'이요, 음은 '천'이며 뜻은 '하늘'이다. 그러므로 '천'이라는 글자를 이용하려면 '천'이라는 음을 표기하는 방법으로도 쓸 수 있고, '하늘'이라는 뜻을 표기하는 방법으로도 쓸 수 있다.

즉 한자 하나하나는 음 적기와 뜻 적기의 두 가지로 이용될 수 있는 것이다.

다음으로 글쓰기 종류 네 가지는 고유명사 쓰기, 일반 문서 쓰기, 시詩쓰기, 그리고 고전 한문 번역하여 쓰기이다. 이들 네 가지 글쓰기에, 앞에서 말한 '음'을 이용하는 방법과 '뜻'을 이용하는 방법이 모두 활용되었음은 물론이다. 고유명사 쓰기를 차명借名이라 하고, 일반 문서 쓰기를 이두吏讀라 하며, 시 쓰기를 향찰鄕札이라 하고, 고전 한문 번역하여 쓰기를 구결口訣이라 구분한다. 마치, 문학작품을 편의상 시니 소설이니 희곡이니 하듯이 차명, 이두, 향찰, 구결을 구분하여 부르기는 하지만 한자 이용 방법이 음 적기와 뜻 적기의 두 가지밖에 없으므로 이들 네 가지 글쓰기 종류가 모두 음 적기와 뜻 적기를 적절히 이용했다는 점에서 근본적으로는 차이가 있는 것이 아니다. 그렇다면 네 가지 글쓰기 종류를 구분하는 이유는 무엇인가? 그것은 음 적기와 뜻 적기를 활용한 시기와 활용 방법의 정밀성의 정도, 그리고 우리말을 적으려고 한 것인가, 아니면 한문을 번역하려고 한 것인가를 밝히기 위한 방편이다.

차명借名은 한자 차용 표기의 가장 초기 단계부터 나타난다. 사람이름, 땅이름, 벼슬이름, 나라이름 같은 것이 문자를 이용하여 적어야 할 가장 첫 번째 대상이라는 것은 두말할 필요가 없을 것이다. 오늘날까지 전해지는 삼국시대의 고유명사는 상당수가 신라 경덕왕 때 중국식 한자 이름으로 고쳐 놓은 것이어서 그 이전의 순수한 우리말이 어떤 것이었는지를 가늠하기조차 어렵게 되었지만 그래도 『삼국사기三國史記』와 『삼국유사三國遺事』 같은 역사책에 삼국시대의 우리말 모습을 전하는 고유명사들 즉 차명借名이 많이 남아 있다. 불교 중흥을 위해 순교한 이차돈異次頓은 염촉厭觸이라고도 적혔는데, 앞의 것은 음 적기에 따른 차명이고, 뒤의 것은 뜻 적기와 음 적기가 다 쓰인 차명이다. 고구려 장군 을지문덕乙支文德이나 연개소문淵蓋蘇文도 지금은 음으로만 읽어서 을지문덕이요, 연개소문이요 하지만 그 당시에 그들의 이름을 정확하게 어떻게 불렀는지는 지금 알 수가 없다. 을지문덕, 연개소문이란 글자가 각각 어느 것이 음 적기 방식이고, 어느 것이 뜻 적기 방식인지 현재로서는 확인할 방법조차 모르고 있는 실정이다.

그렇지만 오늘날 땅이름을 면밀하게 조사하면 놀랍게도 천오백 년 전 옛날, 또는 천 년 전쯤 옛날의 이름을 찾게 되는 수가 있다.

서울을 상징하는 삼각산三角山은 언제부터 삼각산이라 했을까 궁금한 사람은 삼각산 한쪽 기슭을 차지한 동네 우이동牛耳洞에서 그 실마리를 찾을 수 있다. '우이동'을 한자의 뜻을 빌리되 그 뜻의 음을 이용한 것이라고 본다면 '소귀골'이 된다. '소귀'는 '쇠귀' 또는 '세귀'의 표기 방법이었다고 추정할 수 있다. 그러면 그것은 세 봉우리를 나타내기 위하여 한자의 원뜻에 맞추어 적은 '삼각三角'의 또다른 표기에 지나지 않음을 발견하게 된다. 그러므로 '삼각산'과 '우이동'은 적어도 신라시대부터 그 이름 그 모습으로 존재했었음이 증명되는 셈이다.

이와 같은 차명 표기의 전통은 고려시대에 간행된 『향약구급방鄕藥救急方』이라는 책에는 180여개의 풀이름, 짐승이름, 광물이름을 적는데 이용되었다. 가령 '도라지나물'의 '도라지'는 한자 이름이 '길경'인데 "길경향명도라차桔梗鄕名道羅次, 속운도라俗云刀羅次"라 하여 '도라지'를 '도라차'로 적고 있다. 조선시대에도 차명 표기가 옛날 관습에 따라

더러 적혔으나 『훈민정음』의 창제는 그런 표기의 번잡성과 비과학성을 조용히 극복하는 사건이 되었다.

이두吏讀는 한때 한자 차용 표기 방법 전반을 통틀어 가리키기도 했으나 지금은 우리말 순서에 따라 한자로 우리말을 적은 문서 양식을 가리킨다. 그러므로 완전한 표기 방법일 수가 없었다. 비석이나 종탑 같은 곳에 새겨넣은 것도 있고, 종이에 적힌 것도 있는데 삼국시대부터 조선왕조 말기까지 사용되었다.

한글이 창제된 뒤에도 관공서에서 아전들이 상관에게 보고하는 글은 이두로 적는 것이 관례였다. 자손들에게 재산을 나누어주는 유언장을 조선왕조시대에 분재기分財記라 하였는데, 그 분재기도 역시 이두로 적는 것이 보통이었다.

현재 금석문金石文으로 가장 오래된 이두문은 6세기 초엽의 것으로 추정되는 임신서기석壬申誓記石과 6세기 말에 세운 남산신성비문南山新城碑文 같은 것이 남아 있고, 종이로 적혀 전하는 것으로는 8세기 중엽의 신라화엄경사경발문新羅華嚴經寫經跋文이 있다. 이 발문에는 화엄경을 베껴 적기 위하여 얼마나 정성을 들였는가하는 내용이 매우 자세히 적혀 있어서 신라인들의 신앙심이 어떠했는가를 알아보는 귀중한 자료가 되고 있다. 그 내용의 일부를 읽어 보기로 하자.

> 이 경을 만드는 절차는 다음과 같다. 닥나무 뿌리에 향수를 뿌려가며 나무를 키운 다음에 여린 닥나무 껍질을 벗기고, 벗긴 껍질을 잘 다듬는다. 종이 만드는 이, 경문을 베끼는 이, 경심을 만드는 이, 불보살을 그리는 이, 심부름하는 이들이 모두 보살계를 받게 하고, 부처님께 공양

> 한 밥을 먹게 한다. 또 모든 종사자들이 만일 대소변을 보거나 누워 잠을 자거나 음식을 먹을 때에는 반드시 향수를 사용하고 목욕을 하게 한다. 그래야만 작업장에 나아갈 수 있다. 경을 베낄 때에도 몸을 깨끗하게 하는 의식을 치른다. 새로 지은 깨끗한 옷을 입고 어깨걸이 천관들을 장엄하게 갖춘 두 명의 푸른 옷 입은 동자가 관정침을 받들고 나아가며, 네 명의 기악인이 기악을 연주하며 한 사람은 향수를 길에 뿌리고, 또 한 명의 법사는 범패를 부르며 나아간다. 그리고 여러 필사筆師들이 각기 향화를 받들고 부처님을 찬송하며 행진하여 작업장에 도달하면 모두 삼귀의三歸依를 염하며 세 번 이마를 땅에 조아려 예배하고 불보살에게 화엄경을 공양한 다음에 자리에 올라가 경을 베꼈다.

위와 같이 해석되는 사경발문은 지금 경기도 용인에 있는 삼성미술관에 특수 처리되어 보관되어 있다. 아마도 불경을 베낄 때의 정성 못지않은 정성을 기울여야 이 문서를 앞으로도 오래오래 보존할 수 있을 것이다. 이것은 우리나라에 전하는 가장 오래된 고문서이기 때문에 국보 196호로 지정되었다.

이와 같은 이두 표기의 전통은 조선왕조 말, 그러니까 19세기 말까지 면면히 사용되었다. 한자로 적어야만 문서로 생각하는 아전들의 편견과 고집이 한글이 창제된 후에도 이러한 이두글을 사용하게 하는 힘이 되었으니 지금 생각하면 실로 어처구니없는 일이 아닐 수 없다.

향찰은 시 적기의 방법을 일컫는 것으로 향가鄕歌 25수를 남긴 가장 완벽한 한자 차용 표기 체계이다. 노래는 한 글자도 잘못 적거나 빠뜨리면 노래로서의 생명이 사라지는 것이기 때문에 이두문처럼 한두 개의 토를 적당히 쓰거나 빠뜨릴 수가 없다. 그래서 가장 정교한 방법으로 쓰게 되었는데, 그것은 뜻 적기와 음 적기를 엄격하게 구분함으로써 성취된 것이었다. 즉 모든 낱말의 어간은 첫 글자를 뜻 적기 방식으로 쓰고, 그 낱말 어간의 끝소리를 음 적기로 마무리 짓는 것이었다. 그리고 토씨나 어미語尾는 대체로 음 적기 방식을 따랐다. 가령 '마음'이란 낱말은 '心音'이라고 적어서 '心'으로 '마음'이란 뜻을 적고, '音'을 적어 그 낱말이 '미음자ㅁ'로 끝남을 표시하는 것이다. 그래서 '가을'은 '秋察추찰'로 적었으며, '나는 간다'를 '吾隱 去內如오은거내여'로 적었다. 이 글에서는 향찰표기법을 더 자세히 논할 수 없으니 향가 가운데 가장 문학적 향취가 높은 『제망매가』祭亡妹歌 : 죽은 누이를 애도하며 극락왕생을 기원하는 노래 한 수를 감상하는 것으로 아쉬움을 달래기로 하자.

> 죽고 사는 길은 여기에 있다 하여
> 머뭇거리며 "나는 갑니다" 하는
> 말 한마디도 못하고 떠나갔느냐.
> 어느 가을 이른 바람에
> 여기저기로 떨어지는 낙엽같이
> 한 나무 가지에서 태어났건만
> 네가 가는 곳을 몰랐단 말이냐.
> 아아 그러나 미타찰 극락에서 만날 것이니
> 나 또한 도를 닦으며 기다리겠노라.

이 『제망매가』는 현대어로 풀어 놓은 것이라 운율도 맞지 않고, 시의 맛도 살아나지 않지만 그런대로 누이를 애도하는 심정이 간곡하게 드러난다. 또 인생이 어차피 뜬구름 같은 것이므로 비록 사랑하는 가족 형제를 두고 이 세상을 떠나는 것이 애달프고 서글픈 일이기는 하지만 결국은 저 세상 미타찰에서는 다시 만날 수 있으니 부지런히 도를 닦으며 슬픔을 삭이겠다는 이 노래에서 우리는 신라인들의 돈독한 불교 신앙, 미래에 대한 확고한 믿음을 발견한다.

이러한 향찰표기법은 고려 중엽까지도 지식인들을 사이에 즐겨 사용되었고, 또 노래로도 전파되었던 것으로 짐작되지만 오늘날과 같이 인쇄 문화가 발달하여 책으로 전해진 것이 아니라 담벽에 '대자보' 형식으로 세상에 알려졌기 때문에 간혹 잘못 전해진 글자와 빠진 글자들이 있어서 오늘날 그것을 바르게 독해해 내는 데 어려움을 겪고 있다. 『균여전』에 전하는 『보현십원가普賢十願歌』 11수는 그래도 나은 편이고, 『삼국유사』에 전하는 14수는 아직도 여러 군데 해결이 안 되는 글자가 들어 있다. 행여나 타임머신을 타고 천삼백 년 전 또는 천이백 년 전 신라의 서울, 경주에 가서 향가를 노래로 부르는 사람의 목소리를 녹음으로 채취해 오면 얼마나 좋을까 생각해 본다. 그러나 그것이 가능하다고 하여도 말소리와 말뜻이 현대의 우리말과는 또 엄청나게 다를 것이므로 여전히 향가를 해석하는 데에는 어려움이 따를 것이다.

이제 우리는 한자차용표기의 마지막 부분을 설명할 단계에 이르렀다. 앞서 말한 바와 같이 한문으로 된 불교 경전이나 유교 경전을 우리말로 번역할 때 한자어에 덧붙여지는 모든 토吐를 일컬어 구결口訣이라 한다. 이 '구결'이란 낱말도 사실은 이두식으로 적은 우리말 '입겾'의 표기이다. '입겾'이 다름 아닌 한문 원문 이외에 우리말 토를 가리키는 말이기 때문이다. 이 '입겾' 즉 '구결'은 명사 다음에 오는 조사助詞와 동사 어간 다음에 오는 어미語尾의 두 가지로 크게 나뉜다. 한문에는 우리말의 조사와 어미가 들어있지 않으므로 우리말로 번역하려면 이러한 문법적인 요소를 덧붙여야만 한문은 우리말로 바뀌게 된다. 그러면 이러한 번역을 가장 잘한 사람은 어떤 사람이었을까? 신라시대에 이름난 스님들, 원효元曉, 원측圓側, 원광圓光 같은 분이었을 것이다. 그러나 그 분들이 실제로 번역을 해놓은 글이 존재하지 않으므로 그 분들이 한문 번역에 능숙했다는 사실은 알 수 있지만 그 실제의 모습은 측량할 길이 없는 것이다. 다만 『삼국사기』의 설총에 관한 기사에 다음과 같은 말이 있어서 설총이 '구결'을 체계화한 분이라는 것을 믿게 되었다.

> 설총은 성품이 명민하고, 나면서부터 도리를 깨달은 인물이었다. 장성한 뒤에는 우리말로 아홉 가지 경서를 읽게 하여 후생을 가르쳤으므로 지금에 이르기까지 학자들이 그를 으뜸으로 모신다.

그러나 이러한 기록이 있다고 하여도 여전히 우리말 번역의 실제 방법을 알 수 있는 것은 아니었다, 번역문이 실제로 존재하지 않는 한 구결이 어떤 모습인지는 알 수가 없었다. 그런데 1973년 가을에 『구역인왕경舊譯仁王經』 낙장 5장이 발견됨으로써 그 궁금증은 드디어 풀리게 되었다. 전쟁의 소용돌이 속에서 옛날의 문서와 문화재들이 대부분 불에 타 없어져 버렸는데, 어쩌다가 이런 보물이 아직도 남아있게 되었는지 참으로 불행 중 다행한 일이었다. 『인왕경』은 신라 말과 고려 초에 나라를 지키는 호국의 불경으로 널리 읽힌 불경이다. 황소의 머리 위에 뿔이 두 개가 있는데 그 두 뿔은 각각 독립된 것 같으나 결국은 하나의 머리의 일부분인 것처럼 부처님의 나라와 현실의 나라는 독립된 두 개의 뿔처럼 보이나 결국은 하나의 나라에 귀착된다는 논리를 편 것이 『인왕경』의 기본 사상이다. 그러므로 『인왕경』이 발견되었다는 것은 그것이 아무리 새 것이라도 고려 말기를 넘어설 수가 없다. 『인왕경』법회를 12세기 말경까지밖에 열지 않았기 때문이다.

이 『인왕경』에 적힌 구결은 한문의 문장 구조를 우리말로 바꾸고자 할 때에 장애가 되는 요소를 아주 현명하게 극복했다는 점에서 후대의 구결과는 그 성격을 달리한다. 한문은 다 아는 바와 같이 영어처럼 동사가 앞에 나오고, 목적어가 뒤에 있어서 우리말의 어순과는 다른 구조를 갖고 있다. 따라서 번역을 할 때에는 중간에 놓인 술어 동사를 건너뛰었다가 목적어를 해석한 다음에 끝에 가서 술어 동사를 풀어야 하는 번거로움이 따르게 된다. 이 번거로움의 이치를 깨닫는 것이 한문과 우리말의 차이를 이해하는 것이다.

그러면 『구역인왕경』에는 이 번거로운 번역이 어떻게 처리되었는가 살펴보기로 하자.

大衆ᄀ　歡喜ᄼᄒ　散ᄼ白ロヒᄼ　金花乙、

1　2　3　4

"큰 무리는 기뻐하면서 금꽃을 흩뿌리며"라는 구절이 이와 같이 적혀 있다.

원문은 위아래로 내려쓴 것임. 위쪽은 원문의 오른쪽, 아래쪽은 원문의 왼쪽임.

번역된 우리말은 3과 4가 바뀌어 있음을 보게 된다. 그런데 원문 4번에는 구결토에 、(점)이 찍혀 있다. 그러니까 이 점은 중간에 빼놓고 번역하지 않은 원문의 3으로 올라가 읽으라는 표시점인 셈이다. 이렇게 구결자를 좌우로 갈라놓고 오른쪽만 읽어나가다가 점을 만나면 빼놓았던 왼쪽 부분을 읽어서 우리말 어순에 맞추는 것이다. 진실로 절묘한 방법이 아닐 수 없다.

더구나 이들 구결자는 한자의 해서楷書, 행서行書, 초서草書등의 첫 부분이나 끝 부분을 택하는 약체略體를 사용하여 필기상의 편의를 최대로 도모하였다는 것도 주목할 일이다.

일본 문자 가타가나片假名는 다 아는 바와 같이 한자의 일부분을 이용한 것이어서 인왕경 구결자와 형태상으로는 비슷한 모습을 보인다. 일본 가타가나가 7, 8세기경 완성된 것이니까 우리의 구결자도 사실은 그 무렵, 즉 설총이 아홉 경서를 번역하여 후생들에게 가르칠 무렵에 완성된 것으로 추측할 수 있다. 다만 현재 발견된 『구역인왕경』이 여러 가지 정황으로 미루어 12세기 초의 것이니까 우리가 분명하게 말할 수 있는 것은 고려시대에 오면 한문을 번역하는 데 구결자가 광범하게 활용되었다는 것이다.

또 이 구결자의 특징은 대체로 50개에서 60개 정도의 한자 약자로 모든 토를 원만하게 표기해 냈다는 사실이다. 그리고 음절끝의 자음 '-k, -n, -t, -r, -m, -p' 등을 표시하는 글자가 개발되었다는 사실이다. 고려시대 구결자가 적힌 문헌으로는 『유가사지론瑜伽師地論』, 『화엄경華嚴經』 등 몇 개가 더 발견되어서 고려시대 불경 번역의 실상도 알려졌을 뿐만 아니라 구결자의 활용이 얼마나 불경 번역에 널리 이용되었는가를 짐작할 수 있게 하였다. 가만히 생각해 보면 인류 문화의 진보에 엉뚱한 비약이나 놀라움은 있을 수 없는 것 같다. 한걸음 한걸음의 부단한 시행착오와 수정 작업을 거치면서 조금씩 조금씩 발전하는 것이 아닌가 싶다. 적어도 구결은 한문 경서를 번역하던 삼국시대부터 고려 말까지 일천오백 년 동안 갈고 다듬어진 것이었다. 설총 때부터라 하더라도 고려 말까지 약 팔백 년의 세월이 흐른 것이었다. 이 오랜 세월동안 우리 조상이 구결자를 이용하여 한문을 번역하면서 그 문자에 만족하였을까? 비록 5, 60개 글자로 조사와 어미 등 모든 토를 별 불편 없이 표시할 수 있다 하여 그 분들이 마냥 행복하였을까?

필자는 절대로 그렇게 생각하지 않는다. 설총의 시대부터 세종대왕이 한글을 창제하기까지의 약 팔백여 년은 구결자의 불완전을 어떻게 좀더 슬기롭게 극복할 것인가를 심각하게 고민하는 시대는 아니었을까? 그래서 세종과 같은 영특한 임금을 만났을 때에 그 불완전을 딛고 일어서는 해탈의 기쁨, 초월의 영광을 실현한 것이라고는 생각할 수 없는 것인가?

이제 우리는 다음 장에서 세종을 위시한 집현전 학자들이 어떻게 그 영광을 실현하였는가를 살펴보고자 한다.

3. 한글 창제

우리는 앞에서 실로 장황하게 한자 차용 표기 시대의 차자표기의 모습을 살펴보았다. 어림잡아 천 년을 훨씬 웃도는 긴긴 세월, 한자를 이용하여 우리말을 적어오면서 우리 조상들이 느꼈을 갈등과 고뇌에 비한다면 그 장황한 설명도 오히려 너무나 간결한 것이라고 생각하지 않을 수 없다. 그러므로 삼국시대, 통일신라시대는 생각하지 않는다 하더라도 최소한 고려왕조 오백 년이라는 기간은 이두, 향찰과 구결, 그 중에서도 구결자를 사용하면서 그 불편과 불완전성을 가슴 아파하며 괴로워하던 시절이라고 보아야 한다. 그런데 이제 조선 왕조가 열렸고, 세종이라는 분이 임금의 자리에 나아가게 되었다. 그리고 또 20여 년의 세월이 흘렀다. 1440년대가 된 것이다. 우리는 이 시대를 다시 한 번 생각해 보자. 고려 말에 극도로 문란했던 나라 안의 경제 형편은 할아버지 태조대왕과 아버지 태종대왕 시절에 전제 개혁田制改革을 통하여 말끔히 정리하였고, 임금의 자리를 놓고 피비린내 나는 골육상잔의 싸움을 벌였던 일도 부왕父王 시절에 깨끗하게 잊혀졌다. 나라 밖으로는 우리나라에 가장 큰 영향을 미치는 중국 천하가 조선 왕국보다 한발 앞서서 명나라를 세워 안정을 유지하고 있었다. 새로이 솟구치는 나라의 힘은 해안을 어지럽히는 왜구를 대마도까지 쫓아가 쳐부술 만큼 기세가 있었고, 북쪽으로는 육진六鎭을 새로 다져둘 만큼 여유가 있었다. 이러한 형편에 새로운 문화 사업을 벌이지 않는다면 무엇을 할 것인가? 세종대왕이 새로운 문자 창제에 관심을 기울인 것은 너무도 당연하고도 자연스런 귀결이었다. 세종의 문화 사업은 실은 한글 창제 하나에 그치는 것이 아니었다. 신하를 부리면서도 그 재주와 바탕에 따라 알맞은 자리에서 능력을 발휘하게 하였으니, 정초鄭招에게는 천문을 연구케 하고, 장영실蔣英實에게는 물시계를 만들게 하고, 박연朴堧으로 하여금 음악을 정리하게 하는 등, 자연과학 분야의 업적 또한 놀라운 것이었다. 1442년에 완성된 측우기는 서양보다 200년이나 앞섰다는 것도 잊어서는 안 된다. 이러한 분이 문자 창제에 관심을 두신 것이었다.

우선 세종대왕은 집현전에 젊고 명민한 학자들을 불러 모았다. 최항崔恒, 박팽년朴彭年, 신숙주申叔舟, 이선로李善老, 이개李塏, 성삼문成三問 등과 동궁東宮 : 왕세자를 뜻함을 비롯한 여러 대군들이었다. 이들은 세종의 지휘 아래 새로운 문자 제작을 위한 기초 연구에 들어갔다. 이때에 고려 오백 년간 주춤거리고 머뭇거리던 불완전한 차자표기 체제가 훌훌 묵은 때를 벗고 훈민정음訓民正音이란 모습으로 환골탈태하였다.

그러면 훈민정음 창제의 목적부터 정리해 보기로 하자. 우리는 흔히 훈민정음 서문에 나타난 대로 어리석은 백성의 어려움을 풀어주기 위해서, 즉 우리나라 말을 적기 위해서만 한글이 만들어진 것이라고 생각한다. 그러나 그것만이 유일한 목적이었는지 한 번 따져볼 필요가 있다.

한 나라의 문자를 새로 만든다고 하는 엄청난 사건은 그 나라 문화 전반과 긴밀한 관계 속에서 이루어진다는 것은 두말할 필요도 없는 일이다. 우리들이 잘 아는 것처럼 세종 당시에 국제 외교 정세는 조선 왕조가 독립국가로서의 당당한 지위를 누리고 있었던 때는 아니었다.

독립국가로서의 인정은 받았으나 중국그때는 명나라 으로부터 다소간의 정치적 간섭을 받는 것은 사대모화事大慕華라는 명분 아래 지극히 당연한 것으로 여겨졌었다. 더구나 한자를 사용한다는 것은 문화 민족의 긍지라고까지 생각하는 양반 관리들이 많이 있었다. 이러한 상황에서 세종대왕은 고유문자 창제를 구상하였다. 그렇다면 정치지도자로서 탁월한 역량을 지닌 세종대왕은 분명히 고유문자가 여러 가지 목적에 부합하여야 창제의 명분이 서리라는 것을 알고 있었을 것이다.

그 첫 번째 명분은 한자음漢字音이었다. 운학韻學 : 한자음을 연구하는 중국의 음운학에 조예가 깊던 세종대왕은 우리나라 한자음이 중국의 한자음과 너무나도 많은 차이를 보인다는 점에 착안하였다. 한자음 문제는 중국에서도 오랜 골칫거리였다. 방대한 중국 전역에 시대의 흐름에 따라 하나의 한자가 여러 개의 음으로 읽혀진다는 것은 어쩔 수 없는 자연스러운 현상이었다. 그러나 문화적 통일을 염원하는 관점에서는 모든 한자음이 통일이 되어 하나의 글자를 온 나라가 하나의 음으로 읽는 것이 좋겠다는 생각을 하게 마련이었다. 그래서 명明나라가 자리를 잡자, 그 한자음 통일 사업을 이룩하기 위하여 『홍무정운洪武正韻』이라는 책을 만들게 되었던 것이었다. 우리의 세종대왕도 우리의 한자음을 정리하여 중국의 『홍무정운』과 같은 책을 만들어야 하겠다고 생각하였다. 이것이 곧 『동국정운東國正韻』이란 책으로 나타나게 되었던 것인데, 바로 이 『동국정운』이란 책을 구상하게 되면서 세종대왕의 머릿속에 떠오른 고유 문자의 필요성은 대의 명분을 찾기에 이른 것이 아닌가 생각된다. 오백여 년이 훨씬 지난 지금에 와서 세종대왕의 심중에 있었던 탁월한 치세治世의 경륜을 우리가 모두 짐작할 수는 없겠지만 그런대로 세종대왕의 생각을 정리해 본다면 다음과 같이 정리할 수 있을 것이다.

"우리 배달민족은 수천 년 동안 독자적인 나라를 이룩하고, 고유한 우리말을 사용하며, 우리 나름의 독특한 문화생활을 누려왔다. 그러므로 우리 민족도 이웃해 있는 중국 민족이나 몽고 민족처럼 고유한 우리말을 적는 우리만의 문자를 가져야 하겠다. 이웃나라가 모두 자기네 문자가 있는 터에 우리가 우리의 고유문자가 없다는 것은 말이 안 된다. 이제 만일 새로운 문자를 만든다면 그것을 훈민정음訓民正音:

백성을 가르치는 바른소리이라고 하자. 그러면 이 문자는 다음과 같은 세 가지 방면으로 활용될 수 있을 것이다.

첫째, 한자를 모르는 무식한 백성들이 쉽게 이 글자를 익혀서 자기의 생각과 느낌을 나타날 수 있을 것 아닌가? 한자를 배우지 않고서도 일반 백성들에게 글을 안다는 자부심을 심어주고, 또한 생활에 편의를 준다면 이 얼마나 좋은 일인가?

둘째, 우리나라도 오랜 세월 한자음이 제멋대로 변천해 왔으므로 한자음을 통일할 필요가 있다. 가능한 한 중국 명나라의 한자음과 같게 하되, 우리나라 사정에 맞추어 개혁해야 하겠다. 이 때에 새로 만든 '훈민정음'으로 그 한자음을 적도록 하면 좋을 것이다. 종래에 한자음을 표기하기 위하여 다른 한자를 이용하는 반절법反切法을 써왔는데, 이런 방법은 부정확을 면하기 어려우니 '훈민정음'의 필요성은 대단히 시급한 것이다. 이제는 그 한자음 사전을 『동국정운東國正韻』이라 하고, 거기에 '훈민정음'으로 한자의 음을 적도록 해야겠다.

셋째, 우리나라도 국제 사회의 일원인 만큼 이웃 나라와의 외교 관계가 원활해야 하고, 문화 교류도 활발하여야 한다. 우리나라는 중국의 명나라하고만 상대하고 살 수는 없다. 그러므로 다른 이웃 나라의 말도 배워야 하고, 풍습도 익혀야 하겠다. 이 때 그 나라의 말을 새로 지은 '훈민정음'으로 적는다면 역관譯官: 통역을 맡아보는 조선시대의 관리들이 얼마나 쉽게 외국어를 배울 수 있을 것인가."

세종대왕의 이러한 생각은 세종대왕이 아니고는 상상할 수도 없는 탁견이었다. 간단히 요약하자면 훈민정음을 창제하여 (가) 고유어 (나) 외래어즉, 한자 (다) 외국어의 세 가지를 두루 적고자 하는 것이니 이 얼마나 효율성이 높은 것인가?

이렇게 하여 세상에 빛을 보게 된 훈민정음은 그 세 가지 목적을 유감없이 성취하여 오늘날까지, 아니 우리 민족과 함께 영원히 그 참값을 발휘하고 있는 것이다.

그러면 이제는 이토록 훌륭한 훈민정음한글이 어떤 원리로 만들어졌는가를 궁리해 보기로 하자. 한글의 글자 모양은 무엇을 바탕으로 하였고, 그것은 어떤 원리를 적용하여 결정한 것인가? 이러한 의문은 한글이 창제된 후로부터 학자들 간에 끊임없이 제기되었던 의문이었다. 세종 28년1446 A.D.에 간행하여 반포한 『훈민정음해례본訓民正音解例本』에는 제자해制字解, 초성해初聲解, 중성해中聲解, 종성해終聲解, 합자해合字解, 용자례用字例 등이 있어서 훈민정음 초성자곧 자음(子音)와 중성자곧 모음(母音)들이 어떻게 그런 모양을 지니게 되었는지를 밝히고 있다. 우리가 다 아는 사실은 모두 이 책에 근거한 것인데 모음자의 기본인 '·, ㅡ, ㅣ'는 하늘, 땅, 사람을 상징하는 천지인天地人 삼재三才가 기초가 되었고, 자음자의 기본인 'ㄱ, ㄴ, ㅁ, ㅅ, ㅇ'은 그 발음을 내는 입안의 특정 부분을 본 뜬 것이다.

> 즉 'ㄱ'은 어금니소리로 혀뿌리가 목구멍을 막는 형상을 본뜬 것이고,
> 'ㄴ'은 혓소리로 혀끝이 입천장 위쪽에 붙는 모양을 본뜬 것이고,
> 'ㅁ'은 입술소리로 입 모양을 본뜬 것이고,
> 'ㅅ'은 잇소리로 이빨이 맞닿은 모양이고,
> 'ㅇ'은 목구멍소리로 목구멍 뚫린 모양을 본뜬 것이라고 해설되어 있다.

그런데 여기서 의문이 되는 것은 어째서 모음은 동양철학의 기본인 삼재를 토대로 한 것일까 하는 점이다. 모음과 자음이 동시에 유기적으로 연관된 기본 도형은 생각할 수 없는 것일까를 궁리하지 않을 수 없다. 우리는 옛날 학자들처럼 산스크리트 문자를 본떴느니, 중국의 고전古篆 : 한자의 옛날 글자꼴의 한가지을 본떴느니, 또 몽고 문자를 본떴느니 하여 여러 가지 학설이 있었음을 알고 있다. 그것들은 모두 한글의 글자모양의 일부가 그러한 글자들의 어떤 것과 부분적으로 비슷하기 때문에 그렇게 생각해 본 것에 지나지 않는다. 그러나 이 문제는 아주 단순한 사실에 근거하지 않으면 안 될 것이다. 모든 진리는 너무도 간단하고 평범한 곳에 있기 때문이다. 우선 우리 인간이 생각해 낼 수 있는 가장 단순하면서도 서로 넘나들 수 없는, 개성을 지닌 도형圖形이 무엇인가를 생각해 보기로 하자. 그것은 두 가지 계열이 있다. 하나는 평면성을 띤 것이고, 또 하나는 단순히 선으로 된 것이다. 선線이 1차원의 세계라면, 면面은 2차원의 세계일 것이다. 이때에 우리는 불가佛家의 스님들이 명상의 재료로 삼았던 기본 도형 원방각圓方角을 떠올려야 한다. 이 원방각동그라미, 네모, 세모이야말로 인간이 2차원의 평면 세계에 그려놓을 수 있는 가장 기본적인 도형이 아닐까?

이 원방각은 우연하게도 "하늘은 둥글고 땅은 모나고, 그중에 사람이 우뚝섰다."天圓, 地方, 人立는 삼재 사상三才思想을 표상하는 것으로 해석되는 것이었다. 우리는 물론 세종대왕과 세종을 도운 당시 학자들의 심중을 올바르게 이해한다는 것이 영원히 불가능할지도 모른다는 것을 알고 있다. 그렇지만 인간이 그려낼 수 있는 기본 도형이 동그라미, 네모, 세모요, 이것이 하늘, 땅, 사람을 표상한다면 일단 그 모형으로부터 문자의 발전, 전개를 생각하지 않을 수 없으리라는 가정이 가능한 것이다. 그 원방각을 1차원으로 단순화했을 때는 점點, 횡선橫線, 종선縱線이 되리라는 것도 추론할 수 있다. 그리고 기본 발음이 다섯이라면 원, 방, 각의 세 가지 도형으로부터 어떻게 하든지 다섯 개의 도형을 만들고자 하였을 것이다. 그 결과 네모로부터 'ㄱ, ㄴ'을 더 얻게 되었다. 그러므로 어디까지나 기초가 되는 것은 동그라미, 네모, 세모에 국한하는 것이다. 그것을 그림으로 보이면 다음과 같다.

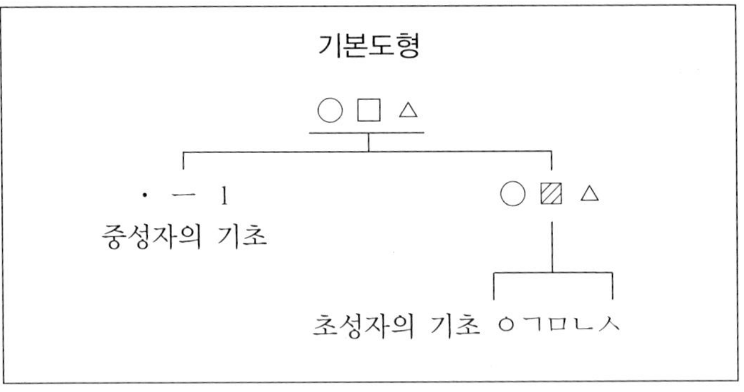

이 글자들을 가만히 들여다보노라면 훈민정음 창제자들의 그 심오한 슬기에 저절로 고개가 숙여진다. 어쩌면 이렇게 간단한 도형을 토대로 하여 그토록 복잡한 우리말의 음운체계를 그야말로 체계적으로 획수를 덧보탬으로써 만들어 낼 수 있었을까? 더군다나 그 당시 중국에서 발전한 수준 높은 음운학과 동양철학의 심오한 음양 사상을 유효적절하게 응용하여 우리말을 거의 완벽하게 적을 수 있었다는 것은 문자 그대로 신령神靈의 능력이지, 그것을 인간의 지혜라고는 말할 수

없는 것이 아닌가? 그러나 훈민정음은 분명 우리 조상이 만든 것이요. 자손만대까지 우리 민족과 영원히 함께할 우리의 문자이다.

그런데 여기에 한 가지 또 짚고 넘어가야 할 항목이 있다. 훈민정음이 아무리 신령한 문자요, 온 세상 사람들이 그 오묘한 제작 원리에 감복해 마지않는다 할지라도 그것은 엄연히 15세기 중엽 조선왕조 시대에 창조된 사회적, 역사적 산물이라는 사실이다. 그 시대는 한자문화와 불교문화가 오랜 전통을 쌓았고, 유교 사상이 바야흐로 꽃피기 시작하는 때였음을 주목해야 한다. 그러므로 훈민정음 문자에는 분명히 한자문화의 특성이 들어 있을 것이다. 그러면 그것이 무엇인가를 생각해 보아야 한다.

첫째, 훈민정음 문자에 반영된 한자문화의 특징은 훈민정음이 소리를 적은 소리글자이고, 모음과 자음이 독자적인 체계를 갖는 음소문자이기는 하지만 한자와 함께 쓰일 수 있도록 합자合字의 원리를 적용했다는 점이다. 다시 말해 네모반듯한 정사각형 공간 안에 음절문자의 형태로서만 사용된다는 것이다. 서양의 알파벳처럼 자모가 옆으로 연이어 적히지 않은 이유가 바로 그것이다.

그래서 한때 서양 알파벳처럼 풀어쓰기를 하자고 하는 의견이 가끔 나오는데, 이것은 필자의 생각에는 매우 잘못된 것이 아닐 수 있다. 한글은 애초에 모아쓰기로 만든 문자이므로 그 모아쓰기를 버리면 한글이 아니기 때문이다.

이것을 어느 학자는 음절문자alphabetic syllabery라고 이름 붙였는데, 사실은 현행 철자법을 들여다보면 거기에는 어간을 밝혀 적는 경우, 뜻글자의 기능을 하는 것도 더러 발견된다.

'많', '없', '늙', '닮' 같은 글자는 그대로 '多', '無', '老', '似'의 뜻 외의 뜻으로는 아니 쓰이지 않는가? 그래서 한글은 소리글자요 음절글자이면서 약간의 뜻글자 노릇도 하게 되었다. 참으로 신기하고 자랑스럽지 아니한가.

둘째, 훈민정음에 반영된 불교 문화의 특성은 무엇인가? 그것은 은근하게 감추어졌는데, 불교의 궁극적인 이상인 극락을 현세에서 실현시키겠다는 복지 사회의 꿈이 들어있는 것이다. 누구든지 이 말을 들으면 고개를 갸우뚱 할 것이다. 조선왕조는 유교를 국가 건설의 이념으로 삼았음을 알기 때문이다.

그러나 세종대왕이 얼마나 불교를 숭상했고, 또 그 뒤의 세조대왕도 얼마나 불교를 존중했는지 모두 잘 알고 있다. 그러면 어떻게 불교의 복지 사회 이상을 훈민정음이 나타내고 있는가? 그것은 세종이 지은 훈민정음 서문을 읽어보는 것으로 충분하다. 한문으로 된 훈민정음 서문은 54자로 되었고, 한글로 풀어놓은 것은 한문의 배수인 108자로 구성되었다. 사실 확인을 위해 적어보기로 한다.

國之語音 異乎中國 與文字 不相流通
故愚民 有所欲言 而終不得伸其精者多矣
予 爲此憫然 新制二十八字
欲使人人 易習 便於日用耳.

나랏 말씀이 중국에 달라 문자와로 서로 사맞지 아니할쌔
이런 전차로 어린 백성이 이르고자 할 배 있어도
마침내 제 뜻을 시러 펴지 못할 놈이 하니라

내 이를 위하여 어엿비 여겨 새로 스물여덟자를 맹가노니
사람마다 하여 수비 익혀 날로 씀에 편안케 하고자 할 따름이니라.

글자수 때문에 옛글대로 쓰면서도 현대 철자법을 따랐음

위의 한문과 한글을 비교해 보면 글자수를 맞추기 위해 불필요한 말이 덧붙었다는 느낌을 주는 곳이 있다. '이런 전차로' 같은 것은 빼도 좋은 부분이다. 불교에서는 이 세상의 고뇌와 번민을 모두 108가지라 하여 인생고해 백팔번뇌人生苦海 百八煩惱라는 말을 한다.

그러니까 한글을 깨쳐서 문자생활을 시작하면서 백팔번뇌를 벗어나고, 당당한 시민 생활을 할 수 있다는 숨은 이상을 그렇게 훈민정음 서문에 감추어 놓은 것이다.

그러면 왜 세종대왕은 이렇게 궁색한 방법을 쓰셨을까? 그것은 그럴 수밖에 없다고 생각된다. 훈민정음을 만드는 것조차 오랑캐 나라의 일이라고 반대한 유생儒生 양반들이 많은 터에 불교의 이상까지 표면화 시킨다면 아마 유교를 신봉하며 새 나라를 세우는 데 힘쓰고 있는 유생들은 죽기를 무릅쓰고 반대했을 것이기 때문이다.

여기에 이르러 세종대왕의 위대함이 더욱 돋보이는 것이다. 불교가 추구하는 자비 사회의 실현이 유교가 추구하는 도덕 사회의 실현과 상충되지 않음을 꿰뚫어보시고 그 좋은 점을 종합하고자 하면서도 현실적 여건을 참작하여 은근하게 뒤로 감출 것은 감추어 두면서, 그러나 그 비밀을 풀 수 있는 열쇠는 슬며시 보여주시는 그 멋스러움! 이것이 세종대왕의 너그러움이요 감싸 안음이요 굳은 구원관이 아니었던가!

세종대왕의 그 인품을 이해하는 것 하나만으로 우리는 우리문화의 특질을 찾아낼 수 있을 것 같기도 하다. 이렇게 하여 한글이 우리민족의 영원한 보물이 되었다.

4. 마무리

지금까지의 논의를 통하여 훈민정음, 곧 한글이 얼마나 우수한 문자이며, 그 속에 얼마나 심오한 인류의 이상이 감추어져 있는가를 살펴볼 수 있었다. 물론 이 논의는 학술적인 전개 방식을 따르지 않았으므로 여러 곳에 상당히 미진한 부분이 있다. 우리는 한글 자모의 과학성과 체계성을 말하면서 그것을 자세히 언급할 수 없었다. 세계의 문자학자들이 이구동성으로 인류가 쌓은 최고의 업적중 하나라는 찬사를 아끼지 않지만 왜 그런 찬사를 받는가는 따져볼 수 없었다.

하나만 예를 들어 보겠다. 제프리 샘슨이라는 분의 『문자체계Writing System』라는 책에 있는 일절이다.

> "한국 사람들에게 있어 이 한글문자가 궁극적으로 최상의 문자인지 아닌지는 알 수 없으나 의심할 바 없이 이 문자는 인류가 쌓은 가장 위대한 지적 성취의 하나로 손꼽히지 않으면 안 된다."

한글이 이렇게 훌륭한 문자라고 하여 세상에 있는 모든 언어를 완벽하게 표시할 수 있는 것은 아니다. 그러나 한글창제 당시의 세계, 즉 우리 나라를 중심으로 하고, 우리와 문화교류를 해야 했던 나라들의 언어를 표기하는 데 조금도 불편함이 없었다고 말할 수 있다. 다만 오늘날에 다시 세종대왕과 집현전 학자들이 부활하신다면 그때의 '훈민정음'은 아마도 전세계의 모든 언어를 유감없이 표현하는 놀라운 만국 음성기호의 기능도 갖추도록 창안할 수 있을 것이다.

이렇게 말할 때 우리는 생각해 보아야 한다. 우리는 세종대왕과 집현전 학자들의 부활이 무엇을 위하는가 하는 점을. 그 부활은 분명 우리들 자신이어야 한다. 만일 우리가 정말 한글을 만국 음성부호로 삼고자 한다면 제2의 '훈민정음'을 만드는 것은 문제없으리라는 자신감을 가져야 한다. 그러나 현재로서는 그럴 필요성을 느끼지 않으므로 우리의 노력이 다른 곳으로 쏠리는 것이라고 생각하여야 한다.

한글은 15세기 당대의 사회적, 역사적 여건 아래서는 두말할 것도 없이 최고 최상의 문자였다. 동양의 철학 사상과 음운학을 이용하고, 구결 문자의 불완전성을 극복한 점에 있어 그것은 우리 문화의 종합성을 보여주는 좋은 표본이다. 우리나라의 문화가 모든 외래 사상을 적절하게 수용하여 그것을 우리의 것으로 녹여내는 놀라운 종합성을 발휘하는 것이라고 한다면 한글이 바로 그런 종합성을 보여준다.

또 우리나라의 문화가 정서적 관점에서 볼 때 숨긴 듯 드러내는 멋스러움, 즉 탐미적 은일성隱逸性이 있다고 말할 경우, 한글 창제과정에서 그러한 감춘 듯 드러내는 멋을 부리고 있다.

훈민정음 서문에 감추어 놓은 불교적 이상은 안목을 가진 사람의 눈에만 드러나는 숨김의 아름다움이다. 고려청자의 그윽한 비취색깔과 조선백자의 은은한 유백색이 숨겨져 있는 멋의 극치라고 한다면 한글문자의 제작 과정에서도 그렇게 숨긴 멋스러움을 간직하고 있다.

우리민족은 언제나 느긋하고 너그러웠다. 전쟁에 시달린 요즘 '빨리 빨리'가 한국인의 대명사가 되었다고 꼬집는 사람들이 있음을 우리는 알고 있다. 그러나 그 '빨리 빨리'는 목숨을 유지하기 위한 비상수단으로 생겼던 일시적 현상임도 우리는 알고 있다.

우리민족은 이제 다시금 본연의 모습으로 돌아와 모든 인류 문화를 감싸 안으며 숨은 듯 아름다움을 간직하고, 진실로 여유만만한 모습으로 세계 역사를 이끌어가는 선두 대열에 나설 것이다. 그 때가 멀지 않아 오리라. 그리고 그 때에 가서는 일찍이 해외에 진출하여 민족정기를 세계에 뿌리내린 해외동포들의 피땀 어린 노력과 업적이 제일 먼저 기억될 것이다.

그러나 한 가지 잊지 말아야 할 것이 있다. 해외에 있는 동포들이 그렇게 기억되기 위해서는 '한글의 위대성'과 '우리말의 중요성'을 절대로 잊어버려서는 안 된다는 사실이다. 한글이 없는 우리 민족은 생각할 수 없기 때문이다.

(토론토판 「한국일보」 1995.4.24~5.15)

남북한 언어 차이 어떻게 볼 것인가?

오천 년 역사를 자랑하는 우리 민족이 현대사의 끝 부분을 남북으로 양단하여 서로 반목하고 상잔하며 살아온 지 육십 년 가까운 세월이 흘렀다. 이 60년은 5000년 역사에 비하면 한 순간에 지나지 않는 짧은 세월이지만 그 기간이 우리가 당장에 처하고 있는 사실이라는 것 때문에 안타깝고 막막한 시간이라는 느낌을 받는다. 그 동안의 반목과 상잔은 역사상 어떤 다른 민족과의 갈등보다도 날카롭고 심각한 것이었다.

우리는 이제 이 60년 세월의 간극을 메우고 그 동안에 입었던 상처를 아물게 하려는 노력을 기울이기로 마음을 고쳐먹었다. 돌이켜 생각하면 우리 민족의 심성 속에는 애초부터 남북이 반목을 거듭해야할 이유가 없다는 것, 그리고 언젠가는 화해와 일치 속에 공동의 번영을 꾀할 수 있으리라는 소망을 키워왔던 것이다. 그 소망이 도도한 인류 역사의 흐름 위에 제자리를 찾으려는 기미가 보이기 시작하였다.

이 글은 이러한 소망을 남북한의 언어 사실을 통해서 찾아보고자 하는 것이다. 교류가 끊긴 채 이념과 사회체제를 달리하며 살아오는 동안 남북한은 각기 독자적인 언어 사회를 구축하였다. 그것은 필연적으로 언어의 이질화를 몰고 왔다. 그러나 원래 하나의 뿌리였던 만큼 근원을 거슬러 올라가면서 차이가 난 것을 어떻게 풀어버릴 것인가를 궁리한다면 해결의 실마리가 의외로 쉬울 수도 있으리라는 기대를 가져본다.

1. 방법론적 근거

그러기 위하여 우리는 무엇보다는 남북 언어의 이질화가 발생하기 이전, 서로가 일치된 시대에 지니고 있었던 공동의 '시대정신' 같은 것을 생각해 보아야 한다. 시야를 멀리해 돌이켜 보면 19세기 말 개화의식이 고조됐던 때로 거슬러 올라갈 수도 있겠고 좀 더 가까운 시기까지 내려온다면 1930년대를 생각할 수도 있다.

19세기 말의 개화의식이 중국으로부터의 민족적 자각과 주체의식의 발로였다면 1930년대의 문화의식은 일제 식민지 상황으로부터의 민족적 자각과 주체의식의 발로였다고 할 수 있다. 이 두 시기가 모두 민족정신에 뿌리를 두고 있다는 점에서 공통점이 있다.

이 글에서는 1930년대를 주목하는 것이 좋겠다. 식민지 상황에서도 민족의 언어를 올바로 지키고 가꾸기를 다짐하면서 바로 그러한 민족 언어 지키기가 민족 자체의 수호로 연결되었다는 사실은 금세기에 들어와 언어 문제를 논하는 시발점이 되었기 때문이다. 원래 하나였으며 결국에 가서는 하나이어야 함으로 갈라지기 이전에 굳건했던 지점을 확인하고 점검하는 것은 동질성 회복 논의에 반드시 있어야 할 선행 과업이라고 생각된다.

여기에서 우리는 1930년대의 '민족정신'이라는 공통의 기반을 발견한다. 너무도 당연하고 분명한 사실이기 때문에 지나쳐 버리기 쉬운 것이지만 이것이야말로 민족의 미래를 논할 때 언급하지 않을 수 없는 뚜렷한 역사적 기반이다. 이 시대는 국권을 일제에 빼앗긴 정치적 암흑기였다. 그러나 이 시대야말로 20세기를 통털어 온 민족이 하나가 되어 민족문화의 동질성을 확립하려는 노력을 보였던 때이다. 이 시기에 나온 다양한 문학 작품들은 우리 민족의 언어가 얼마나 아름다운가를 증명하였다. 이 시기에 전통 시가의 맥을 이은 시조가 새롭게 부흥되어 민족문화의 독특한 장르로 재확인되었으며 새로운 서정시와 소설들이 민족의 언어 자산을 더욱 풍부하게 하였다.

후세의 문학사가들이 20세기 우리문학을 논할 때 가장 역점을 두어 강조할 부분이 1930년대에 있다는 것은 아무도 부인하지 못할 것이다. 더구나 이 시기에 우리 할아버지들은 『한글 맞춤법 통일안』을 확정함으로써 민족 언어의 서사 체계를 정비 하였다. 나라 없는 민족이 그 민족의 말과 글을 다듬었다는 것은 세계 어느 나라 역사에도 찾아볼 수 없는 일이다. 그런데 그런 업적을 우리 조상은 성취하였다. 따라서 1930년대는 문학작품을 통하여 민족정서를 풍부하게 펼치고 맞춤법을 통하여 민족의 통합의지를 뚜렷하게 드러낸 시기라고 할 수 있다.

그 후 1940년대의 남북분단과 1950년대의 동족상잔을 거치면서 첨

예화한 대립과 이질화가 지속되었지만 그 바탕에는 1930년대의 민족 정서와 민족의지가 - 이것은 '민족정신'이라는 용어로 통합할 수 있을 것이다 - 깔려 있다고 보아야 한다.

이질화를 극복하고 동질성을 회복하고자 할 때 잊어서는 안 될 또 하나의 자세는 이질화한 언어 현실을 어떤 시점에서 바라보고 해결의 실마리를 푸느냐 하는 것이다. 우리는 남북한의 언어 현실을 한 덩어리의 빙산에 비유하고자 한다. 그러면 수면에 떠있는 부분은 이질성을 표상하고 수면 밑에 감추어져있는 부분은 동질성을 표상한다고 할 수 있다. 이질성을 나타내는 윗부분은 겉으로 드러난 것이기 때문에 커 보이고 많아 보인다. 그리고 동질성을 나타내는 밑부분은 보이지 않기 때문에 없는 것같이 생각될 정도이다. 그러나 우리는 수면에 접한 중간 지점에서 위와 아래를 넘나들며 그 언어 뭉치가 비록 달라진 것처럼 보일지라도 본질적으로 '하나임'을 의식하는 자세를 가져야 할 것이다.

그 동안 언어의 이질화를 근심하는 분들이 간과했던 것은 아마도 빙산의 하단 부분이 아니었던가 싶다. 물론 이질화를 확대 해석하려는 심리의 저변에도 이미 동질성을 전제하고 있었으리라는 것을 의심할 수는 없다. 그러나 그러한 근심의 논조가 진실을 가리고 있었음도 또한 숨길 수 없는 것이다.

이와 같은 객관적이고도 합리적인 시점의 확립은 근자에 새롭게 태동하고 있는 언어 서술의 통합이론과도 일맥상통하는 것이다. 통합이론에 따르면 한 언어의 다양성 내지 문법 체계의 다양성까지 한 단계 높은 차원에서 깨끗하게 수용하고 설명해 내는 융통성을 확보한다. 그러면 이제부터 남북한 언어가 얼마만큼 달라졌는가, 그 달라짐은 전체 언어 뭉치에서 어느 정도의 의미를 갖는가를 개괄적으로 살펴보기로 한다.

2. 남북한 언어문자의 실상

맞춤법

북한의 맞춤법은 『조선말 규범집』1966을 따르고 남한의 맞춤법은 『한글 맞춤법』1988을 따른다. 이 둘은 모두 조선어학회가 제정한 『한글 맞춤법 통일안』1933을 뿌리로 하고 있다. 움직일 수 없는 공통점은 형태 음소적 원리에 따라 낱말의 줄기어간를 고정 표기하며 부분적으로 음소적 표기에 의한 변이형을 나타낸다고 하는 것이다. 그리고 음운현상 가운데 평양을 중심으로 한 서북방언의 특징인 구개음화 거부현상이 북한의 맞춤법 표기에 반영되지 않음으로써 결과적으로 '둏다, 톄면' 등이 '좋다, 체면'으로 표기되어 남한의 언어 현실과 일치된다는 점이다.

띄어쓰기는 남한이 과거보다 좀 더 붙이기 방향으로 나아가고, 북한이 과거보다 좀 더 띄기 방향으로 나아감으로써 은연 중 서로 접근하는 양상을 보이고 있다.

다만 차이가 있다면 북한에서는 한자어 표기에서 어두에 'ㄴ, ㄹ'을 사용한 것, 합성어 표기에서 과거에는 사이표(')를 사용하다가 최근에 그것도 폐지하여 '새별'이 金星샛별인지 新星새별인지 구분할 수 없게 되었다는 것, 그리고 자모의 명칭과 자모수40자모의 처리 방법이 다르다는 것 등을 손꼽을 수 있다. 그러나 남북한 간행물을 엇바꾸어 읽을 경우 결코 오해의 소지가 발생하지는 않는다.

언어예절과 화법

북한의 언어예절과 화법은 『조선말 례절법』김동수 1983, 『화술통론』리상벽 1964에 나타난 것, 북한의 간행물 및 영상자료 등을 통하여 짐작할 수 있는데 대우법의 체계가 '합니다, 하게, 하오, 해라, 해요, 반말' 등 6개 등급이 있어서 남한과 전혀 다름이 없다. 존경과 겸양에 쓰이는 선어말어미의 사용 역시 차이점이 없다. 다만 북한의 화법이 정치 선동적 요소에 많은 비중을 두고 있고 남한 사람들의 귀에는 다분히 조작적인 억양이 감지된다는 것, 그리고 최고 통치자에 대하여 어휘에 의한 존경 표시가 두드러진다는 것이 지적될 수 있겠다. 이것은 그 사회체계의 특성상 부득이한 현상이라고 본다면 예절과 화법도 남북한에 본질적인 차이는 존재하지 않는다.

어휘

남북한 언어의 이질화를 논의하는 분들이 가장 크게 우려하는 것이 다름 아닌 어휘의 이질화 현상이다. 북한은 '문화어'라는 이름의 표준 공통어를 설정하였고, 남한은 '표준어'라는 이름으로 표준 공통어를 삼고 있다. 더 나아가 북한은 1960년대 이래 말다듬기 운동을 줄기차게 벌이면서 그 동안 5만개의 어휘를 새로 만들어 보급하는 성과를 거두었다. 이것이 남북한에 가장 돋보이는 이질화 부분이라는 것이다. 겉

보기에는 분명한 이질성의 노출이다. 그러나 이것도 한 걸음만 깊이 있게 들여다보면 오히려 동질화 방향으로의 접근이라고 할 수 있다. 북한의 말다듬기는 곧 남한의 국어 순화사업과 같은 것이기 때문이다. 북한이 국가 행정력을 동원하면서까지 광범하고 체계적으로 움직였는데 반하여 남한이 국민의 자발적인 순화운동에 이끌리면서 미온적이었다는 것이 남북한의 차이였을 뿐 양쪽의 목적이 모두 민족 주체성의 함양이라는 면에서는 완전한 일치를 보이고 있다.

물론 실제의 어휘에는 '문화어'와 '표준어'에 차이를 보이는 경우가 없지 않다.

몇 예를 들어 본다 [( )안이 문화어]

> 끄나풀(끄나불) 강낭콩(강남콩) 숫양(수양) 미쟁이(미장공, 미장이) 튀기(트기) 호루라기(호루래기) 윗도리(웃도리) 윗목(웃목) 절구(절귀, 절구) 빔(비음, 빔) 샘(샘, 새암), 솔개(소리개, 솔개) 시누이(시누이 시뉘) 아내(안해) 다다르다(다닫다) 길품 - 삯(보행삯) 양파(둥글파) 생인손(생손) 전봇대 (전선대, 전보대) 옥수수, 강냉이(강냉이) 빌리다(빌다, 빌리다) 설거지 하다(설겆다, 설겆이하다)

그러나 위의 예를 통하여 우리는 아무런 이질성도 느끼지 않는다. 표준어와 문화어는 약간의 방언적 차이가 존재한다는 사실을 확인할 뿐이다.

물론 다음의 예에서는 방언적 차이의 벌어짐이 좀 더 심하기는 하다.

일러주다(대주다) 경단팥죽(동그레 팥죽) 돌아서다(돌따서다) 작은어머니, 숙모(삼촌어머니) 눈치(짬수) 새우잠(쪽 잠) 거위(게사니) 멍게(우릉성이)

그러나 이것들도 결코 의사소통에 장애를 일으킬 정도까지는 이르지 않는다. 새로운 방언을 만나는 생소함, 그리고 거기에 따르는 가벼운 충격 정도가 이들 낱말 사이의 관계라고 말하면 충분한 것이다.

관용표현

북한의 속담과 남한의 속담은 다른 점이 있는가? 우리는 이 질문에 대하여 즉각적으로 그리고 단정적으로 "아니요"라고 대답할 수 있다. 약 8,000여개의 속담을 수록하고 있는 북한의 조선 속담은 1984년에 간행 되었는데 남한의 속담사전이기문 1962을 참조하였다는 증거가 여러 곳에 나타난다. 거기에는 남한의 속담사전에는 수록되지 않는 속담들도 상당수 수록되어 있는데 그것은 수집과 채록의 미비로 남한에서 수록하지 못했을 뿐 남한의 어느 곳에선가 분명히 사용됨직한 것들이다.

- 가면서 안 온다는 님 없고, 오마하고 오는 님 없다.
- 급하기는 콩마당에 서슬치겠다
- 나막신 신고 돛단배 빠르다고 원망하듯
- 눈물은 내려가고 숟가락은 올라간다
- 닭 길러 족제비 좋은 일 시킨다
- 독수리는 모기를 잡아먹지 않는다

- 란시에 앉은뱅이 없다
- 래일 소 다리보다 오늘 메뚜기 다리에 끌린다
- 미련한 송아지 백정을 모른다
- 미끄러진 김에 쉬어간다

아마도 이러한 속담을 들으면서 남한 사람들은 북한 사람들과 똑같이 무릎을 치며 "암, 그렇고 말고"를 연발할 것이다. 이것은 남북한이 60년의 독자적인 생활환경속에 살면서도 공통의 민족정서를 조금도 훼손시키지 않고 유지하여 왔음을 입증하는 것이다. 이러한 현상은 속담 이외의 관용표현에서도 예외가 아니며 심지어 풍자와 야유의 의미를 함축하고 있는 유행어에도 그대로 반영된다. 북한의 사회상을 반영하는 한 두 개의 유행어만 지적해 보자

'남풍南風'을 "자유통일"의 숨은 뜻으로 쓰는 것이라든지 '3체 주의'를 당 관료들의 위선성을 폭로하는 뜻으로 "① 없으면서 있는 체, ② 못하면서 하는 체, ③ 모르면서 아는 체"를 나타내는 것 등은 억압받는 서민 감정의 자연스런 발로임을 발견하다. 은유를 생성해 내는 심리적 기제에서 남북한 서민의 감정에 털끝만큼의 차이도 존재하지 않는다는 것은 너무나도 당연한 것이면서 새롭게 놀라운 사실로 받아들이게 된다. 이토록 가까운 사이를 멀리 두고 보았다는 놀라움 때문이다.

국어 연구

북한의 『문화어 문법』1979은 ① 품사론에서 8품사를 설정하고 조사를 인정하지 않는 대신 '토'를 확대 적용하여 격조사와 활용어미를 모

두 아우른다는 점 ② 대부분의 문법용어를 고유어로 사용한다는 점이 남한의 문법체계와 현격한 차이를 보이는 것이라 할 수 있다. 그러나 북한의 언어 연구는 언어가 사회 개조에 가장 유효한 도구라고 하는 언어관에 입각하여 규범성과 체계성 및 실용성을 앞세웠기 때문에 이러한 결과를 낳았다고 이해할 수 있다.

이것은 문법 연구가 실용적 체계화와는 상관없이 자유롭게 연구된 남한의 문법 연구 풍토와는 상당한 거리가 있는 것처럼 보인다. 그러나 남한에서도 학교 문법이라고 하는 교육용 규범문법을 생각할 경우 북한식 방법론이 때로 효과적일 수도 있겠다는 느낌을 갖게 한다. 한편 국어사 연구 분야는 고구려, 백제, 신라의 언어 사실을 어떻게 보느냐 하는 것으로 집약된다. 지금까지 북한의 연구 결과를 요약하면 다음과 같다.

첫째, 한자차용표기의 원류가 고구려라고 주장한다는 점, 그리고 현대국어의 원류도 고구려 쪽에 비중을 두고자 한다는 점, 이것들은 자료의 실증적 검증만이 해답을 줄 수 있는 것이기 때문에 앞으로의 면밀한 연구만이 해답의 열쇠를 쥐고 있다. 다만 문화의 전이 과정이 한반도에서는 북에서 남으로 이동하였으리라는 추론이 가능하기 때문에 자료의 밑받침만 받는다면 고구려에서 먼저 한자차용표기를 개발했다는 주장을 경청할 필요가 있을 것이다.

둘째, 고구려, 백제, 신라의 언어는 원칙적으로 같았다고 주장한다는 점, 이것은 방언적 차이를 얼마만큼 중요시하느냐 하는 시점 논의에 귀착된다. 우리는 남북한이라는 지역적 제약에 구애되어 북한은 고구려를, 남한은 신라를 선호하는 분파주의를 고집해서는 안 될 것이다.

어문 정책

남북한이 공통으로 저지른 어문정책상의 두 가지 실책이 있다. 그 하나는 한때 잠시나마 한글 풀어쓰기 문제를 심각하게 생각하였던 점이요, 다른 하나는 한글 전용을 지나치게 강조하다가 전통 문화의 기본 자산인 한자교육에 차질을 일으켰다는 점이다. 한자교육과 한글 전용이 공존할 수 있다는 사실을 뒤늦게 깨달은 것까지 남북한은 공동의 보조를 취한다. 전혀 상대방으로부터 영향을 받지 않으면서 똑같은 실수를 범하고 똑같은 어문 정책과 문자 교육의 궤적을 밟는다는 것은 무엇을 의미하는 것인가? 그것은 남북한 사이에 문화적 기반이 같기 때문에 일어난 것이라고 밖에 달리 해석할 길이 없다.

이상으로 우리는 매우 소략하나마 남북한 사이에 존재하는 언어사실과 언어 연구 경향을 일별하였다. 이 과정에서 우리는 세부적인 차이가 존재함에도 불구하고 검토해 보면 볼수록 동질성이 더 크게 부각된다는 점을 숨길 수가 없었다.

우리는 그것을 앞에서 이미 언급한 바와 같이 동일한 민족 정서에 바탕을 두고 통일을 성취하겠다는 민족적 통합 의지가 언어 사실과 언어 연구에 나타난 것이라고 할 수 있겠다. 그러나 이러한 통합 의지를 실현시키는 절차는 이제부터 만난을 무릅쓰고 서로의 가슴을 열어 젖뜨리고 웃으며 만나는 일이 아니겠는가!

(기업은행 사보 1993년 10월호)

우리 민족언어의 어제 · 오늘 · 내일

1. 언어와 민족

우리는 이 글에서 우리 민족언어가 걸어온 길을 돌아보고, 또 앞으로 걸어갈 길을 전망해 보고자 한다. 다시 말하면, 민족언어의 과거역사를 점검하고 미래를 진단하려는 것이다. 그러나 논의에 들어가기 전에 '민족언어'라는 낱말부터 살펴보아야 하겠다. 어째서 '민족'과 '언어'라는 두 개의 낱말이 연이어 붙어 있는가? 이 세상에는 수천에 이르는 민족이 있고 또 그 숫자만큼의 언어가 있다. 그리고 대체로 하나의 민족은 하나의 언어를 소유하고 있다. 그래서 일찍이 우리 민족언어의 연구에 선구적 업적을 남긴 주시경 선생은 1897년 '국문론'이라는 글에서 언어와 민족은 표리일체임을 주장하면서 민족언어는 민족을 발전시키고 살리는 길임을 역설하였다.

물론 현재의 세계 형편을 둘러보면 반드시 하나의 민족이 하나의 언어만을 갖고 있지는 않다. 하나의 민족이 여러 개의 언어를 사용하는 수도 있고, 여러 민족이 하나의 언어를 사용하는 경우도 있다.

그러나 하나의 민족으로 특정 지어지는 사회 집단은 단일한 언어, 단일한 풍습, 단일한 문화 배경을 지니는 것이 가장 이상적임을 우리는 알고 있다. 그러므로 하나의 민족은 하나의 언어를 갖는 것이 가장 바람직한 것인데, 다행스럽게도 우리 배달민족은 역시 배달말 하나만을 사용하고 있다. 따라서 민족의 과거를 돌이켜 보는 것은 두 개의 일이 아니요, 하나의 일이다. 이제 우리는 민족언어의 과거를 돌이켜 보고 미래를 내다봄으로써 민족의 과거와 현재와 미래를 살펴보기로 하겠다.

2. 단일어 기반

우리 민족은 적어도 이천 년 전에 이미 만주 일대와 한반도 전역에 걸쳐 여러 개의 부족국가를 이루고 살고 있었다. 단군신화에 의하면 이 연대를 5천 년 정도로 거슬러 올라가며, 근자에 속속 발굴·정리되는 고고학의 연구 성과에 의하면 일만 년에서 이만 년 전까지 이 땅에 우리 조상이 살지 않았는가 추정하기도 하는 실정이다. 그렇지만 우리의 논의는 확실한 역사 연대인 이천 년 전쯤에서 시작하는 것이 좋을 것 같다.

이천 년 전, 만주 일대에 흩어져 살고 있던 우리 조상들은 분명히 각 지역 부족들 간에도 서로 통하는 단일한 언어를 사용하고 있었다.

옛날 중국의 역사책, 『삼국지 위지 동이전三國志 魏志 東夷傳』에 이 사실이 아주 명쾌하게 기록되어 있다. 즉, '고구려 말은 부여 말과 같고, 동옥저 말은 고구려와 같으며, 예나라 말도 고구려 말과 아주 비슷하다'고 적혀 있다. 이 기록을 보면 결국 '고구려'를 중심으로 하고 '부여', '동옥저', '예'의 네 부족국가들이 하나의 언어를 사용하였다는 결론을 얻을 수 있다. 한반도 남쪽에 흩어져 살던 '마한', '진한', '변한'도 서로 비슷한 말을 사용한 것으로 추정된다.

그러면 고구려, 백제, 신라가 솥발鼎立처럼 버티며 살던 삼국시대는 어떠하였는가? 이 때의 세 나라 말도 방언적인 차이야 있었겠지만 서로의 의사소통이 원활한 하나의 언어를 사용하였음을 알 수 있다. 그 하나의 예로 642년에 신라의 김춘추 - 나중에 태종 무열왕이 됨 - 가 고구려를 방문한 사실을 손꼽을 수 있다. 그 때 김춘추는 백제의 침공을 막기 위하여 고구려의 협조를 얻으려고 평양을 찾아간 것이었는데, 그 때에 서로 말이 통하지 않아서 통역관을 대동하였다는 증거는 어디에도 발견되지 않는다. 아마도 김춘추와 연개소문은 책상을 사이에 두고 마주 앉아 피차의 자기 사투리로 서로 이야기를 나누었을 것이다. 그러니까 연개소문은 지금 평양말의 조상이 되는 평안도말을 하였을 것이요, 김춘추는 오늘날 경주말의 조상이 되는 경상도 사투리로 이야기를 나누었을 것이다.

3. 외래영향(1)

이와 같이 우리 민족은 이천여 년 전부터 비록 나라를 달리하여 여러 쪽으로 나뉘어 살기는 하였지만 한결같이 하나의 배달말을 사용하여 왔다. 그렇다고 하여 주위의 다른 민족의 언어와는 아무런 교섭이 없었던가? 물론 그렇지는 않다.

역사책의 기록에 의하면 고구려 초기에 중국은 우리 민족이 사는 영토 안에 자기네 식민지 같은 것을 두어 300년 가까이 버티고 있었다. 한사군漢四郡 : 樂浪, 玄兎, 眞番, 臨屯이 바로 그것인데, 이 기간 중 고구려 사람들은 자연히 그들 중국 민족과의 접촉이 있었을 것이요, 그것은 중국어 곧 - 한사군의 언어 - 가 고구려에 외국어 또는 외래어로 작용하였을 가능성을 보여준다. 그러나 광개토대왕 시절에 한사군이 완전 소멸되었음으로 그 시절의 언어 접촉은 고구려의 일방적인 승리로 끝났을 것이라고 생각된다.

그 후 고려시대에 오면 우리 민족은 몽고 민족에게 오랜동안의 시달림을 받게 된다. 살례탑의 고려 침공이 1231년고종 18년이요, 원나라 연호 사용의 폐지가 1369년공민왕 18년이니 원나라에 시달린 기간이 줄잡아 일백 년이 넘는다. 이 기간 동안 우리 민족은 처음으로 중국 이외의 민족의 언어를 외래어로 받아들이는 경험을 하였다.

그 무렵 고려의 왕자가 왕세자로 책봉되면 원나라 서울로 옮겨가서 살다가 원나라 공주와 결혼하고, 개경으로 나오는 것이 관례였었다. 그렇게 임금이 된 경우는 25대 충렬왕에서 31대 공민왕에 이르기까지 7대에 걸쳐 있었다. 이런 형편이었으므로 고려 왕실은 물론 귀족과 일반 사회에 몽고말이 상당히 많이 퍼져 있었을 것은 짐작하기 어렵지 않다. 그러나 현재 확인할 수 있는 몽고 외래어는 40여 개에 지나지 않는데, 그것은 크게 4계열로 나뉜다.

첫째는 말馬의 종류를 구분하는 낱말이요, 둘째는 매鷹의 종류를 구분하는 낱말이고, 셋째는 군사용어軍事用語이며, 넷째가 일상용어 몇 개인데, 이 가운데에서도 오늘날까지 일반에게 알려진 낱말은 단 두 개 '수라'와 '보라'가 있을 뿐이다. '보라'는 '보라색'이라 할 때 색깔 이름으로 쓰이는 그 '보라'로서 '보라매'라는 매 이름에서 옮겨와 우리말에 정착하였다. '보라매'는 가슴털이 보라색을 띤 매의 한 가지이다. '수라'는 잘 알려진 바와 같이 임금님의 진지를 가리키는 낱말인데 원래 '탕湯 국물'을 뜻하는 '술런'이라는 낱말이 변한 것으로 짐작된다. 오늘날의 설렁탕도 이 '술런'과 관계가 있을 것으로 보인다. 어찌 되었건, 고려를 일백 년 이상이나 지배했던 몽고는 6백여 년의 세월이 흐른 오늘날, 우리나라에 오직 두 개의 낱말, '보라색'과 '설렁탕'을 남겨 놓았을 뿐이다.

한편 중국과의 문화적인 접촉은 19세기 말까지 면면히 이어져 왔으므로 우리 언어에 중국어가 미친 영향은 광범위하고도 다양한 것이었다.

첫째로 손꼽을 수 있는 것은 중국 문자인 한자의 수입과 통용이고, 둘째로 중국어의 수입과 통용이다. 한자의 수입은 5·6세기경에 이르러 일단계 정착이 이루어졌고, 그 뒤에 우리나라 한자음이 독자적인 길을 걸어간 것으로 생각되며, 중국어의 수입과 통용은 당唐나라·송宋나라·명明나라·청淸나라에 걸쳐 지속되었으나, 가장 큰 영향을 미친 것은 아마도 조선왕조 오백 년의 전반기와 중반기가 아닌가 싶다. 그 당시는 명나라와 청나라가 문화적으로 앞서 있었으므로 그곳의 문물을 수입하고 문화를 소화하는 것이 선진국 대열에 나아가는 것이었기 때문이다.

유형원의 『반계수록』에 다음과 같은 기록이 전한다.

> 세종대왕 시절에 무릇 물건의 이름을 부름에 있어서 고유한 우리말이 쓰이지 않고 모두 중국말로 부르는 습관이 널리 퍼졌다. 그렇듯 중국말로 오랫동안 통용하여 익숙하게 된 것으로 지금도 쓰이는 낱말이 많이 있으니, 당디當直, 갸스家事, 하츄下處, 퉁銅, 투퀴頭, 다홍大紅, 짜디紫的, 야칭鴉靑, 갸디假的, 망긴網巾, 퉌령團領, 텨리帖裡, 난바腦胞, 쳔량錢糧, 간계甘結, 텨즈帖子 같은 것들이다.

이로 미루어 보면 새 문물의 수입 창구가 중국 쪽으로 열려 있던 조선 초·중기에는 조정이나 양반 지식층에서 즐겨 중국어 낱말을 입에 올렸음을 알겠다. 이러한 당시 외래어 가운데 오늘날까지 쓰이는 것은 '다홍, 자주, 비단, 보배, 무명, 모시, 사탕, 수수, 배추'같은 낱말이다. 그렇지만 몇 개 남지 않은 이 낱말들도 오래 사용하는 동안에 우리말 음운체계에 동화되어 전혀 중국어라는 느낌을 주지 않는다.

따라서 이런 어휘는 우리말의 어휘의 자산을 늘리는 결과가 되었다.

4. 외래영향(2)

19세기 말까지는 이렇게 중국어와 몽고어로부터 약간의 간섭을 받으며, 우리 민족언어는 그 순수성을 유지하여 왔다. 그러다가 20세기에 접어들면서 우리 민족언어는 일본어로부터 유사 이래 유래가 없는 간섭을 받게 된다.

1910년 강압적으로 이루어진 한일합방은 민족적 자존심과 자주적 생존권을 박탈하여 갔을 뿐만 아니라, 그 말기에 이르러서는 민족언어의 파괴와 말살을 획책하는 단계에까지 이르렀었다. 민족언어의 역사를 점검해 보면서, 우리는 20세기 전반기에 이르러 한편으로는 붓을 놓고 망연자실하게 되고 또 한편으로는 주먹을 부릅 쥐고 분노를 삭이지 못해 쩔쩔매게 된다. 우리민족이 외세의 침략을 받아 정치적 · 사회적 압력을 받은 적이 고려조에도 있었고, 조선조 중기에도 없지 않았으나, 고유한 언어에 심대한 훼손을 입힌 적은 없었다. 몽고의 침입은 군사 용어를 중심으로 약간의 흔적을 남기는 것이었고, 중국어의 침입은 선진 문화를 수입하는 과정에서 빚어지는 고급 문화 지향의 유행성에서 벗어나는 것이 아니었다. 그러나 일본 통치 36년간에 자행된 일본어의 침입은 과거와는 명백하게 구별되는 심각함이 있다. 악랄함이 있었다고 말하여야 더 정확한 표현이 될 것이다.

그것은 두말할 것도 없이 우리 민족언어의 말살 정책을 폈다는 사실이다. 이 정책은 매우 교묘하고도 은밀한 수법으로 체계적이고 단계적으로 수행되었다. 처음에는 한 · 일 양국어 동계론同系論을 펴서 두 언어가 형제 관계에 있음을 내세웠다. 그 다음에는 일선동조론日鮮同祖論

을 내세워 두 민족이 원래 하나의 뿌리에서 나왔다고 주장하였다. 이런 식으로 변죽 울리기를 스무해 가까이 하다가, 일본의 군국주의자들이 중일전쟁을 일으킨 1937년 이후에는 학교에서 우리말 가르치는 시간수를 줄이기 시작하였다. 그리고 드디어 1938년 3월에 와서 소위 조선총독부는 조선어 과목을 모든 학교에서 전면 폐지하기에 이르렀다. 그리고 1940년엔 창씨개명創氏改名을 강요하였다. 성씨姓氏와 이름을 모두 일본식으로 바꿈으로써 외형상 일본 사람과 동등하게 한다는 것이 그들의 명분이었다.

조선어 과목을 학교에서 가르치지 않고 성명을 일본식으로 바꿨다고 하여 우리 민족이 일본 사람이 되는 것은 아니었다. 우리말을 쓰는 한 우리는 우리 민족일 수밖에 없었다. 그래서 나중에는 일본말쓰기를 강요하기에 이르렀다. 이 세상에 한 민족이 다른 민족을 침탈하고 지배한 일이 많이 있지만 이러한 민족언어 말살정책은 일찍이 유례가 없는 일이었다. 더구나 이 시기에 우리나라는 전근대의 농경사회에서 근대 공업사회로 전환하여야 하는 시기였으므로, 정치는 주권을 빼앗겼으니 말할 것도 없고, 경제, 문화, 사회 등 각 분야에 걸친 모든 전문용어, 기술용어가 일본어로 학습되고 일본어로 전수 되었다. 일상용어가 일본어로 확산되는 것은 두말할 필요도 없는 일이었다. 1945년에 조국 광복의 기쁨을 얻었으나 일본 사람들이 물러간 우리 강토에는 그들의 그림자처럼 온 나라 방방곡곡에 일본어가 스며들어 있었다. 보다 정확하게 표현하면 산더미처럼 쌓여 있었다고 말해야 좋을지 모른다. 그러므로 광복 이후에 우리 민족이 일본어 찌꺼기 없애기에 열성을 기울인 것은 너무도 자연스럽고 당연한 일이었다. 그러나 아직도 일본어의 잔재는 우리 주위에 남아 있다. 그것은 크게 세 가지로 나누어 볼 수 있다.

첫째는 일본식 발음이요, 둘째는 일본어 낱말이요, 셋째는 일본식 한자어들이다. 다음에 그 예를 보인다.

- 일본식 발음 : '슬리퍼slipper'를 '쓰레빠'로, '글라스glass'를 '가라스'로, '칼라color'를 '가라'로, '콘크리트concrete'를 '공구리'로, '컵cup'을 '고뿌'로.
- 일본어 낱말 : '풍로・화로'를 '곤로'로, '수레・달구지'를 '구루마'로, '선심・호기'를 '기마이'로, '고루펴기'를 '나라시'로, '큰대야・함지박'을 '다라이'로, '나사틀개'를 '네지마와시'로, '손톱깎이'를 '쓰메끼리'로, '전구'를 '전기다마'로, '접시'를 '사라'로.
- 일본식 한자어 : '처지處地'를 '입장立場'으로, '인도引導'를 '안내案內'로, '보온병保溫瓶'을 '마호병魔法瓶'으로, '맞선'을 '미아이見合'로, '이쑤시개'를 '요지楊枝'로, '인사人事'를 '경례敬禮'로.

위의 예는 일상으로 자주 쓰이는 몇 개의 보기에 불과하다. 아마도 이러한 낱말을 모아 보면 수백 단어에 이를 것으로 생각된다. 우리는 이러한 일본어의 잔재를 하루 빨리 청산하여야 한다. 여유있는 자세로 한걸음 물러서서 보면 '서양 외래어를 인정하듯 일본어를 인정하는 것도 무방한 것이 아니냐?'고 생각하는 사람이 있을 수도 있다. 그러나 현재 우리 언어 사회에 남아 있는 일본어 찌꺼기는 평등 관계의 문화적 교류에 의하여 수입된 것이 아니라, 식민지 침탈의 굴레 속에서 일방적으로 강요하여 사용했던 낱말들이라는 점을 우리는 분명히 돌이켜 보아야 한다. 우리가 우리말 속에 남아 있는 일본어의 잔재를 없애버려야 하는 까닭이 여기에 있다. 이것이야말로 자존심의 회복이요, 민족적 긍지의 제자리 찾기이다.

그 동안 우리는 웬만큼 일본어의 잔재를 씻어내기는 하였으나, 그 상처를 입은 시기가 최근이어서인지, 앞에 예시한 것처럼 아직도 없애버릴 낱말이 일상용어에서만도 수백에 이른다. 우리는 이 일본어 찌꺼기가 완전히 우리 언어생활에서 물러나간 뒤에 가서야 비로소 진정한 조국 광복을 쟁취한 것이라 할 수 있을 것이다. 이러한 관점에서 우리는 한걸음 더 나아가, 민족 언어를 발전시키는 방책으로 어려운 한자어를 좀 더 정겨운 우리 고유어로 바꾸는 작업도 더욱 열심히 펼쳐 나아가야 할 것이라고 생각된다.

5. 한자어 문제

앞에서도 언급한 바와 같이 한자어가 우리 민족의 어휘 자산으로 정착한 것은 적어도 이천 년 가까이 소급하는 오랜 역사를 갖고 있다. 그러므로 한자어 가운데에는 우리말 음운체계에 동화되는 과정에서 한자로 복원할 수 없을 만큼 변화되어 고유어처럼 보이는 것이 더러 있으나, 우리말 어휘자산의 60%를 웃도는 대부분의 한자어는 중국어 통사 구조에 따른 어휘들이다. 따라서 고유어로 바꿀 수만 있다면 하루빨리 바꾸어 우리말의 순도純度를 높여야 한다. 또, 그 한자어 가운데에는 일제통치 기간에 자리 잡은 것도 엄청난 양에 이른다.

그러한 한자어를 우리말로 바꾸어 보려는 노력은 그 동안 여러 분야에서 그런대로 상당한 연륜을 쌓아 왔다. 그럼에도 불구하고 그 성과는 크게 드러나는 것이 없는 것처럼 보인다. 그러나 언어생활이라는 것은 넘실대며 흐르는 넓고 큰 강물과 같아서 겉보기에 급작스런 변화는 눈에 띄지 않으나, 언어 대중이 어떤 의식을 갖고 변화하고 있느냐 하는 것을 매우 느리기는 하지만 분명히 보여 준다.

잠시 다음 문장을 살펴보기로 하자.

① 言語의 存在와 先後하여 必有할 것은 文字며, 文字는 言語와 共存치 아니치 못할 必然의 關係가 있나니 이는 免치 못할 自然의 理勢라.
(1923년 權悳奎「古代朝鮮文의 有無」)

② 新羅時代에 表記法 體系가 存在하였음은 疑心할 餘地가 없지만, 그 中 地名, 人名의 表記法은 어느 程度 作名上의 技巧가 可能하며, 더욱 人名의 用字에서는 作名者 自身의 主觀的 技巧가 後世에 내려올수록 그 濃度가 짙을 것이나, 文章表記로서의 鄕歌에 있어서는 이러한 恣意性이란 것이 存在할 수 없으며, 存在하여서도 아니 된다.
(1955년 李崇寧「新羅時代 表記法體系에 關한 試論」)

③ 이 글은 우리나라가 中國의 文字 文化를 輸入하여 消化하는 過程에서 겪었던 하나의 文化 現象을 究明하기 위하여 構想된 것이다.
(1975년 沈在箕「口訣의 生成·變遷의 體系」)

위의 세 글은 1920년대, 1950년대, 1970년대의 글이다. 이것들이 반드시 그 시대를 대표한다고는 볼 수 없는 것이지만 문체와 한자어 사용에서 뚜렷한 시대 차이를 보여주고 있다. 이 처럼 우리말은 비록 느리기는 하지만 고유어를 살리면서 될 수 있는 대로 평이한 문장을 쓰려는 흐름이 지속적으로 이어져 오고 있다.

요즈음 성급한 마음을 가진 사람들이 한자를 전면적으로 부정하고 한글만 쓰기를 주장하기도 한다. 한자어를 모두 고유어로 바꾸어 쓰자는 주장을 펴기도 한다. 이러한 주장을 하는 이들의 마음은 충분히 이해되지만 그들은 언어의 사회성과 역사성을 너무 가볍게 보는 것이 아닌가 여겨진다. 하찮은 낱말 하나일지라도 그것이 사회적 공인을 얻으면 그 낱말은 여러 세대, 수백 년에 걸쳐 언어 대중과 더불어 끈질긴 생명을 이어가는 것이 보통이다.

이러한 문제와 관련하여 우리는 지난 30여 년 간 북한이 추진했던 말 다듬기 운동의 성과가 좋은 본보기가 되리라 생각된다.

6. 북한의 언어 정책

북한은 1964년, 1966년 두 차례에 걸쳐 언어 정책을 밝히는 김일성의 담화문을 발표하고, 이 담화문을 지침으로 삼아 그 후 최근에 이르기까지 거국적인 행사로 말 다듬기 사업을 펼쳐왔다. 남한에서 매우 소극적으로 추진해 온 국어순화운동과 전적으로 성격을 같이하는 사업이었다. 이 사업의 기본 취지는 1966년의 담화문 '조선어의 민족적 특성을 옳게 살려 나갈 데 대하여'에 비교적 자세히 언급되어 있다.

그 요점만 간단히 옮기면 다음과 같다.

> 우리나라는 정치・경제・문화의 교류로 외래 요소가 많이 들어왔다. 언어도 서양의 외래어, 중국어, 일본어가 많이 쓰인다. 특히 남한의 서양화, 일본화, 한자화는 심각하여 민족적 특성을 상실할 위험에 놓여있다. 따라서 더 늦기 전에 북한에서만이라도 한자어와 외래어를 고유한 우리말로 고치고 체계적으로 발전시켜야 한다.
>
> 외래어는 국어사정위원회에서 제때에 새말을 만들어 보급해야 하고, 한자어를 고칠 때에는 그대로 두고 사용할 것, 뜻폭이 같지 않은 것은 조심해서 고쳐나갈 것, 단어들의 결합관계도 고려하여 고쳐나갈 것 등을 유념해야 한다.

이렇게 시작된 말 다듬기 사업은 1972년에 이르면 약 5만 개에 달하는 한자어 및 외래어를 고유한 우리말로 바꿔놓고 있다. 이 5만 개의 낱말을 얻기까지 북한 사회가 기울인 노력은 진실로 엄청난 것이었다. 학술단체, 언론기관, 산업체, 일반 백성이 총동원이 되어 토론을 벌이고 의견을 조정한 노력의 결정들이었다.

그러나 1987년에 국어사정위원회에서 간행한 『다듬은 말』에는 2만 5천 개의 낱말만 수록되어 있다. 20여 년에 걸친 말 다듬기의 결과가 2만 5천 개의 낱말로 최종적인 결실을 맺은 셈인데, 이것도 실재의 언어 현실에서 생명력을 얻은 것인지 아닌지는 아직 확실하게 말할 수 있는 형편이 아니다.

실례로 5만 개의 다듬은 말 속에서 '아이스크림'이 '어름보숭이'로, '맹장盲腸'이 '군밸'로 다듬어져 있다. 그러나 최종 마무리 단계에서 '어름보숭이'와 '군밸'은 다시 옛말에 밀려나, 끝내 사라지는 운명이 되었다. 이와 같이 언어 대중이 호응하지 않는 급진 정책은 결국은 실패한다는 것을 알 수 있다.

물론 우리는 북한의 말 다듬기 운동이 전적으로 실패하였다고는 보지 않는다. 아직도 그것은 언어 대중이 즐겨 사용할 것인지 아니면 망각 속에 묻혀버릴 것인지를 판결하는 단계에 머물러 있는 것이기 때문이다. 그리고 우리말이 어떤 방향으로 정리되고 다듬어지는 것이 올바른 것인가를 깨우치고 그 방향을 잡아주었다는 점에서는 그 말 다듬기 운동이 앞으로의 언어 정책을 수립하고 실천하는 데 분명한 타산지석이 되었다.

7. 앞으로 할 일

그러면 앞으로 우리가 우리 민족 언어를 아름답게 가꾸기 위하여 무슨 일을 하여야 할 것인가를 생각해 보기로 하자.

무엇보다도 우리는 지금보다 더 많은 국어 공부를 하여야 한다. 그러기 위해서는 평소에 우리말에 대한 섬세하고도 깊은 관심이 요구된다.

관심이 있는 곳에 문제점이 노출되기 때문이다. 그러한 의미에서 비록 성과가 미미하기는 했지만 온 국민이 머리를 맞대고, 좋은 말을 찾아내느라 노력했던 북한의 말 다듬기 운동은 어떤 형태로든 부활되는 것이 바람직하다. 다만 그것이 정치적 목적에 사용되거나, 강제성을 띠고 실행되어서는 안 될 것이다.

초등학교나 중학교에서 낱말 뜻 바로 알기를 권장하고, 또 바른 낱말 뜻을 힘들여 교육시켜야 한다. 글짓기 대회와 말하기 대회도 연중무휴로 실시하여야 할 것이다. 웅변대회에서 상을 주듯 낱말 경시대회 같은 것을 정기적으로 개최하여 고유한 우리말 보급에 힘쓰고 민족언어에 대한 자긍심을 높이는 운동을 전개하여야 한다. 고등학교나 대학교에서는 낱말의 뿌리를 캐묻는 차원으로 낱말 뜻 바로 알기 운동과 경시대회가 열려야 할 것이다.

불완전하거나 비속한 문장을 어떻게 아름다운 문장으로 바꿀 것인가를 묻는 현상모집도 해야 할 것이다. 일반 시민들은 조금만 한가하면 낱말 맞추기 같은 퀴즈놀이에 관심을 갖도록 하여야 한다. 이와 같은 '우리말 가꾸기'의 분위기가 국민의 기본 정서 속에 깔려 있게 되는 날, 우리 민족 언어는 우리 민족과 함께 서서히 세계를 향하여 날개를 펼칠 것이다.

바야흐로 우리나라는 세계화의 길로 들어섰다. 모든 국민이 적어도 외국어 하나둘쯤은 능숙하게 구사할 수 있는 시대가 머지않아 다가올 것이다. 그러면 그 때에 가서 어떤 사람이 외국어를 잘하게 될 것인가?

지금까지 많은 언어학자가 연구하여 밝힌 바에 의하면, 제나라 말, 자기의 모국어에 능숙한 사람이 외국어에도 능숙하다는 결론을 내리고 있다. 따라서, 세계화의 과정에서 필연적으로 부딪치는 것은 다른 나라말과의 당당한 공존 관계인데 그 때에 제나라 언어에 대한 정확한 지식, 풍부한 어휘력, 그리고 제나라 말에 대한 자부심과 자신감은 그대로 외국어의 능숙한 구사력에 직결된다는 점을 명심하여야 한다.

우리는 민족언어를 사랑하고 아끼는 것과 동시에 세계 모든 민족과 언어에 대해서도 편견 없는 마음으로 대하는 너그러운 자세가 필요하다.

이 너그러운 자세가 곧 우리의 민족언어를 발전시키는 지름길이기도 하다. 함께 사는 사회의 열린 마음은 내 것의 소중함과 남의 것의 소중함이 결코 둘이 아니요, 하나임을 지금까지의 세계역사가 가르쳐 주고 있기 때문이다.

(도서유통을 위한 잡지 「책」 1995년 10월호)

우리말을 아름답게, 우리글을 정확하게

한국 사람이라면 누구나 한국어를 아름다운 말이라고 생각합니다. 왜냐하면 한국 사람들은 한국어로 의견 교환을 하며, 의사를 소통할 때가 가장 쉽고 편하기 때문입니다. 쉽고 편한 것이 모두 아름다운 것이라고는 할 수 없지만 언어의 경우는 쉽고 편하기 때문에 좋은 언어이며 좋은 언어이기 때문에 아름다운 언어라고 생각합니다. 아름답다고 하는 것이 지극히 주관적인 것이기 때문이기도 합니다. 그러나 한국어를 아름다운 말이라고 생각하는 까닭은 뭐니 뭐니 해도 우리가 틀림없는 한국 사람이요 또한 한국을 사랑하기 때문입니다. 사랑하는 것은 모두 아름다운 것입니다.

이와 같이 우리는 한국 사람임을 사랑하고 한국어를 사랑합니다. 그러므로 우리가 한국어를 아끼고 보존하여 진정으로 아름다운 언어로 가꾸어 후손들에게 남겨야 하는 일은 우리의 권리요 의무입니다.

이러한 권리와 의무를 행사하기 위하여 우리가 최소한으로 알아야 하고 지켜야 할 것은 무엇인가? 이제 그러한 문제 몇 가지를 짚어 보고자 합니다.

1. 말과 글자

대단히 유식한 사람이 다음과 같은 글을 쓴 적이 있습니다.

"아름다운 우리말, 한글이 창제된 지 어언 550년이 넘었습니다."

무심히 읽으면 자칫 놓쳐 버리기 쉬운 구절입니다. 이 분은 우리말을 적는 데 그야말로 안성맞춤인 우리 글자, 한글을 자랑스럽게 여기고 사랑하는 분임에 틀림없습니다. 그러나 한글을 사랑하는 것이 너무 정도에 지나쳐서 우리말 - 곧 한국어 - 과 한글을 혼동하고 말았습니다. 어째서 우리말이 한글입니까? 한글은 글자이고 우리말은 그야말로 말 - 언어 - 입니다. 우리말이 550여 년 전에 만들어졌다면 이것은 기가 막힌 망발입니다. 아마도 우리말은 "우리 민족이 언제 어디에서 출발했느냐" 하는 문제를 풀어야만 대답할 수 있는 것입니다. 우리말은 적어도 만 년 전, 이만 년 전에 우리 민족의 형성과 함께 만들어졌을 것입니다.

우리는 이제 행여라도 한글이 550여 년 전에 세종대왕이 만드셨다는 것과, 우리말의 형성을 혼동해서는 아니 되겠습니다.

2. 한글 맞춤법

세상 사람들은 한글 맞춤법을 어렵다고 생각합니다. 그러나 맞춤법을 어렵다고 생각하는 분의 마음 속 깊은 곳에는 한글은 소리글자이니까 아무렇게 써도 되는 것 아닌가 하는 생각을 감추고 있습니다. 그런데 이런 분일수록 우습게도 영어의 철자에는 대단히 민감한 경우가 많습니다. 영어도 소리글자인 알파벳으로 적힌다는 것을 짐짓 외면하면서 말입니다.

우리 맞춤법이 약간 어려운 것은 사실입니다. 둘받침 글자로 낱말의 어간 형태를 고정시킨 것이 어렵게 느껴지는 중요한 요소입니다. 가령 '값, 넋, 삯'이라든지 '없다, 많다, 닮다, 늙다, 넓다, 훑다' 같은 용언의 어간을 바르게 적는 것은 분명히 까다로운 일에 속합니다. 그러나 조금만 정성을 들여서 공부하면 초등학교 상급반 실력으로 이 정도의 철자법은 능히 극복할 수 있습니다.

철자법에 대하여 불평을 하시는 분들은 철자법을 배울 기회가 없었던 60~70대의 나이든 어른들인데 요즈음 젊은 세대는 아마도 그 어른들이 왜 철자법을 가지고 불평을 하는지 이해가 되지 않을 것입니다. 우리가 맞춤법을 바르게 지켜야 하는 것은 길을 걸을 때 교통규칙을 지켜야 하는 것과 같은 것입니다. 교통규칙이 통행의 안전과 편의를 위해서 지켜야 하는 약속인 것처럼, 한글 맞춤법은 우리들의 문자 생활을 안전하고 편리하게 누리고자 하는 약속이기 때문입니다. 물론 맞춤법의 세부 내용에는 기억하기가 번거로운 부분이 없지 않습니다. 그러나 그런 정도의 배려도 하지 않는다면 문화인의 문자 생활을 논의할 자격이 없다고 보아야 할 것입니다.

3. 외래어 표기

'외래어'를 바르게 표기하는 방안을 말하고자 할 때, 우선적으로 문제되는 것은 '외래어' 자체를 올바르게 아는 일입니다. 엄격하게 말한다면 '외래어'는 '국어'라는 사실입니다. 기원을 밝혀보자면 다른 나라 말이지만 우리나라에 들어와서 국어 어휘 체계 안에 수용된 어휘가 외래어입니다. 그러나 일반인들은 아직 국어 속에 수용되지 않은 외국어를 우리말 속에 섞어 쓸 때, 그 외국어를 외래어라고 생각하는 경향이 있습니다. 가령 다음과 같은 말을 생각해 보기로 합니다.

"너, 오늘 아침에 무슨 크림으로 메이크업 하였니?"

이 말에서 '크림'은 우리말 속에 녹아버린 외래어이고, '메이크업'은 '화장化粧'이라는 우리말이 쓰일 수 있는 낱말이므로 영어로 취급하여야 합니다. 그러나 대부분의 사람들은 '메이크업'과 같은 낱말을 외래어라 생각하는 경향이 있습니다.

물론 여러 가지 전문분야에 들어가면 적당한 우리말이 없어서 외국어가 그대로 외래어 취급을 받아야 할 경우가 없지 않습니다. 또 외국의 사람 이름이나 땅 이름 같은 것을 우리 한글로 적고자 할 때에도 원음을 정확하게 모르면 잘못 적는 수가 있습니다. 특히 중국이나 일본의 사람 이름이나 땅 이름을 적을 때는 문제가 복잡합니다. 그것들이 한자漢字로 적혀 있는데, 그 나라의 한자음과 우리나라 한자음은 서로 다르기 때문입니다. 우리 외래어 표기법은 그 나라의 원음을 따르도록 규정하고 있어서, 가령 '北京', '東京'을 '베이징', '도쿄'로 적어야 합니다. 그렇지만 우리는 관행으로 '북경', '동경'도 허용하는 실정입니다. 한자를 사용하는 중국과 일본의 고유명사에 대해서는 관행대로 한국 한자음대로 읽고 쓴다고 해서 크게 나쁠 것은 없을 듯합니다. 우리는 '등소평鄧小平, 이붕李鵬'이라고 말하고 써야지, '떵사오핑, 리펑'이라고 말하고 쓰기엔 거부감이 있기 때문입니다. 또 한자음에 관한 민족 자주성을 지키는 것도 좋을 것이기 때문입니다.

우리는 참고로 영국 사람, 미국 사람들이 프랑스 수도 '파리Paris'를 영어식으로 발음하여 '패리스'라고 한다는 사실과 이탈리아 도시 '베네치아Venecia'를 영어식으로 고쳐서 '베니스'라고 한다는 사실을 타산지석으로 삼아야 할 것입니다.

4. 불필요한 외국어

우리말을 아름답게 가꾸는 가장 확실한 방법은 우리말만 쓰는 것입니다. 새로운 기술문명이 외국에서 물밀듯이 들어오는데 어떻게 우리말만 쓰느냐고 항의할 수 있습니다. 물론 새로운 기술용어를 우리말로만 쓰자는 것은 아닙니다. 그런 것은 우리말로 바꾸는 작업을 하는 데에도 시간이 걸리는 일이기 때문에 아무리 부지런을 피워도 원어의 유입을 허용할 수밖에 없습니다. 그러나 위험스러운 것은, 그러한 외국어 전문용어의 수입을 빙자하여 불필요한 외국어를 남용하는 일입니다. 더욱 한심스러운 일은 일부 식견이 짧은 기업들이 새로운 상품을 선전할 때에 우리말로 해도 될 표현을 굳이 알기 어려운 외국어를 그대로 쓰자고 고집하는 일입니다.

최근에 나타난 한두 가지 예를 생각해 보기로 합니다.

요즈음 016, 017, 019로 대표되는 PCS 상품이 선전에 열을 올리고 있습니다. 영어를 웬만큼 아는 분들도 아직 PCS가 무엇을 뜻하는지 모릅니다. 그것은 직역하면 '개인용 통신 체계Personal communication System'라고 할 수 있겠는데, 이것을 영문 첫 글자 모음 그대로 '피 시 에스'로 선전하고 있습니다. 이런 식으로 새로운 문물의 이름이 정해진다면 일상생활에 고유한 우리말은 점점 줄어들 것입니다. '피 시 에스' 대신에 그것을 번역한 적절한 우리말을 찾는 노력이 있어야 할 것입니다. 그런데 그러한 노력이 산업계나 학계나 두루 모자란 듯합니다. '휴대폰'이란 낱말만 해도 만족스럽지는 않으나, 그런대로 받아들일 수 있겠는데, 그 방식을 적용하면 '피 시 에스'는 '개인통신(기)' 정도로 바꿀 수 있을 것입니다.

또 최신 '휴대폰'에는 손을 쓰지 않고도 통화를 할 수 있는 장치가 개발되었다고 합니다. 손을 쓰지 않는다 하여 영어로 'Hands Free손쓰지 않음'라고 하는데 그 말을 우리말로도 '핸즈프리'라고 부른다면 그것이 옳은 태도이겠습니까? 그런데 실제로 업계에서는 그러한 현상이 일어나고 있습니다. 억지로 번역하면 '손없이'가 되는데 이것을 그대로 쓸 수 없다면 더 좋은 말을 찾는 노력을 해야 할 것입니다. 그런 노력도 기울이지 않고 어떻게 우리말을 아름답게 가꾸고 지켜가겠다고 하겠습니까?

이제 우리말을 지키는 최첨단 파수병은 문인이나 국어학자가 아니라, 새로운 기술 분야에 종사하는 기술계, 산업계 역군들입니다. 그들의 국어 의식이 건전해야, 참신하고, 건전한 기술용어, 산업용어가 우리말로 선을 보일 것입니다. 그러한 풍조가 나타나기를 기대해 봅니다.

(쌍용투자증권 사보 1997년 10월호)

어문語文 질서秩序의 과거와 현재

언어와 문자 생활이 오늘날처럼 극도의 타락에 빠져 있다고 생각되었던 시대는 일찍이 없었다. 20세기에 접어들면서 시작된 이 혼란은 오늘에 와서 거의 수습할 수 없는 막다른 골목에 이르지 않았나 생각된다. 그러나 헤쳐 나갈 길이 전혀 없지는 않으리라는 기대와, 왜 이 지경에 이르렀는가를 차분하게 검토해 보자는 마음에서 이 글은 쓰였다. 국어를 공부하면서 한때는 이런 현실적인 문제에 참견하는 것이 불순하다고 생각되었던 순수한 상아탑象牙塔의 시절이 있었다. 그러나 어문 현상이 점차 깊은 혼란에 빠져드는 때에, 그 혼란을 수습하려는 적극적인 참여자들이 서로 엇갈린 자기주장에 도취되어 상대방의 좋은 의견을 묵살 또는 간과하려는 풍조가 커지는 것을 보면서, 국어를 공부하는 사람으로서 뿐만 아니라, 일컬어 한 사람의 교양인으로서 침묵을 지키는 것이 미덕일 수만은 없다고 생각한 것이다.

글의 처음 부분은 외국의 간섭과 이에 저항한 국어 의식이 어떠했는가를 개괄했으며, 그 다음으로 현재 혼란이라고 생각되는 문제들을 발음・어휘・문자의 순서로 취급하여 보았다. 논리의 비약과 거듭되는 군더더기의 말은 오로지 이 글이 나타내고자 하는 명제를 강조하려는 목적으로 쓰였다고 생각해 주었으면 한다.

하나.

해방이 되고 한 세대의 세월이 흘렀다. 한민족이라는 하나의 문패를 달고 살아온 지 수천 년, 나라가 몇 갈래로 나뉜 적은 있었으나 나라를 송두리째 빼앗겨 다른 민족의 말굽에 시달린 경험은 오직 한 번 일제 치하뿐이었다. 그 이유 하나만으로도 해방의 감격은 우리 겨레 모두에게 서른여섯 해 그 고통과 설움의 크기만큼 커다란 기쁨이요 흐느낌이었다. 그 어두움의 세월 속에서 조선어 말살 정책에 의한 국어의 수난이 이만 저만 가슴이 아픈 것이 아니었음은 이제 새삼스런 얘깃거리가 되지 않으려니와, 그 설움을 깨끗이 떨어내고자 하는 반작용으로서의 국어 회복 운동은 뜻밖에도 빗나간 화살이 되어서 오늘날까지 그 상처를 아물리는 데 자그마치 민족적 역량을 기울여야할 계제에까지 이른 느낌이 있다. 이토록 오랫동안 국어 문제로 심각한 고민에 빠진다는 사실은, 좀 부끄러운 얘기가 될지 모르겠으나 문화민족임을 내세우는 우리들 자신이 스스로 문화 발전과 그 계승의 힘이 없음을 드러내는 처사 이외에 아무 것도 아니다. 그러나 우리는 그렇게 간단하게 자폄自

貶의 괴로움에 빠질 필요는 없을 것이다. 무엇인가 애초의 출발이 잘못 되었다는 데에 있을 것이므로 국어의 혼란이 어디에서 왔는가, 또 구체적으로 무엇에 혼란이 있었는가를 궁리해 봄으로써 우리를 짓누르는 질곡桎梏에서 숨 돌릴 활로가 열리리라고 본다.

'나라'를 팔아먹은 것에서 비극의 문은 열렸다. 그 이유가 조선왕조의 대외 의존적 외교 정책에 있었건, 근대화에 뒤쳐짐에서 온 경제적 영세성, 사회적 폐쇄성에 있었건, 또는 지정학적 숙명에 있었건, 제 집에 들어온 나그네한테 종살이를 해야 했던 20세기 초반의 우리역사가 오늘날 언어혼란의 화근이었다. 홍길동은 서자로 태어나서 호부호형呼父呼兄못하는 것이 억울하여 - 그러니까 마음대로 말 못하는 것이 억울하여 - 율도국의 이상을 품고 호협한 대장부의 꿈을 펼쳐 보였었거니와, 그 자손들은 어찌해서 나라를 잃고 제 말을 못 쓰게 하는데도 '아노네 옥상여보세요 아주머니쯤의 뜻을 가진 일본어'을 연발하면서 비굴한 웃음을 흘리며 서른여섯 해를 늙어 왔는지 모를 일이다. 하기야 '아노네 옥상'이 죽어도 입에서 나오지 않는 박제상의 자손들이 사뭇 없지는 않아서 어느 구석에서고 기회만 있으면 한 번 찔러볼 양으로 비수를 갈며 안광眼光도 무섭게 잠을 사리고 있었다. 민영환과 이완용으로 대표되는 이 두 계열의 우리 선조의 피는 그리하여 현대에까지도 줄기차게 명맥을 유지하여 온다. 민영환의 피는 창씨개명을 거부했고 이완용의 피는 매일 아침 황국신민서사皇國臣民誓詞를 목 줄기에 핏대를 올려가며 외쳐대곤 하였다. 이 두 개의 피가 서로 부딪치는 불협화의 마당에서 국어의 혼란은 일어나는 것이었다. 말하자면 일제의 이른바 국어상용그러니까 일어 상용을 장려하기 위한 끈질긴 노력은 드디어 문어발처럼 뼈다귀 없는 식민지 아전衙前들을 지식인이라고 만들어내는 데 얼마간 성공을 거두게 되었는데, 그로부터 민영환의 피는 점차로 서슬이 꺾이는 운명을 맞았다. 엄연히 존재하는 제 민족고유의 언어를 하나둘씩 잊고, 귀에 익고 눈에 익은 왜말을 손쉽게 사용하는 일이 편의에 의해서 보편화되었기 때문이다. 이러한 타성은 시간이 흐를수록 그나마 남아 있는 민족의식조차도 계속 마비시켜 가고 있었다. 일제의 발악은 대동아 전쟁大東亞戰爭을 일으키면서 더욱 극렬해지고 식민지 기간 중에 태어난 서글픈 후손들은 어쩔 수 없이 나면서부터 '종의 자식'이라는 의식에서 헤어나기 어렵게 되어 있었다. 대문 안에서 쓰는 말과 대문 밖에서 쓰는 말이 태초부터 있었던 것인 양 받아들여지는 그러한 의식의 세계였다.

지금은 이미 지나간 얘기가 되어, 이와 같은 역사적 서술에 감정적 여유를 맛볼 수 있는 것이지만, 사실 1940년대를 앞뒤로 하는 한반도의 상황은 실로 절망적이고 참담한 것이었다. 그러다가 갑자기 꿈에서 만난 '님'처럼 해방이 찾아왔다. 그러나 이렇듯 꿈도 아니요 꿈 아닌 것도 아닌 환상적 환희는 오히려 몽유병을 일으키는 결과가 되고 말았다. 왜말을 거의 자유자재로 구사할 수 있는 능력과 타성이 해방으로 얻어진 몽유병에 겹쳐져서 언어 현상은 걷잡을 수 없는 무한궤도를 치달리었다. 몽유병은 대체로 두 가지 증세를 보이는 것이었으니, 그 하나는 제 말을 아주 잊기나 한 듯이 왜말을 쓰는 것이요, 다른 하나는 왜말 대신에 해방을 가져다 준 다른 손님의 말을 빌어쓰기 시작한 것이었다. 물론 이러한 무궤도의 혼란에서도 박제상의 목소리가 가냘프게 울리고 있었고 민영환의 멈추었던 피가 다시 돌기 시작하였으나 몽유병은 좀처럼 쉽게 치유될 기미를 보이지 않았다.

둘.

일본어를 배운다.
애비는 창씨개명을 않겠다고 주재소에 끌려가
혼백도 유야무야로 장살杖殺이 났는데,
그 장독杖毒, 태독笞毒이 자자손손 유전되어
몽고반蒙古班처럼 엉덩짝에 멍이 들어
유복자遺腹子로 태어난 자식새끼가
일본어를 배운다.
일본어를 배운다.

한일국교가 정상화된 이래로 몇 년간 시중에 일본어 학습의 '붐'이 일어났을 때이 붐은 지금도 계속되고 있다 30대 후반 이상의 연령을 가진 식자들은 착잡한 심경에 아니 빠질 수 없었다. 외국어의 하나로서 일본어를 선택하여 배운다는 것이 무엇이 나쁘단 말인가? 또 좋건 궂건 가장 가까운 나라임에랴. 하지만 백 가지 말을 다 배워도 '왜말'만은 배우지 않았으면 좋겠다는 생래적인타고난 반발이 왜말을 아는 사람들에게는 더욱 고조되는 기현상이 있다. 이러한 갈등은 대한민국 정부가 새로이 수립된 이후에 정치인의 판도에서 매우 상징적이고도 아이러니칼한 모습으로 나타났었다. 두말할 것도 없이 그것은 자유당 정권하의 이승만 대통령과 그 휘하의 일부 관료들이었다. 왜놈이라면 그 이

응자(ㅇ)만 보아도 펄펄 뛰었던 철저한 반일주의자인 대통령 밑에는 언제나 권력의 그늘에서만 숨 쉴 줄 아는 왕년의 친일파와 그 아류亞流들이 일부 끼여 있었다. 대통령은 물론 하루아침에 왜말과 왜색이 쓸리어 없어지기를 희망했고 일부 정치인들은 '마아, 마아'말을 더듬을 때 쓰는 일본식 말투. 우리말 '저어, 저어'에 해당할까? 소리를 연발하면서 대통령의 유시를 받들어 왜말과 왜색을 깨끗이 쓸어버리자고 역설하였다. 마치 불란서 작자 몰리에르의 희극과도 같은 현상이 연이어 일어났다.

이때 이를 바로잡겠다는 한 무리의 언어 정책가가 출현하였다. 그 대부분이 식민통치 기간 중 목숨을 내걸고 국어 연구에 몸 바친 조선어학회 회원들이었고 그 가운데서도 특히 '외솔 최현배'는 국어 순화정책을 수행하는 데 있어 명실상부한 우두머리였다. 특히 그가 문교부 편수관으로 재직하는 동안 각급 학교의 국정교과서는 그의 문법이론과 이상대로 개편이 되었다. 그의 업적은 크게 세 가지인바, 그 하나는 왜말 안쓰기요, 둘째는 가능한 모든 말을 고유한 우리말로 바꿔쓰기요, 셋째는 문자 생활에 있어서 한글만 쓰기의 주장이었다. 당시의 언어 현실은 국어와 일본어가 무분별하게 쓰이던 때였으므로 무엇보다도 먼저 일본어를 절대로 입이나 붓 끝에 담지 않게 하려는 노력은 상찬賞讚에 값하는 것이었다. 둘째로 모든 표현을 고유한 우리말로만 하자는 노력은 종래에 이미 우리의 언어 체계 속에 깊이 굳어 버린 한자어조차 언어 대중에게는 오히려 생소한 고유어로 바꾸었기 때문에 일반은 이를 우스운 말장난으로 받아들이게 되었다. 그 결과 언어 개혁 운동에 대한 일반의 인식을 그르치게 하였다. 또 한글만 쓰기의 주장은 대통령 유시라는 뒷힘을 믿고 너무 서두른 나머지 이 문제는 지금까지

어문 질서를 혼란에 빠뜨리는 하나의 실마리가 되었다.

이와 같이 외솔의 이상은 그 태반이 실패하였으나 그가 추구했던 목표는 바로 지금의 시점에서도 우리가 계속 추구해야 할 지표임을 우리는 확인하지 않을 수 없다. 특히 그와 같은 이상理想과 방법론을 생각해 낸 사상적 배경과 줄기를 더듬어 보면 우리는 별 수 없이 옷깃을 바로 여미어야 한다. 그것은 구한말에 신채호, 주시경 등이 생명처럼 주장했던 민족주의였다. 그 민족주의가 사상적으로 반제反帝에는 강했으나 반봉건半封建에는 약했기 때문에 근대화를 적극적으로 추진시키는 밑거름이 되기에는 부족했었다는 아쉬움이 있기는 했으나안병직, 「단재 신채호의 민족주의」, 『창작과 비평』29호 당시로서는 민족의 마음을 묶는 데에 또 다른 방법이 있을 수는 없었던 강력한 것이었다. 이제 주시경의 민족주의적 언어관이 어떠했는지를 살펴보기로 하자.

> 是以로 自國을 保存하며 自國을 興盛게 하는 道는 國性을 奬勵함에 在하고 國性을 奬勵하는 道는 國語와 國文을 崇用함이 最要하므로, 自國의 言과 自國의 文이 某國의 文만 不如할지라도 自國의 言과 自國의 文을 磨하여 光하며, 求하며, 補하며 期於히 萬國에 並駕하기를 是圖하거늘 嗟我檀朝以來에 德政을 行하던 優等의 言語와 子母의 分別이 簡要하여 記用이 便利한 文字를 開國 四千餘載에 硏究가 寂然하여 語典一卷도 尙此未成하므로 近者에 國語로 著作하는 文字가 各各 自意를 從하여 言語의 訛訛함과 文字의 誤用하는 弊가 相離하여 正當한 言文이 되지 못함으로 國民이 自國言과 自國文을 愛重할 思想을 發치 못하는지라.......
>
> (주시경, 『국어문전음학』 제2회 하기 강습 서문, 1908)

국어·국문의 연구가 곧 국성國性 : 국민정신·민족정신·민족혼 에 해당하는 말일 듯을 지키고 발전시키려는 하나의 수단이었으므로 이런 논리 밑에서 언어의 목적적 변개는 피할 길 없는 하나의 단계였던 것이다. 이러한 언어관은 지식인들에 있어서는 거의 일반화된 통념이었다. 같은 무렵에 위당 정인보의 '얼'이라는 신조어도 나왔다. 그의 『조선사연구』는 '오천 년 간 조선의 얼'이라는 부제가 밝혀주듯 한국적 얼의 발견과 발전이라는 의도로 집필되었다. 바로 이 '얼'이 주시경의 '국성'에 해당하는 단어로서 그것이 보다 앞선 시기에 '혼'이나 '정신'이란 뜻으로 쓰인 예가 전연 없다고 하더라도 언어 대중의 심리 속에는 민족애에 직결되어 '얼'이란 단어를 뼈속 깊이 받아들이는 상태였다. 앞서 말한 바와 같이 이 민족주의적 언어관은 구한말에서 해방 이후까지 일관되어 흐르는 시대적 요구였다고 생각된다. 따라서 오늘날의 안목으로 보면 언어를 인식하는 데 잘못을 불러올 염려가 있기는 하여도 또 다른 관점에서 배우고 취해야 할 점이 컸다는 것을 우리는 아울러 깨달아야 할 것이다.

셋.

그러면 당시 지식인들이 가지고 있었던 언어 인식의 한계는 어느 정도였는가를 살펴보기로 하자. 이해를 돕기 위해 다음의 일화를 먼저 소개 한다.

엄정무사嚴正無私하기로 이름 높은 위당이 한 제자의 방문을 받았다. 조심스레 꺼낸 용건은 결혼을 하게 되어 주례를 맡아 주십사 하는 청탁이었다. 스승은 즐거이 승낙을 했고, 그 제자는 청첩장을 찍어 들고 스승의 서재를 다시 찾았다. 그러나 청첩장을 받아든 스승은 제자를 향하여 대갈일성大喝一聲이 아닌가!

"나는 자네 결혼에 주례를 못하겠네."

혼비백산했던 제자가, 스승의 진노가 가라앉은 뒤에 확인한 번의飜意의 이유는 어처구니없게도 청첩장에 찍힌 글자 하나 때문이었다. 신부의 이름 밑에 쓰인 '양孃'이 문제였는데 그것은 원뜻이 '할미'로서 이렇게 무식한 제자의 혼인에는 나설 수 없다는 말씀이었다.

(서강대학교 출간『대학국어 I』)

그 후로 위당의 가문에서는 결혼 청첩장의 신부 이름 밑에 '낭娘'자를 쓰는 것이 매력있는 가통家統이 되어 온다는 후문後聞이거니와, 요컨대 언어 문자가 경전의 자구처럼 고정불변이 아니라 강력한 사회성을 가지고 변천한다는 사실을 위당과 그 이외의 많은 식자들, 심지어는 국어학자인 외솔조차도 대수롭지 않게 보아 넘겼던 것이다. 외솔 같은 이는 아마 민족혼의 확립이라는 대전제 앞에 언어의 사회성도 무력하게 사라져 버리리라는 기대를 가졌는지도 모르겠다. 그래서 세상이 용납하지 않는 배움집學校, 날틀飛行機 따위의 언어유희가 심심치 않게 사람들 입에 오르내리게 되었던 것이다.

이러한 민족주의적 언어관이 불러일으킨 부수적 결함은 외래어에 대한 인식을 불분명하게 하였다. 좀 더 분명하게 말한다면 당시의 학자들은 - 물론 언어정책을 주도한 학자들을 가리키는 것이나 - 외래어를 구별해 내는 적절한 판단 기준을 세우고 있지 못하였다. 왜냐하면 '우동', '다다미' 등 일본 특유의 음식이나 사물의 명칭조차도 고유한 한국어로 바꿔놓아야 직성이 풀리는 극단적인 태도를 가진 반면에 서양에서 들어온 말에 대해서는 너그럽게 용서하는 이율배반적인 태도를 보였기 때문이다. 더구나 그 당시 서양에서 들어온 말들은 외래어라기보다는 아직 생소한 외국어였던 것이다. 여기에 매우 중요한 위험이 내포되어 있었다. 앞서 말한바 몽유병의 한쪽 부분인 왜말의 찌꺼기는 사라지는 반면에 다른 부분인 서양말, 좀 더 정확하게 말하여 미국식 영어는 점차 과거 일본어의 위치에 자리바꿈하는 현상을 묵인하게 되었으니 말이다.

그리하여 민족주의적 언어관을 바탕에 깔고 배일排日 감정의 고취로 겨우 일본어를 상당량 일상 회화에서 뽑아 버리는 데에 성공을 거두자, 영어는 기다리기나 하였다는 듯이 국어 생활 속에 들어와 우리의 언어 생활을 혼탁하게 만들었다. 게다가 6・25사변으로 발생한 사회적 혼란은 언어의 혼란을 더욱 부채질하여 지금까지 언어 순화에 공헌하였던 민족주의조차 간 곳을 모르게 하였다. 처음부터 남의 힘에 의해 주어졌던 해방과 또 역시 남의 힘으로 미리 획책되었던 38선의 국토 분단은 소박한 반제反帝 민족주의의 기반을 근본적으로 흔들어 놓게 되었고, 결국 민족주의가 민주주의의 이념 속에 흡수되는 동안 언어의 관점에서 보면 '민족주의 곧 영어 사용'이라는 등식을 형성시키는 데 별다른 장애를 받는 것 같지 않았다. 경박한 출세욕으로, 호구糊口의 방편으로 미군 부대와 또 다른 미국인, 예컨대 각종의 경제원조단체의 주위를 배회해야 했던 많은 사람들, '헬로우, 오케이'밖에 다른 말을 모르는 하우스보이에서부터 영국이나 미국에서 고등교육을 받은 지도층의 인사들에 이르기 까지 영어를 사용한다는 것은 공기를 호흡하고 김치를 먹어야 하는 것만큼이나 필수적인 것으로 우리의 언어 현상을 물들이게 되었다. 심지어 국제적으로 통용되는 의학용어 '비타민', '비루스' 같은 단어가 '바이터민', '바이러스'로 말하여지지 않으면 그 말을 입에 올린 사람은 기막힌 무식꾼으로 지목되어야 하는 희화戲畵가 전쟁으로 황폐하여진 산하에 구호물자처럼 넘쳐흘렀다.

일부의 인사들은 이 현상을 순전히 전쟁의 상처로만 돌리려 하였고 어떤 이는 과도기라는 용어 속에 모든 불합리와 혼란의 모습을 해석하려고 하였다. 과도기라는 편리한 말은 실상 인류가 존속하는 한, 언제라도 역사 진행의 한 단면으로 쓰일 수 있는 것이다. 그러니까 그것은 현실을 외면하거나 거기에 손을 쓸 수 없다는 자포자기적인 체념이 있을 때에 자신의 무능력을 감추려는 마음으로도 쓰일 수 있고, 다른 한편으로는 문제를 의식한다는 자각의 표현 내지는 반성의 징후로 받아들여질 수도 있는 것이다. 우리의 심정으로는 과도기가 결단코 개탄이나 절망의 의미어서도 안되고 책임 회피나 책임 전가의 방편이어서도 안 된다. 그러나 불행하게도 많은 사람들이 어설픈 영어, 또는 국적을 알 수 없는 서양말이 난무하는 것을 속수무책의 과도기로 접어두려 할 즈음에 더 큰 과도기가 몰아닥쳤던 것이다. 우리나라가 제3공화국으로 돌입하여 경제입국經濟立國의 깃발을 높이 들고 온 정력을 경제건설에 발분하자, 잠시 거추장스런 언어야 아무래도 좋다는 듯이 더욱 더 언어생활에 있어서 외국어의 비중은 무거워지고 다양하게 침투하였다. 70년대에 와서 외국어 사용의 문제는 다음의 외래어 항목에서 다시 논의가 되겠지마는, 어쨌거나 이제는 외국어의 간섭 때문에 정말 큰일났다는 위기의식이 모든 지식인의 가슴을 무겁게 내리 누르고 있다.

넷.

우리는 다시 한 번 정신을 가다듬고, 이제야말로 모든 문제를 차분하게 생각해야 할 계제에 이른 것 같다. 인생에는 언제고 해결해야할 문제들이 완전히 없어지는 일도 없거니와 또 문제 해결의 노력이 단절될 수도 없겠기 때문이다. 또 모든 문제와 현상을 긍정적 추진과정으로 바라보려고 한다면 바로 그 순간에 우리는 뜻하지 않게 해결의 실마리를 붙잡을 수 있다는 희망도 있다.

그러면 그토록 비관적인 국어의 혼란이란 어떤 것인가? 어문 문제로 고민하는 많은 지식인들 가운데에는 언어학적 견지에서 보면 전혀 문제시하지 않아도 좋을 것까지 근심하는 사례가 있음을 본다. 따라서 조금 번거로운 느낌이나 어문 현상에 관련된 모든 문제를 간략하게 언급하고자 한다. 혼란으로 생각되는 것이 혼란이 아니라 바로 언어의 본성이라고 이해된다면 국어의 장래를 위해 근심하는 선의善意의 사람들에게는 한 가지 근심을 덜어 주는 일이 되겠기 때문이다.

이러한 기우杞憂에 속하는 대표적인 것이 발음의 변화라고 하겠다. 종래의 표준발음이라고 생각되는 것에서 벗어난다고 느껴지는 현상의 하나로 우선 경음화를 지적할 수 있다. '가죽皮革'을 '까죽'으로, '답답하다鬱'를 '땁땁하다'로 말하는 경향이 많아졌다. 앞의 것이 옳은 것인데 잘못된 나중 발음이 만연하다고 개탄한다. 그러나 이와 같은 경음화 현상은 현재 우리가 알고 있는 자료에 따른다면 중세국어시대 이후로 계속 경험하는 바로서 '가치鵲'가 '까치'로, '곶花'이 '꽃'으로, '곳고리黃雀'가 '꾀꼬리'로 변한 사실과 전혀 동궤의 현상이다. 오늘날에 와서 '까치', '꽃', '꾀꼬리'를 말할 때 우리는 아무도 그 된소리에서 천박성을 의식하지는 않는다. 된소리가 청각을 자극하는 심리적 인상이 우리에게 평음보다 강박한 것으로 느껴지고 심지어는 언어 자체의 타락으로 오해되는 성싶다. 말소리는 본질적으로 윤리성이 없는 것이므로 거기에 가치기준을 세우고 호오好惡의 판단을 내리는 일은 고쳐져야 할 것이다.

이 경음화는 한자어의 경우에도 마찬가지 현상을 보이고 있다. 다음의 단어들을 발음해 보자.

簡單(간단・간딴) 效果(효과・효꽈)
教科(교과・교꽈) 終點(종점・종쩜)

5, 60대 이상의 중・노년층은 대개 위 단어들의 제2음절을 평음으로 발음하지만 세대가 젊어짐을 따라 개인차를 드러내면서 점차 경음으로 발음한다. 이러한 현상이 일어나는 원인은 매우 복잡하여 어떤 하나의 원리로 설명할 수는 없는데, 문제는 거기에 윤리성을 부여하여 왈가왈부할 일이 아니라는 점이다. 그러나 발음에 관한 한, 예전 것이 옳고 새로이 변한 것이 잘못이라는 일종의 복고주의적 생각 때문에 때로는 뜻하지 아니한 문학적 대사업을 성취한 사례가 있는 것은 매우

흥미있는 일이 아닐 수 없다. 한글 창제의 밑바닥에도 바로 이러한 어음語音의 복고주의적 사상이 깔려 있었다. 세종대왕 당시의 우리나라 한자음을 오류로 생각한 당대의 석학들이 세종대왕을 중심으로 하는 한국 한자음을 중국의 그것으로 복귀시키기 위해 한 책을 저술하였으니 그것이 『동국정운東國正韻』이요, 이 『동국정운』에 한자음을 표기할 발음 부호의 필요성이 한글을 창제하게 된 직접적 동기의 하나였음은 국어학에 종사하는 이들의 상식이 되어 있다. 그러면 『동국정운』 서序에 나타난 다음 일절을 주의해 읽어 보자.

> 우리나라는 안팎으로 산하가 스스로 한 구역이 되어 풍기風氣가 중국어에 틀리므로 어찌 중국 말소리와 같을까 보냐. 그런즉 말소리가 중국 것에 비하여 다름은 그 까닭이 있다. 그러나 한자음에 있어서는 마땅히 중국 음에 일치해야 할 것인데, 그 자음字音이 전달되는 과정에서 경중흡벽輕重翕闢의 기틀이 반드시 저절로 우리나라 말소리에 이끌리어 우리나라 한자음이 따라서 변하게 되었다. 그 음이 비록 변한다 하여도 청탁淸濁 사성四聲은 예와 다름이 없어야 할 터인데 일찍이 책을 지어 그것을 바르게 전달하지 못하였으므로, 실력이 없는 스승이나 속된 선비가 절자切字의 법을 모르고 유섭紐躡의 요要에도 어두워 혹은 자체가 비슷하다고 하나의 음을 만들고, 혹은 전대의 피휘避諱 때문에 다른 음을 빌기도 하며 점이나 획을 가감하고 어떤 것은 중국 한음漢音에 따르고 어떤 것은 우리나라 말소리를 따르니 자모字母 칠음七音 청탁淸濁 사성四聲이 모두 변하게 된 것이다.

윗 글자에 한자 운학의 술어인 경중흡벽·청탁사성을 모른다고 할지라도 그 문맥으로 보면, 한자음의 변천을 와전 내지 무질서로 보아 그 문란상을 근심하고 있음을 엿보게 한다. 그러나 그처럼 막대한 노력을 경주하여 저술한 『동국정운』도 드디어는 당시의 현실음과의 타협으로 23자모 91운모韻母에 부분적으로 '인속귀정因俗歸正'이라는 절충선에 머무르고 말았다. 『동국정운』은 그리하여 세종대 한자음의 이상도理想圖를 제시하는 데 그치고 우리나라 한자음은 의연히 제 갈 길을 찾아 오늘날까지 내려오고 있는 것이다.

발음 문제와 관련하여 또하나 빼놓을 수 없는 것은 음의 길이 곧 장단長短에 관한 문제이다. 중세국어에서는 낮은 소리와 높은 소리라 하는 소위 성조tone를 가지고 있었는데, 오늘날에 와서는 그 체계가 무너지고 말소리의 길고 짧음만이 말의 뜻을 구별하는 요소로 변하였다. 성조가 존재하던 훈민정음 창제 당시에는 그 성조의 표기를 위하여 종서縱書하는 글자 왼쪽에 권점圈點을 찍던 이른바 방점법傍點法이 존재했었다. 그 후 표기의 번거로움과 성조 자체의 변화 때문에 방점법은 없어진 채 21세기에 이르렀다. 그러다가 음의 장단이 단어의 의미 식별에 중요한 요소임을 인식한 개화의 선각자 지석영은 그의 저서 『신정국문新訂國文』, 『아학론兒學論』, 『언문言文』 등에 장음 부호인 권점을 마련하여 실용한 바가 있었다. 오늘날에 와서 음의 장단이 의미 식별에 중요한 구실을 하는 기본적인 어휘들은 고작 '밤夜·栗', '눈眼·雪'같은 고유한 우리말과, 단어내의 위치 곧 첫째 음절에 오는가 둘째 음절에 오는가에 따라 음의 길이에 변화를 가져오는 한자들이 더러 있을 뿐이다.

발음에 관련하여 사투리 억양이 또한 논의되어야 한다. 꽤 오래 전부터 사투리 억양이 공식 석상에서 종래 가상해 오던 표준 발음의 한계를 훨씬 넘어서고 있다는 것이 지적되어 왔다. 이 사실은 나라를 잃은 설움 속에서 세련된 국어교육을 별로 받아 보지 못한 기성인의 운명이라고 체념해 버린다면 구세대에 대한 해답은 일단 주어지는 셈이지만, 그러나 성장하는 어린 세대에게는 어떻게 해야 할 것이냐는 대책의 제시가 문제로 된다. 발음의 문제는 어느 정도의 복고주의와 표준어 교육이라고 하는 훈련밖에는 다른 방도가 있을 수 없다고 여겨지기도 한다. 언어음音韻이란 어쩌면 흘러가는 대로 내버려 두어야 하는 대하大河에 비겨봄직하다.

다섯.

현대사회의 병리적 현상을 말하라면 누구든지 불신 풍조를 예로 드는 데 주저하지 않을 것이다. 그 불신을 나타내는 언어적 수법, 즉 표현법을 검토해 보면 불신 풍조와 언어의 타락이 얼마나 밀접하게 결합하여 서로 표리의 관계를 맺고 있는지를 깨닫게 된다. 불신은 인격을 파괴하기에 앞서서 언어가 수행해야 하는 의사 전달의 질적 가치를 파괴해 버린다. 비속어를 중심으로 하여 일어나는 여러 가지의 비유·강조 등의 표현법이 이와 같은 언어의 타락을 조장하고 있다.

비속어는, 하나의 사물에 대해 기본적인 의미를 전달하는 데는 같은 효과를 가지는 여러 개의 동의어同義語가 있을 때, 가장 나쁜 정서적 반응을 일으키는 어사語辭를 가리킨다. 어떤 언어 사회에든지 상류와 하류의 계층이 있고 고귀하고 우아한 품의를 자랑하는 계층이 있는 반면에 그 따위는 강아지에게나 주라는 부류의 막된 계층이 존재하기 마련이다. 그 막된 계층이 비속어를 즐겨 쓰리라고 생각하기는 어렵지 않다. 그러나 품위를 지키려는 계층은 말할 것도 없고 막돼먹은 계층조차도 비속어는 아무 때나 쓰지 않는다. 감정의 불균형 때문에 자신의 인격까지도 해체시켜야만 다소간 그 정서적 불균형으로부터 벗어날 수 있겠다고 판단될 때, 아무리 지위가 높고 지식이 많아도 이 비속어는 입에서 튀어나오는 것이다. 이렇게 본다면 비속어는 언어사회, 아니 인간사회에서 필요불가결한 일종의 심리 치료제라고 말할 수 있다. 이른바 욕설이 비속어의 하나인데 누구든지 욕설을 자기감정의 정화카타르시스를 위해 이용하고 있다. 그런데 현대사회에서 이 욕설, 이 비속어가 쓰인다. 쓰이되 너무나 많이 쓰이고 있다. 더구나 어른보다 청소년들이 쓰고 있다. 너무나 손쉽게 자주 쓰임으로 말미암아 비속어가 비속어라는 의식 없이 쓰이고 있다. 그러니까 불행하게도 이렇게 쓰인 비속어는 그 본래의 기능인 감정의 정화에 기여하지 못하는 결과가 된다. 비속어 자체의 입장에서 보면 일상어가 가지는 의사전달의 기능만을 수행하게 되니까 급수가 올라간 것으로 이해되어도 좋을 것이다. 그러나 여기에서 문제가 생긴다. 이미 일반 언어 대중에게 비속어라는 어휘 범주 속에서 이해되었던 어사들은 거기에서 비속미卑俗味를 제거시킨 뜻으로만 사용했다 하여 그것이 쉽사리 비속미를 떨어버릴 수는 없는 것이다. 불량배의 무리에서 탈출해 나온 개심改心한 청년은 배반자로 지목되어 계속 자기가 속해 있던 집단으로부터 압력을 받는 법이며 창녀였던 여인은 아무리 현숙한 여염집 여인으로 갱생하여도 그 전력을 아는 이들에게 여전히 창녀로서의 대우를 받는 것이나 마찬가지라고 할 수 있다. 언어는 그보다 오히려 더 장구하고 지속적이다. 이렇듯 무서운 언어 사회의 암癌인 비속어가 현대 한국사회에 만연되어 가고 있다. 실로 언어의 공해公害현상을 부르고 있는 것이다. 이 글에서 우리는 그 원인을 성급하게 찾아내려고 할 수도 없다. 워낙 그 피해가 엄청나게 크기 때문에 그러한 결과에 놀라고 무서워하는 가슴을 진정시키는 데 시간이 요청되기 때문이다. 이것은 교육자만이 고칠 일도, 국어학자・윤리학자만이 근심할 문제도 아니다. 국어를 타락시킨, 국어 사용자의 주체인 온 국민이 옷에 묻은 먼지를 털듯이 마음속에 묻은 먼지를 털어내 수 있을 때에만 비속어는 비속어의 본래의 기능에 충실할 수 있게 될 것인데, 문제는 누가 먼저 그 먼지 낀 언어생활을 털어내느냐 하는 것이다.

여섯.

최근 국어순화운동을 벌이는 어느 신문에 다음과 같은 글이 외래어가 많이 쓰인 예문으로 적혀 있었다.

> 한 아이가 태어나면 캐시미런 포대기 속에서 플라스틱 젖꼭지를 빨며 조니 크래커나 스마일 쿠키를 먹고 코카・펩시를 마시며 자란다. 프로레슬링의 타이틀 매치를 관전하며 피 흘리는 케이・오 승에 브라보를 외친다.
>
> 더 자라면 팝송이나 재즈 뮤직에 넋을 잃고 트위스트나 고고에 땀을 흘리고 바겐세일 센터, 뚜아 쌀롱의 아스팔트 위를 리베와 같이 데이트

> 한다. 사회에 나와선 미스 김 미스터 리를 연발하며 사꾸라 씨 · 엠송 샐러리맨 매스콤의 홍수 속에 쇼부를 치러 다닌다.
>
> (『경향신문』, 1973. 10. 9)

이것은 물론 억지로 꾸며낸 글이기는 하나, 실제의 언어생활에서 우리는 이 이상으로 서양 여러 나라에 본적을 둔 외래어의 사용을 발견하게 되는 것이 오늘의 현실이다. 이미 상식화된 얘기이거니와 언어학적 관점에서 보면 외래어는 국어의 일부요, 부족한 표현력을 보충하고 보다 풍부한 어휘를 확보하기 위해서 외래어의 증가는 어느 언어에서나 기대하고 있는 실정이다. 사회가 다극화하고 복잡해지며 문화가 발달함에 따라 여러 분야, 여러 상황에서 그때마다 적절한 표현 방법이 강구되지 않을 수 없다. 이때에 외국어를 수입하여 그것을 자기 나라 언어 체계에 일단 용해하여 쓰는 것이 외래어다. 거듭 말하거니와 외래어는 자기 나라의 말이지 외국어가 아니다. 그러므로 외래어의 사용이 권장 될지언정 결코 비난의 대상이 되어서는 안 된다. 그럼에도 불구하고 우리는 외래어를 쓸 때, 또 들을 때 그 말에 대해 심한 저항과 반발을 느낀다. 그 가장 큰 이유는 구체적으로 어떤 단어가 외래어라기보다는 외국어라는 느낌이 더 크기 때문이다. 바꿔 말하면 궁극적으로 서양어 근원의 외래어는 수입된 시기가 일천하여 아직도 국어의 일부로서 떳떳하게 이용되지도 않고 우리의 토착적인 분위기에 젖어들지도 않는다는 뜻이다. 그렇다면 고유한 우리말이나 적당한 한자어가 없는 새로운 문물에 속하는 말은 받아들여 사용할 것이로되, 현실은 그 이상을 받아들이고 사용하고 있다는 반증이 된다. 이들 나머지의 말은 외국어이지 외래어는 아닌 셈이다.

외국어를 일상생활에서 자기나라 말에 섞어 쓴다는 것은 천만부당한 어불성설이다. 그러면 어째서 현대 한국사회는 외국어의 홍수 속에 허덕이게 되었는가? 우리는 그 책임의 대부분을 경망한 지식인들의 반사회적인 행위 속에서 구하지 않으면 안 될 것이다. 앞서 언급하였듯이 1950년대 전쟁의 소용돌이 속에서 혼란된 도덕적 체계가 수습될 겨를이 없이 새로운 서구 문물이 쏟아져 들어왔다. 우리의 활로는 오직 그 꼬불꼬불하게 쓰여진 로마문자의 문명 속에서만 나올 것으로 기대되었다. '차두가단此頭可斷, 차발불가단此髮不可斷면암 최익현이 단발령에 항거한 말. '내 목을 칠지언정 단발은 못한다' 이라'고 옹고집의 정신으로 호통을 치던 조선왕조의 양반은 고작하여 왜놈 손에 나라를 넘겨줄 수밖에 없었으니, 과거의 것은 모든 것을 내버림으로써만 살길이 열리지 않겠느냐는 얄팍한 생각이 신생 대한민국을 이끌어가는 사상적 기둥인 된 셈이다. 이 자리에서는 전통의 단절을 몰고 온 이러한 단견과 외곬으로 몰리는 편향성을 민족심리와 관련하여 논술할 여유가 없다. 단지 '흰 것 아니면 검은 것'이라는 식의 군중 심리적 사고방식이 사회의 표면을 지배하는 현실정에서 지식인들은 자기네들이 알고 있는 서구적 지식을 무분별하게 그 배운 바의 언어로 지껄였음을 지적하려는 것이다.

그들이 외국어를 지껄이지 않을 수 없었던 이유에 대해서도 우리는 충분한 양해를 하고 있다. 일제 식민 기간 중에 일제의 문화정책 및 교육이 도무지 우리의 전통 문화를 올바로 이해할 수 없게 했으며 그 결과 그들은 전통 문화나 국어에 대해 원래 아는 바가 없다는 불리한 조건이 그들을 양해하는 첫째이고, 둘째로는 상당수의 서구 지식 보유자들이 서구문화의 진수를 과연 맛볼 수 있었을까 하는 의심이 드는 것이요, 셋째로는 설사 서구식인 문화를 깊이 인식하고 그 지식을 충분히 활용할 수 있는 능력이 있다손 치더라도 그들은 현대 한국사회에서 제대로 자기 능력을 발휘할 수 있었을까 하는 의심 내지는 동정이다. 그리하여 그들은 자신이 상상하고 있었던 사회적 대우 및 사회현상과 자신과의 거리감을 외국어를 사용함으로써 심리적 보상을 받으려 했을 것이라는 추측을 낳게 한다.

그러나 유행이 상류 계층에서 일반 대중에게 하향식으로 확대되는 현대사회에서 지식인들의 무분별한 외국어 사용은 언어 사회의 순수성과 성실성을 지켜나가는 데 치명적인 것이 되었다. 따라서 외국어를 정확하게 모르는 일반 언어대중이 자기비하증自己卑下症을 만회하려는 한낱 허황한 허영심으로, 또는 외국에 대한 동경의 표현으로 외국어는 갈수록 끝을 모르고 치닫게 되었다. 이러한 추세에 영합하지 않을 수 없는 상업주위의 대중 홍보 기구들, 예컨대 신문·잡지·방송은 외국어의 난무장이 되는 것이 필연적인 귀결이다. 어느 외래어 - 필자는 외국어라고 말하고 싶다 - 사용실태조사 보고서는 국내 아홉 개의 방송국에서 방송 프로그램 명칭의 36.8%, 명동 간판의 44.3% 집에서 기르는 개 이름의 84.5%, 어린이용 과자 이름의 96%, 이화여대 입구 양장점 점포의 100%가 서구어였음을 밝히고 있다.『경향신문』, 73. 10. 9 이후 국어순화운동 시리즈 기사 참조

'언어는 존재의 집'이라는 철학적 명제의 깊은 의미는 모른다 치더라도 그러한 어구를 '인간은 언어의 집'이라는 상식적인 표현으로 바꾸어

볼 수 있을 것이다. 그러면 우리는 '한국인은 한국어의 집'임을 깨닫지 않을 수 없다.

일곱.

이제 우리는 문자생활에서의 표기 문제를 생각할 단계에 왔다. 여기에는 두 가지가 논의의 대상이겠는데, 그 하나는 어떤 문자를 쓰느냐요 또 하나는 어떻게 쓰느냐는 문제다. 전자는 한글 전용론과 국한자 병용론에 관한 논의로서 지나간 2,30년간 워낙 불꽃 튀기는 쟁점이었으므로 뒤로 돌려 마지막에 검토해 보기로 하고, 우선 어떻게 쓰느냐 곧 철자법의 문제를 생각해 보기로 한다.

현행 철자법이 어려워서 배우기 힘들다는 점과, 실제로 일반인 가운데는 철자법에 자신 있는 사람이 그리 흔치 않다는 점에서 철자법의 혼란은 매우 오랜 연륜이 쌓인 것이다.

항상 새로운 세계로 진화·변천하는 언어를 표기하기 위하여는 그 변하는 정도에 따라서 표기법도 계속 진화·변천하는 것이 바람직한 일인지 모른다. 그런데 다행스럽게도 문자의 보수성은 멀찌감치서 언어의 변화를 서서히 뒤쫓고 있다. 이때에 만일 전통적 표기법이 너무 굳어 버려서 실제로 사용되는 언어 변화에 전혀 뒤따르지 못한다면 그 표기법은 현실언어를 전혀 표현하지 못하게 된다. 가령 '하늘, 땅'을 요즈음도 여전히 'ᄒᆞᄂᆞᆯㅎ, ᄯᅡㅎ'로 표기한다고 생각해 보자. 한글이 표음문자라는 명색도 없을뿐더러 그것은 얼마나 비현실적인가?

한편 한글 표기법 - 좀 더 포괄적으로 말하여 정서법이고, 그 알맹이는 철자법이 되겠다 - 의 전통은 한글 창제 당시에 이미 완벽하리만큼 정제된 표기체계를 갖고 있었으나 점차 부녀자의 전유물로 수세기를 내려오는 동안, 한글의 표음성만을 충실하게 반영하게 되어 그 결과 통일된 애초의 체계를 잃고 부동浮動하는 신세가 되었었다. 그러다가 개화기 이래로 국문 연구열이 높아지면서 한글 철자법이 본격적으로 연구 검토되고 드디어는 1933년에 조선어학회가 『한글맞춤법통일안』을 완성하게 되었던 것이다. 현행 철자법은 바로 이 통일안에 극히 일부의 지엽적 수정이 가해진 것으로 상당 수준의 언어학적 이론을 모르면 그 원리를 알아내기 어렵도록 되어 있다. '소리 나는 대로' 적는다고 하는 표음주의를 내세운 듯하면서도 '어법에 맞도록' 해야 한다는 부대조건을 충족시키기 위해서 어간과 어미를 분리하여 어간을 고정시켜 놓았다. 바로 이것이 철자법을 배우기 어렵게 만든 근본 이유이다. 다시 좀 더 쉽게 말한다면 받침을 붙이기가 어렵다는 말이다.이기문, 『국어표기법의 역사적 연구』, 1963 참조

이러한 철자법의 문제점이 지나간 수년간 한글 전용문제와 아울러 중대 관심사로서 세상 사람의 주목을 끌었었다. 그리하여 문교부는 국어조사 연구위원회로 하여금 새로운 철자법과 표준어 사정을 위한 기초 조사를 작성케 하고 있다. 이 위원회가 만든 자료는 국어심의회에서 심의 결정한 뒤, 그 최종안은 문교부장관의 행정권 발동에 의해 실시될 전망인데, 처음 계획으로는 1972년에 모든 것을 완결할 방침이었으나 졸속을 염려한 나머지 다시 1974년까지 연기하여 완성할 예정으로 있다. 새 철자법은 받침이 훨씬 줄어들고 종전보다 더 표음주위

에 입각한 것이 되리라는 것은 의심할 여지가 없다. 이 줄어들 수 있는 근거는 두 가지 관점에서 그 가능성을 보인다. 첫째, 현행 철자법에서 쓰이고 있는 받침은,

ㄱ ㄴ ㄷ ㄹ ㅁ ㅂ ㅅ ㅇ ㅈ ㅊ ㅋ ㅌ ㅍ ㅎ

ㄲ ㄳ ㄵ ㄶ ㄺ ㄻ ㄼ ㄽ ㄾ ㄿ ㅀ ᇚ ㅄ ㅆ

등으로 모두 28종인 바, 1955년 문교부에서 시행한 『우리말에 쓰인 글자의 잦기 조사문자 빈도 조사』에 의해 그 실용도 순위별로 보이면,

ㄴ ㄹ ㅇ ㄱ ㅁ ㅆ ㅅ ㅂ ㅎ ㅌ ㄶ ㅄ ㄷ ㅍ ㅈ ㄺ ㅊ ㄲ ㅀ ㄼ ㄻ

ㄵ ㄳ ㄿ ㄾ ㄽ ㅋ ᇚ

의 순서로 되어 있다. 그런데, 받침있는 글자의 백분비에서 1%이상을 점유한 것이 'ㄴ ㄹ ㅇ ㄱ ㅁ ㅆ ㅅ ㅂ ㅎ ㅌ'의 10개 정도에 불과하므로 사용 빈도가 아주 낮으며 또 몇 개의 특수한 단어에만 쓰이던 ᇚ나ᇚ · 구ᇚ, ㅋ부엌 · 남녘, ㄽ돐 · 곬 따위를 없애 버릴 수 있는 점이다. 둘째, 표준어의 모태가 될 수 있는 서울지방의 말 가운데 받침이 몇 개의 대표음으로 수약收約된다는 것이니, 즉 'ㅈ, ㅊ, ㅌ' 받침을 갖고 있던 '빚負債, 젖乳, 숯木炭, 돛帆, 옻漆, 뭍陸地, 팥小豆'같은 말이 실제 음에서 각각 '빗, 젓, 숫, 돗, 옷, 뭇, 팟'으로 발음되는 점이다. 이것들을 'ㅅ'받침으로 통합한다면 쓰기는 쉬워질 수 있으나 어간형태의 고정성을 파괴할 것이므로 고치기는 어려울 것이다.

여덟.

한글 전용과 국한자 병용 논쟁은 어느새 60년 가까운 연륜을 소모했다. 그러나 아직도 그 승부가 나지 않고 있다. 아니, 엄격하게 말한다면 벌써 무승부의 판정이 내려진 것이라고 해야 옳을지 모른다. 다시 말하여 한글 전용론은 우리의 이상이요, 목표에 틀림없으며 국한자 병영론은 사실로 지금 우리가 사용하고 있는 현상이기 때문이다. 전용론자들이 이상론을 주장할 때에 병용론자들은 현실론으로 맞섰으니 그 결론은 처음부터 확정된 것이나 다름이 없었던 것이다. 다음의 글은 이러한 기본적 딜레마의 슬픔을 보여준 매우 가냘픈 호소의 소리다.

> 역사를 서술하는 자리에서 가정법을 사용한다는 일은 전혀 부당하다는 사실이 상식화되어 있다. 그런데 우리는 한글전용의 문제가 나올 때마다 역사 서술의 가정법을 연상하게 된다.
>
> 가령, 우리민족의 여명기에 한글에 맞설 만한 우리 문자가 발생하여 중국의 한자 문화를 수용하는 단계에서 한자를 그대로 받아들이지 않고 당시의 우리 문자로 변용하는 일이 가능하였다면 오늘날 한글 전용의 문제는 일어나지 않았을 것이 아닌가? 그러나 이러한 황당무계한 공상은 우리나라 문화가 애초에 동양 문화권의 중심이 되지 못하였음을 한탄하는 것이나 마찬가지로 무의미한 것일 수밖에 없다. 지나간 역사란 결국 우리에게 주어진 하나의 운명과도 같다. 그 운명은 절대적 운명애運命愛로 승화됨으로써만 초극될 수 있는 성질의 그 무엇이다.
>
> 문자에 관한 한, 우리 민족의 운명은 참으로 아이러니컬한 상황을 빚고 있다. 세계의 어떤 언어학자, 문자학자가 '한글'의 우수성을 칭찬하지 않는가? 한글이 문자로서의 우수성이 크면 클수록 우리가 그것만을

> 오로지 사용할 수 없는 슬픔이 깊고 넓음을 숨길 수 없다.
>
> 그러나 엄연한 역사는 한글이 우리 민족에게 너무 늦게 찾아왔고 또 그것에 대한 충분한 인식이 너무 늦게 왔음을 알려준다. 다시 말하면 그토록 우수한 문자인 한글은 전용해야 되겠다고 논의가 일기 시작한 바로 20세기 중반 오늘의 시점에서 창제된 것이나 다름이 없다는 결론이 나온다.
>
> (『숙대 신문』 390호, 1971. 10. 7)

이러한 머뭇거림은 현대를 사는 지식인들의 공통된 심정이다. 그리고 그 머뭇거림은 무엇인가 적극적인 대책을 갈망하고 있는 것으로 보인다. 대책이란 무엇인가? 언젠가는 한글 전용이 이루어져야 한다는 대전제를 위한 대책일 것이다. 그러기 위하여 우리는 지금 당장 무엇을 할 것인가? 이와 같은 성실하고도 진지한 자문自問으로부터 지금까지 제시된 해결책을 보면 이미 우리는 몇 개의 공통된 의견을 갖고 있는 셈이다.

그 중에서 가장 손쉽게 누구나 말하는 것은 집현전의 재건이다유종호 「한글만으로의 길」, 『창작과 비평』, 1969 봄·여름 / 남광우, 『국어국문학의 제문제』, 일조각, 1970. 훈민정음의 산실이 바로 집현전이었기 때문이다. 매우 손쉬운 발상이며 또 기대를 걸어봄직하다. 집현전뿐만 아니라 그와 비슷한 정부 기관이 그 이후로도 한글 사업을 위해 좋은 일들을 많이 해낸 역사적 경험을 우리는 갖고 있다. 정음청, 언문청, 간경도감 그리고 국문연구소에 이르기까지 한글의 나라답게 어문 문제를 다루었던 이들 기관은 제각기 그 세대에 있어 그 시대 상황이 허락하는 한도 내에서 역사적 사명을 훌륭히 수행하였다고 생각된다. 집현전 학자들은 한글을 만들어 내었고 그 뒤의 몇몇 기관은 한글諺文의 보급을 위해 경서의 번역과 출판에 공헌했으며 마지막으로 국문연구소는 개화기에 새로 일어난 자주의식에 입각하여 한글에 관한 본격적인 재검토를 수행했었다. 그것이 나라를 잃음으로써 실효를 얻을 수 없었지만 그 사업의 일부는 천만다행으로 조선어학회의 몇 가지 빛나는 업적으로 계속되었던 것이다. 그러나 이와 같은 전통이 있음에도 불구하고 오늘날의 집현전은 그렇게 쉽사리 결성될 수 없는 어려운 점을 갖고 있다. 억지로 말하라면 현재 존재하고 있는 국어 조사 연구위원회와 국어 심의회가 바로 집현전이라고 말해 볼 수 있다. 그런데 이들 기관은 정서법의 개신 - 그것도 주로 철자법에 국한하여 - 이라는 하나의 사업을 수행하는 데에는 그 사명을 해낼 수 있을 것이지만은 현재 우리가 당면한 문자생활의 근본적 개혁을, 다시 말하면 한글전용의 이상을 실현하기 위한 것으로는 너무나 초라하고 연약한 기구인 것이다. 정서법은 문자 표기상의 한 규약의 문제이고, 한글전용이니 국한자 병용이니 하는 문제는 한 언어사회의 생활 전반을 다루어야 하기 때문이다.

더구나 우리는 철자법 문제에서는 1930년대에 완성한 현행 맞춤법보다 더 쉽고 합리적인 것이 만들어져야 한다는 방향 설정에 온 국민의 의견의 일치를 보이고 있지만, 그러나 한글전용이냐 국한자 병용이냐 하는 데에는 서로 간에 예각적인 대립을 보인다, 앞에서도 여러 번 말한 바와 같이 도도히 흘러가는 언어사회의 물결은 그 사회 전제가 저항을 느끼지 않는 방향에서만 개조가 가능한 법이다. 이제 한글전용을 외치는 사람들은 부작용이야 어떻든 대뜸 바꿔 놓으면 그 해결책이 나선다고 하여 잠시 중등 교육 과정에서 한자 교육을 철폐하도록 만들고 그 결과 실제 언어 사회와의 괴리 때문에 실로 엄청난 부작용을 일으키고 말았다. 그리하여 국한자 병영론을 주장하는 사람들은 국한자 병용을 영구히 하자는 논조가 되어 버렸다. 이들의 논쟁은 잠잠하다가는 극렬해지고 또 고요한 듯하다가 요란하여서 이제 식상이 되어 버린 제삼자의 견지로는 근조近朝의 붕당들이 별 것 아니라 다 이런 것이었겠구나 하는 마음을 갖게 한다. 이와 같은 영원한 평행적 대립으로 민족문화는 도저히 한 걸음도 발전할 수 없지 않겠나 하는 두려움마저 안겨준다.

우리의 주장은 여기에서 단도직입적인 결론에 도달한 셈이다. 즉 대립되는 두 개의 주장을 변증법적으로 지향하자는 것이다. 그러니까 양립론이다. 한글전용을 위하여 국한자 병용을 할 수밖에 없다는 것이다. 2천년이나 되는 긴 세월을 한자문화에 의해 의식이 중독되었는데 그것을 뽑아낸다는 것은 참으로 힘들고 험난한 작업이 아니겠는가? 한자교육이 역설적으로 강화되는 가운데 한글만을 쓴다는 것이 보다 유익하고 한국적임을 모든 언어 대중이 어느 분야에서나 느끼지 않으면 한글전용은 불가능한 것이다. 영국에서 화폐 단위를 십진법에 의해 개조하는 데 자그마치 1세기를 기다려야 했었음을 상기할 필요가 있다. 어문생활의 개혁은 달리 말하여 의식의 개혁이다. 이것은 간단히 작은 연구기관의 설립으로 해결될 문제가 결코 아니다.

국한자 병용을 주장하는 논조 속에 이런 말이 있었다.

> 한자가 외국문자라고 한다면 우리 국어의 반 이상을 차지하고 있는 한자어는 무엇인가 말이다. 만약 한자어를 외국어라고 한다면 초등학

교에서는 국어교육을 하지 말아야 할 것이 아닌가? 이 기회에 첨가해서 말해두어야 할 것은 한글이 우리 문자임은 물론이지만 한자 역시 우리 문자란 것이다.

(「교육, 국어, 한자」, 『어문연구』 1호, 1973)

이 글은 한자와 한자어라는 두 개의 개념의 혼동, 국어 교육을 문자 교육이라고 생각하는 것 등 아주 소박한 내용의 글이어서 논지의 잘잘못을 고려할 여지가 없으나, 한자는 이 만큼 우리 문자화하여 있고 이것이 식자층의 사고의 방향을 알려 준다는 점에 주목을 하게 한다. 한자에 대한 의식에 관하여 다음의 일화를 음미해 보자

한글전용을 열렬히 주장하던 모임에 한 명의 새 동지가 찾아왔다. 한 사람이 새로 온 이에게 물었다.

"성함이 어떻게 되십니까?"

"유 아무개입니다."

"아 그러세요. 유씨면 대개 문화 유씨인데 그러면 종씨宗氏가 되네요"

"아. 아녜요. 저는 묘卯 금金 도刀 유劉자 강릉 유씨예요."

한글 전용을 천만 번 주장해도 이러한 의식구조에서는 도저히 한글 전용이 안 될 것이다.

아홉.

한글 전용 논쟁이 가열되는 동안 한자어의 특성은 꽤 많이 밝혀졌다고 생각된다. 그 특성은 크게 둘로 나누어 볼 수 있는데, 그 하나는 한글전용을 낙관적으로 만드는 것이고 다른 하나는 비관적으로 만드는 것이다. 이제 이 특성을 요약해 보기로 하자.

한자어의 특성을 생각하기 전에 먼저 한자의 특성부터 밝혀 보기로 한다. 한자는 표의문자다. 따라서 개개인의 한자들은 음상音相과 의미意味의 양대체계兩大體系를 갖고 있다. 다시 말하면 음상과 의미가 각각 독립된 체계를 가지면서 하나의 문자 속에 묶여 있는 것이다. 음상 곧 한자음은 시대와 장소에 따라 다르다. 고대 중국과 현대 한국의 한자음을 비교해 본다면 어떤 것은 전혀 공통적인 음질音質을 발견치 못하는 것도 있을 것이다. 한자의 의미는 원래부터 복잡하게 되어 있었다. 한자의 생성과 운용의 변화에 따라 원래 육서라는 것이 있음은 누구나 아는 것이지만, 그 가운데 전주轉注와 가차假借의 용법은 한자의 의미를 매우 다양하게 변화시키는 기능을 해왔다. 음상과 의미가 따로 노는데 다만 일정한 형태로 고정된 문자가 서로 다른 두 체계를 이어주고 있을 뿐이다. 그러니까 글자 하나를 안다는 것은 엄청난 지식을 동반하게 된다. 그 예를 '락樂'자로 들어 보인다.

악, 낙락, 요 ← 樂 → 노래, 즐거움, 좋아함

여기에서는 '악 - 노래, 낙락 - 즐거움, 요 - 좋아함'이라는 대립 관계를

세울 수가 있어서 오히려 기억에 쉽지만 '곡曲'자의 경우에는,

곡 ← 曲 → 노래, 굽음, 잘못됨……..

으로 되어 단일한 음상에 잡다한 파생 의미들을 기억해야 하는 어려움이 따른다. 이 정도의 의미 체계라면 또 기억해 낼 수가 있을 터이지만, 이것은 한자어의 일반적인 용례에 불과한 것이고 그것이 특정한 시대, 특정한 분야에 이르면 그 음상과 의미는 더욱 복잡한 갈래를 가지게 된다. 또 두세 자의 복합으로 이루어진 한자어에 이르면 그 복잡도는 배가・상승하게 된다. '인간'人間이란 원래 '사람이 사는 세상'이라는 뜻이니 지금의 '사회'란 말이며, '방송'放送은 '죄인을 풀어준다'는 뜻이니 '석방'釋放이란 현대 한자어에 해당되고, '경제'經濟는 딱히 오늘날의 '정치政治'라는 의미로 쓰이면 쓰였지 도대체 'economy'란 개념으로는 쓰이지 않았다. 좀 더 궁벽한 우리나라 고제도古制度의 용어를 들추어 말하면 그것은 더욱 큰 놀라움을 자아내게 될 것이다. '다방'茶房을 여조麗朝이래 동반東班관원의 명칭으로 알 사람은 사학자에 국한되는 것이며 '정액'定額을 오늘날의 '정원'定員으로 알 사람도 역시 몇몇의 전문가에 제한되고 만다. 한자어는 이렇듯 문자 자체의 견지에서 보면 의미의 비지속성・단절성을 가지는 것이요, 사용자의 견지에서 보면 필요한 때만 꺼내 쓰는 개념의 창고에 지나지 않는다. 따라서 한자의 표의성이란 것은 그 진폭이 너무 넓어서 자칫 그 마력에 빠져 들다 보면 논리적 사고와 그 표현이라는 언어 문자의 참세계로부터 벗어나 신비와 공허만 남아 있는 우주미아宇宙迷兒적인 현묘玄妙의 세계로 들

어가 버리게 된다. 대체로 한자를 버리지 못하겠다는 입론立論의 밑바닥에는 한자가 지닌 이와 같은 신비로운 마력을 떨쳐버리지 못하겠다는 최면이 작용하고 있다. 한자와 한문을 아는 사람에게 한자와 한문은 이처럼 강한 견인력을 갖고 있으므로 한자를 우리나라의 문자라고 주장하게 되는 것이다.

그러나 한자어는 분명히 국어 어휘 체계의 일부로서 우리말·우리글 속에서 호흡을 같이 한다. 한자어의 계보를 살펴가면서 그 특성들을 검토해 보자. 한자어는 다음과 같은 세 가지 경로를 통하여 국어 어휘 체계 속에 흡수되었다. 한자어의 원국적原國籍을 나타내는 세 개의 경로는 다음과 같다.

① 한자의 원산지인 중국에서 수입한 것. ㉠ 중국의 각종 고전 경사자집 經·史·子·集에 연유하는 것. ㉡ 중국식으로 여과된 불교 경전인도문화에 연유하는 것. ㉢ 문적文籍과는 관계없이 수입된 것. 즉 백화문白話文 구어口語에 연유하는 것. 편의상 위의 셋으로 분류했으나 우리나라가 중국문화와 접촉·교류한 기간이 줄잡아 2천년을 넘을 것이므로 이 계열의 한자어는 다시 시대적으로 재구분할 수도 있다. 문화교류가 있는 동안, 한자어는 계속 수입되었을 것이다.

② 우리나라의 한자·한문의 수준이 향상되면서 우리 스스로 우리의 필요에 따라 만든 것. 여기에선 이두吏讀가 별도로 논의되어야 할 것이다.

③ 일본으로부터 수입한 것. 근대 서양 문명과 관련된 사물의 명칭 및 근대 과학의 개념어들이 모두 여기에 속한다.

위의 세 계열의 한자어에서 중국 기원의 것이 대체로 오랜 세월 우리의 언어생활에 친숙해 있기 때문에 그 가운데에는 전혀 한자어라는 인상을 주지 않는 것도 있다.

> 성냥石硫黃 숭늉熟冷 장구長鼓 푸주庖廚
> 바랑, 배랑鉢囊 차례次第 서랍舌盒 맹세盟誓
> 시새細沙 양재기洋磁器 곤두박질筋斗撲跌
> 호락호락忽弱忽弱 흐지부지諱之秘之 조용從容하다
> 불쌍不祥하다

위의 단어들은 한자가 가지고 있는 음을 좇아 읽으면 오히려 이상하게 느껴질 만큼 우리말로 토착화하고 있다.

이런 단어 이외에도 아직 음의 변화는 입지 않았으나 한자로 썼을 경우가 도리어 이상하게 느껴질 만큼 우리에게 친숙해진 단어들이 있다.

> 역시亦是 필시必是 실상實上 이사移徙 처녀處女
> 수작酬酌 도대체都大體 좌우간左右間 심지어甚至於
> 아차피於此彼 이간離間질 은근慇懃히
> 막무가내莫無可奈 위爲하다 대對하다.......

이러한 한자어를 읽어 가노라면 한자어의 한글 표기는 궁극적으로는 시간문제라는 생각을 굳히게 한다. 우리가 오랜 세월 자주 쓴 것은 거의 고유의 우리말이나 다름없는 친숙한 느낌을 주기 때문이다.

그러나 일본을 본적으로 하는 한자어로 현대 문명사회에서 없어서는 아니 될 말들은 현재로서는 거의 한글로의 표기가 절망적이다. 그럼에도 불구하고 그것을 해소하기 위하여 어떻게 할 것인가를 생각하는 것이 우리가 추구해야 할 문제점들이다.

열.

온갖 어려움을 헤치고 어떻게 해서든지 한글전용을 해야 한다면 우리는 아마 다음과 같은 장애물을 극복해야 할 것이다.

(1) 간략하게 두세 자로 나타낼 수 있는 한자의 강력한 조어력에 대치할 수 있는 방법

(2) 무수한 동음이의어를 적절하게 처리할 수 있는 방법. 웬만한 경우는 문맥 속에서 해결된다고 하지만 문맥 속에서도 혼동을 가져오는 예가 얼마든지 있을 수 있다.

(3) 이미 상당한 세력을 가지고 굳어 버린 각 분야의 전문용어를 대치할 수 있는 방법.

(4) 한자의 시각적 특이성에 대치할 만한 보상 방법.

이렇게 써 내려가면 어려운 문제는 항목을 늘려가며 계속 산적될 것 같다. 그러나 이렇게 산적된 문제를 떠받치고 있는 것은 한국인의 초롱초롱한 두 눈빛일 뿐이다. 한 줄기의 눈빛은 한국인의 창조력이 어디에서 솟아나는가를 찾고 있으며 다른 한 줄기는 한국인의 사회풍토가 어떻게 건전하게 형성되는가를 찾고 있다. 언어는 그 언어 사용자의 주관적 관점에서 보면 정신 활동의 형상화이고 객관적 관점에서 보면 의사의 전달 곧 사회 활동의 모체이다. 그러니까 창조적 본능과

사회적 본능이 만나는 자리에 언어와 문자가 있는 것이다. 창조적 본능은 의식의 영역이고 사회적 본능은 계약의 영역이다. 계약은 습관의 세계에 있고 의식은 사고의 세계에 있다. 따라서 한글 전용을 하려면 한국인이 가진 관습과 사고의 세계를 바꾸어야 한다. 습관과 사고를 동시에 지배하고 이끌어 갈 추진력은 민족적 국가적 차원에서만 찾아낼 수 있다. 한글전용을 이상으로 삼는다면 무엇보다도 먼저 한국인의 마음 하나하나가 새로운 한국적 문화 창조의 열의를 가지고 서로 힘을 합치려는 태세가 되어 있는가를 점검해야 할 것이다.

우리나라는 진작부터 외세에 대항하고 외래 문물에 추종하지 않으며 그것을 자기 나름으로 정리하는 피나는 노력을 기울였을 때, 즉 외래문화의 주체적 극복이 실현되었을 때에만 보다 높은 단계의 사회적 성장과 문화의 향상이 있었다는 것이 많은 지식인에 의해 예증되어 왔다. 그리고 그러한 운동은 끊임없이 지속되어 오고 있다. 흔히 전통문제를 논하는 자리에서 우리 나름의 창조적 기풍이 맹렬히 일어날 것을 바라면서도 아직 우리는 과거의 유산이 현대적 의미로 재생되지 않았고 외래의 사조는 뿌리를 내리지 못했음을 한탄한다. 그러나 이러한 근심은 조심스런 학자들의 지적 유희에 익숙한 몸사림에 불과한 것이며 건전한 상식인의 소박한 판단은 언제나 역사 추진에 놀라운 박차를 가하였다는 것이 우리에게 용기를 준다. 다음의 고백은 우리의 언어 사회에도 새로운 기풍을 일으키는 힘이 이미 샘솟고 있음을 암시하는 말이다. 요약해서 적는다.

> ① 일제 시대에 기독교 가정에서 태어나 식민지 교육을 받은 나는 이중으로 한국의 문화 전통에서 소외당했었다.
> ② 이제는 악보도 읽고 노래도 부르고 그 형식도 분석할 수 있고 연주의 잘잘못도 분별하며 음악광은 아니라도 서양 음악을 조용히 즐겨 감상한다.
> ③ 그러나 한국음악에는 무식하다.
> ④ 얼마 전 우리의 고전 무용 발표를 구경하다가 나도 모르게 어깨와 허리의 근육이 장단・리듬에 따라 실룩거리는 것을 경험하고 크게 충격을 받았었다.
> ⑤ 서양음악은 내 의식의 주위를 맴돌았으나 한국의 리듬은 내 몸을 움직였다.
>
> (현영학, 「탈춤이여, 한국이여」, 『문학사상』, 1973. 12)

이 고백은 한국의 문화가 미로에서 제길을 찾아들어 한국인의 체질에 맞는 것으로 걸어갈 수 있음을 웅변으로 증명하고 있다. "객관적 정신이니 세계정신이니 하는 번역어를 그대로 사용하고 있는 동안 우리는 헤겔 철학의 테두리를 벗어나지 못하며 우리의 삶의 현실과는 생소한 개념들과만 놀게 된다."이규호, 「우리의 말과 우리의 삶」, 『창작과 비평』 12호라고 한탄한 철학계도 그 무수한 한자어가 고유한 우리말로 바뀔 수 있는 가능성의 실례를 보이고 있다.

> 모순은 긍정되는 것이다. 이런 말은 모순이 모순 그대로 존속한다는 뜻이 아니다. 헤겔은 모순이 스스로 자기를 지양止揚한다고 말했고, 이 말이 모순보다도 더 중요하다. 지양은 aufheben을 옮긴 것이요, 사물을 일단 폐기했다가 그 내용만을 이끌어 올려서 보존한다는 뜻이다. 국민

학교(현 초등학교) 시절에 입던 의복은 그 당시는 꼭 맞았으나 중학생이 되고 보면 이미 맞지 않아 그것을 폐기하고 중학생의 교복을 입어야 한다. 그러나 중학생의 교복은 국민학교 시절의 의복을 거쳐서 비로소 입게 되는 것이고, 따라서 중학생의 교복속에는 국민학교 시절의 의복이 겉으로는 없어졌지만 그 의미의 내용은 역시 보존되어 있는 것이다. 즉 국민학교 적의 의복은 발전적으로 해소된 것이다. 이런 견지에서 지양은 순 우리말로는 '없애가짐'이라고 표현할 수 있다.

(최재희, 「논리적 사고의 제유형」, 『문리대 교양 강좌』, 제2집, 1973)

'없애가짐' - 이 말이 철학용어로서 앞으로 '지양'에 대신해 쓰일지는 의문이다. 그러나 이것은 비행기가 '날틀'로 바뀌는 것과는 다른 각도에서 평가하고 싶다. 그것은 한국인의 사고가 보다 순순한 말로 표현되었을 때 보다 완전한 이해에 도달하리라는 기미를 보여주었기 때문이다. 근래에는 의사들도 쉬운 우리말로 의학 용어를 바꾸는 움직임이 보인다고 한다.

현훈眩暈 → 어지럼　　영아嬰兒 → 젖먹이
오심惡心 → 구역질　　소양搔癢 → 가려움
좌창痤瘡 → 여드름

이들 두 계열의 어휘에서 한글로 쓰인 단어들이 얼마나 친근미가 있고 알기 쉬운가? 문학 평론 가운데서 가끔 '작가와 독자와의 만남'이라고 할 때의 '만남'이라는 단어에 접할 때마다, 우리는 그 단어가 한자어 '조우, 해후, 상봉, 대질' 그 어떤 것보다 그윽하고 특이한 색체의 언어로서 받아들여짐을 볼 수 있다.

한자어를 축소·감퇴시킴으로써 한글전용으로 향할 수 있는 가능성은 다음 같은 관점에서도 검토될 수 있다. 즉 근대 조선왕조에서는 한자를 쓰는 사람과 한글을 쓰는 사람이 신분상으로 구별되어 있었다. 이른바 양반은 한자를, 부녀자와 서민은 한글을 주로 사용했다. 한자·한자어·한문은 양반들의 의사 전달 도구였고, 쉬운말·고유한 우리말·언문은 서민들의 뜻을 담은 그릇이었다. 이때에 한자어는 양반적 체취, 곧 우아·고귀·심오의 어감이 붙게 되었고 순수한 우리말에는 그 반대의 어감이 따르게 되었었다. 그러나 오늘날엔 이러한 사회계층적 구별도 없을 뿐더러 뜻있는 지식인들은 너도나도 오히려 고유한 우리말, 비록 순 우리말이 아니더라도 토착적인 말을 더 값있게 여기는 풍조가 짙어감을 볼 수 있다. 한자를 배우고 가르치면서도 그것은 지적 호기심과 이미 존재하는 문화 유산을 파악하기 위해 불가피한 것으로 생각하게 된다면 과거에 한자어와 순수한 우리말이 가졌던 정감적 의미는 오히려 반대로 뒤집힐 가능성도 있는 것이다. 물론 이러한 작업에 앞장서고 그러한 풍토를 꾸미는 사람은 두말할 것도 없이 현대를 지키는 모든 지식인이어야 한다.

한글전용론과 국한자 병용론의 대결은 2천년이나 한자 문화에 빠져들어있던 우리의 어문 질서가 2천년 이상으로 꿰뚫고 있는 우리의 전통 문화를 우리다운 것으로 세우기 위해 필연적으로 부딪쳐야 할 관문이다. 그 대결은 그야말로 '없애가짐'으로써 우리의 앞길을 밝게 비춰야 할 것 이다. 자칫 잘못하면 한자는 우리의 문자생활에서 영원히 벗어 버리지 못할 굴레가 될지도 모른다. 아마도 우리는 한자의 굴레를 벗으려고 애쓰는 동안 발전하고 성장할 것이며, 무엇인가 우리의 문화를 꽃피울 수 있을 것이다. 그 열쇠를 현대의 지식인은 누구나 다 가지고 있다.

(「창작과비평」, 1973년 겨울호)

우리말 어휘는 풍부한가?
– 우리말 어휘의 규모 및 빈곤의 극복책 –

1. 언어와 현실

말言語은 사람을 사람답게 만들어 온 문화적 보물이다. 뿐만 아니라 인간이 추구하는 최후의 문제가 무엇이든 그것은 말을 통하지 않고 현실적인 가치를 가질 수는 없다. 지성이나 과학을 통하여 그리고 인생을 영위하면서 우리는 어떤 방법으로든 진리에 도달하고자 하는 것이 사실이기는 하나 그 인생 그 진리는 우리의 의사소통의 중계자인 말의 문제에 귀착하지 않고는 아무 의미도 없다. 인생이 단순히 살아간다는 것으로만의 인생이라면 얼마나 무의미할 것인가? 우리가 아무리 훌륭한 통찰력과 이해력과 상상력으로 인생 전반을 투시한다고 하더라도 그것이 인생으로써의 뜻을 갖게 하자면 어떤 종류의 말이건, 그 말을 사용함이 없이는 참되게 이해되고 표현될 수가 없는 것이다.

인류의 생활이 있어온 이래 잡다한 형식의 소설이며 시며 수필이며 하는 이른바 문학은, 그리고 제반 과학적인 연구 논문과 정치가들의 웅변은, 다시 말해서 인간의 표현과 의사소통은 그것이 인생의 일부 또는 전부라는 증거 이외에 아무것도 아니다.

참다운 의미에서 내 언어의 한계는 곧 내 세계의 한계가 된다. 과학이니 철학이니 종교니 하는 것도 마지막까지 분석해 보면 '잘 꾸며진, 잘 정리된 언어'라고 볼 수는 없는 것일까? 우리의 지성과 감성이 무엇을 알고 있는가를 해답해 주는 것은 오직 생생한 언어에 의해서 뿐이다. 그리하여 인류의 마음속에 매우 오래 전부터 항상 무겁게 자리 잡아온 문제가 곧 언어에 대한 집념이었다. 인도의 오랜 고전 『우파니샤드』에는 이런 말이 전해지고 있다.

> 말이 없다면 옳은 것도 틀린 것도 알 수 없으며, 참과 거짓, 유쾌한 것과 불쾌한 것을 알 수 없다. 말은 이 모든 것을 우리에게 알려준다. 말에 대해 묵상하라.

진실로 언어가 없다면 세계가 없고 따라서 인생이 없는 것이다. 언어에 대한 이렇듯 오래고도 깊은 사념은 인간의 문화에 대한 모든 비평 속에서 계속하여 심각하게 다루어져 왔다. 인류 문화와 사고의 역사는 결국 언어에 대한 문제를 싸고돌면서 전개된 것에 불과하다. 언어의 내면적인 고찰이 깊이를 더할 때 많은 학구적 업적이 시대를 따라 변천하여 왔던 것이다.

그러나 우리는 지금 이와 같은 언어의 질적 문제를 고려하면서 언어가 사회현상으로 나타날 때의 그 구체화된 재료, 곧 단어 구문 문장 등에 관하여 생각하려는 것이 우리의 주안점이다. 우리의 사고와 문화를 구축하는 언어에서 의미를 갖고 있는 최소 단위의 것을 일반적으로 말하여 단어라고 한다. 그 단어는 다른 단어들, 다른 언어적 요소들과 결합하여 하나의 통일된 사상 체계를 갖는 글이 되는 것인데 이 단어들의 일정한 집합을 일컬어 어휘라고 한다. 그러므로 어휘라는 말 속에는 단어들이 어떤 상태로 결합하고 있다는 단어들의 수적 개념을 가진다.

어휘가 풍부하다고 말할 때에 그 어휘가 포함하는 사고력의 한계는 풍부한 정도에 비례하여 다양하고 복잡해질 수밖에 없는 것이다. 그렇기 때문에 한 나라의 언어가 갖는 어휘가 얼마나 많으냐 하는 것이 그 나라의 문화의 폭과 깊이를 반증하는 것이 된다.

2. 우리말 어휘의 연혁

그러면 한국어의 어휘는 얼마나 풍부한가? 우리는 이 문제를 생각하기에 앞서서 한국어 어휘의 변천 과정을 살펴보지 않을 수 없다. 다시 말하면 한국민족의 역사와 더불어 변천되어 생성, 소멸, 또는 증가되어 왔을 한국어 어휘는 한국역사의 이면이 되는 셈이다. 그러나 보통 한국역사의 출발이라고 말하는 3・4천 년 전 이전에 이미 한국어는 한민족과 더불어 그 언어 역사를 전개하고 있었다. 한반도의 우리 한민족 유입 당시에, 그러니까 약 5천여 년 전경에 - 이 시기가 Altai 공통어에서 우리말이 분기한 때로 추정되고 있다 - 참으로 한국어는 순수한 고유어만으로 소박한 농목 생활을 반영하는 민족의 그림자였을 것이다. 이 무렵의 고유 어휘의 총수를 짐작한다는 것은 거의 완전하게 당시 생활의 전모를 파악하는 셈이 되겠는데, 정확한 숫자를 즐기는 언어학자들은 이 문제를 인류고고학 연구자들의 처리 사항으로 돌려버린다. 그러나 현대의 언어 연구자들이 세밀한 자료 분석과 통계를 통하여 추정하는 어휘수로 잠시 원시 한국어의 어휘를 짐작해 볼 수는 있을 것이다. 1930년에 C. K. Odgen이 발표한 바에 의하면 기초 영어 어휘는 850개에 지나지 않으며 일반인들은 2, 3천 개의 어휘를 사용하고 고등교육을 받은 사람이 약 5천 개의 단어를 사용한다고 한다. 그렇다면 원시적인 농목 생활을 하였을 수천 년 전에 우리 선조가 사용한 어휘를 개인당 몇 백으로 잡을 수 있을까? 또 총어휘수는 몇 천이나 될까? 그러나 이것은 어디까지나 허망한 추정에 지나지 않는다.

본질적으로 한국어가 하나의 문명한 언어로 발전한 것은 역시 그 당시에 이미 고도로 발전된 중국 문화권과의 교섭이 시작하면서부터였다.

역사적으로 이미 부족국가의 형성 단계를 끝마친 통일신라시대를 배경으로 하는 남방계 한어 - 현대국어의 주류를 이루고 있는 것으로, 이에 대립하는 북방계 한어는 부여, 고구려 등이 사용하는 언어로 현대국어에는 별로 영향을 주지 않은 것이다 - 가 중국어와 대결하였을 때에 일차적으로는 중국을 따라 변모하는 문물제도에 맞추어 몇 개의 어휘가 생소한 외래어로 등장하였을 것이다. 이 때에 물론 문자가 없던 우리 민족이 재빠르게 한자를 이용하여 우리말을 표기하는 이두를 발전시켰으나 능숙하게 한문을 원문대로 사용할 수 있는 상류 지배층의 식자들이 발생하여 근대에 이르기까지 언어생활과 문자생활에 이중 체계를 유지해 오게 되었다. 이렇게 하여 19세기 말엽까지 계속되는 중국문화의 영향은 문어에 있어서는 말할 것도 없고 어휘 면에서는 점차로 고유어를 쫓아내고 그 자리에 한자어 - 중국어와는 전혀 다른, 우리말 음운 조직에 맞게 변모된 한자음으로 읽히는 단어들을 뜻함 - 가 들어가게 되었다.

통일신라시대를 대표하는 고대 국어에서는 인명·지명·관명들이 한자어로 바뀌었고 이에 따라 다른 문물의 명칭들이 한자어로 바뀌게 되었을 것이다. 그 후 고려시대로부터 시작하는 중세국어에서는 한문화漢文化와의 동화와 함께 한자어 어휘의 막대한 분량이 수입되었다. 이 시기에 실로 오랜만에 동일한 어족에 속하는 몽고와의 정치적 교섭이 발생하여 당시의 사회 상태를 반영하는 몇 개의 어휘 - 특히 궁중용어로서 임금님의 진지를 '수라'라고 하는 것 등 - 가 근대에까지 존속하게 되었다. 그러나 계속하여 수입된 한자어 어휘 수는 조선 중엽에 이르면 이미 고유어 어휘의 총수를 능가하는 정도에 이른 것으로 보이고, 현대에 와서는 완전히 숫자상으로, 사용 빈도상으로 한자어가 고유어를 압도하게 되었다. 물론 19세기 이후 직접 간접적으로 접한 서양 문화와의 교제는 많은 서양 외래어를 우리 언어 재산으로 갖게 하였으나 아직도 그 수는 주목할 만한 정도에 이르지 않고 있다. 요컨대 국어의 어휘 변천의 역사는 고유어와 한자어의 병존 대립, 한자어 증가의 역사였다. 그 이중 대립의 체계에 얼마간의 다른 언어로부터의 외래어를 포함시키면 국어 어휘의 목록을 작성할 수 있을 것이다.

《고유어 - 한자어 - 외래어》

그런데 이상 세 계열의 어휘는 각각 독자적으로 또는 다른 것들과 동의어의 관계를 유지하면서 국어 어휘의 전체를 구성한다.

3. 우리말 어휘의 규모

이와 같은 어휘군語彙群은 구체적으로 어떤 수적 비율을 보이는 것일까? 현재 우리가 쉽게 접할 수 있는 어휘 조사표는 한글학회의 『우리말 큰사전』에 수록된 16만4천여 단어에 대한 통계로써 고유어 74,612단어, 한자어 85,527단어, 외래어 3,986단어가 실려 있다. 그러나 다시 고유명사와 사투리, 옛말을 제외한 표준어만의 비율은 고유어 56,115단어, 한자어 81,362단어, 외래어 2,987단어로 고유어・한자어・외래어는 대략 40%・58%・2%임을 보여준다.

이와 같은 비율은 이희승 박사가 편찬한 『국어대사전』의 20여만의 어휘수를 가지고 조사한다고 하여도 별로 큰 변동은 보이지 않을 것으로 보인다. 숙명적으로 고유어의 수는 줄어들고 있는 것이며, 한자어 그리고 다른 외래어의 급격한 증가 현상이 오늘날 지속되고 있다, 서양 여러 나라에서 들어오는 외래어가 격증한다는 것은 우리 문화 속에 점차적으로 고유문화, 동양문화보다 서양의 외래문화가 수입되어 팽창한다는 뜻이다. 외래문화가 전통적인 자기의 고유문화속에 섭취 혼용되느냐 전통을 파괴하느냐 하는 문제는 논외로 할지라도, 한 나라의 말에 외래어가 늘어난다는 것은 그 만큼 문화적 다양성을 표시하는 것이고, 수사학적으로도 그 만큼 풍부한 표현을 가능하게 한다는 점에서 지극히 반가운 현상이 아닐 수 없다.

일찍이 영어는 고대영어시대에 많은 어휘를 라틴어에서 차용했고 노르만 정복 이후 13·14 양 세기에 걸쳐 받은 불란서어의 영향은 말할 수 없이 큰 것이었다. 그리하여 오늘날 웹스터 대사전의 약 55만여의 어휘를 수록할 수 있는 국제적으로 우수한 언어가 되었다. 흔히 언어에 대한 식견이 부족한 사람 가운데는 고유어의 사용만이 가장 순수한 민족의식의 발현이고 애국의 방법이 되는 것으로 알고 있는 사람들이 많다. 더구나 국수주의적 일부의 학자들은 한자어조차 고유어로 바꾸자고 하여 한때 일반의 물의를 일으키고 빈축을 산 일도 있었거니와 언어의 순수성 내지 우수성은 그 어휘가 외래어냐 고유어냐에 있는 것이 아니라 그 언어의 표현 능력에 있는 것이다.

표현능력이란 그 언어가 갖는 문법적 특성, 수사학적 발전 및 사회적 조건 등에 기대를 걸고 있는 것으로 영어가 그렇게 많은 외래어를 갖고 있으면서도 훌륭한 언어가 될 수 있었던 이유는 16세기를 전후하여 일어난 몇 가지 주목할 만한 현상에 있었다. 첫째 이미 차용된 라틴어와 불어에 대한 새로운 정비가 일어났다. 즉 보다 영어답도록 어미를 바꾸고 철자를 고치고 발음을 영어식으로 고쳐나갔으며 둘째로 이와 같은 현상에 앞장선 표준 영역英譯 성서와 윌리엄 셰익스피어의 공로는 영어의 발전사에 길이 잊혀질 수 없을 것이다. 셋째는 새로이 일어나는 사회의 물결이니, 문예부흥, 종교개혁, 인쇄술의 발명, 아메리카 대륙 발견에 따른 세계관의 변천이 그것이었다. 이러한 조건들이 점진적으로 그리고 상호 긴밀한 관계를 가지면서 동시에 자연적으로 발생했던 것이다.

국어의 경우에 있어서도 풍부한 표현능력을 가진 우수한 언어가 되려는 목표를 전제로 하는 한, 영어가 걸어온 길에서 좋은 암시를 받아야 할 것이다. 어휘의 증대, 좋은 글을 쓰는 문학가, 전국민이 누구나가 읽을 수 있는 대표적인 서적이것은 현대 매스컴이 해결하고 있다. 근세 서양은 성서가 누구나 접할 수 있는 서적이었다., 그리고 불 일 듯 일어나야 할 우리 민족문화에 대한 새롭고도 깊은 인식과 옹호가 한 없이 기다려진다.

4. 우수한 언어로 만드는 길

상술한 바 고작 20만 정도에 머물고 있는 우리말 어휘는 웹스터사전에 수록된 55만여 영어 단어에 비한다면 엄청나게 부족한 것이기는 하나 국어가 갖는 문법적 특성을 최대한으로 활용하여 좀 더 아름답고 우아한 표현술을 발전시키는 일은 그렇게 비관적인 일만은 아닐 것이다. 이제 우리는 그 열쇠를 다음의 몇 가지로 나누어 다시 한 번 생각하기로 하자.

첫째, 국어가 감정적 효과를 높이기 위한 방법에서 매우 유용한 고유어 어휘들을 갖고 있다고 한다. 가령 의성・의태어의 발달이라든가, 어간 모음의 대체에 의해 정감의 변동을 나타내는 따위는 다른 언어에서는 볼 수 없는 장점이라고 생각되어 왔다. '발갛다 - 빨갛다 - 새빨갛다 - 발그스름하다 - 발그레하다……' 따위가 색채의 미차微差를 드러내주는 효과를 거두는 것도 사실이다. 또 '염치'보다는 '염체', '염체'보다는 '얌체'가 강렬한 의상미의 인상을 주는 것도 사실이기는 하나 이것은 오히려 말하는 사람의 주관적 가치를 높이는 나머지 객관적인 표현의 명확도를 줄이는 결과를 갖고 온다. 동일한 불꽃을 보면서 한 사람은 '빨갛게 타오른다'고 하고 다른 한 사람은 '시뻘겋게 타오른다'고 했을 때 그 두 사람의 말은 제삼자에게 불꽃자체의 모양을 묘사하기보다는 두 사람이 불꽃을 보는 감정의 차이를 더 잘 나타내는 상태에 부딪친다. 그러므로 편의상 국어의 어휘를 정감있게 표현하기에 좋은 어휘와, 사실을 표현하기에 좋은 어휘로 가르고 말을 사용하는 사람들이 항상 이것을 의식할 수 있어야 하겠다. 국어에 대한 무비판적인 편애로부터 벗어나서 누구나 냉철하게 국어의 장단점을 인식할 때에 비로소 국어의 발전은 그 가능성을 갖는 것이다. 세련된 언어일수록 언어에 논리적 조건을 보다 많이 갖추기 때문이다. - 이 말은 언어 자체가 가지는 언어 특유의 언어 논리와 혼동해서는 안 된다. 가령 '문 닫고 들어와라', '덮어 놓고 먹어라' 같은 말은 훌륭하고도 완전한 표현이다.

둘째, 위에 말한 세련된 언어를 위해 우리가 추구해야 할 노력은 매우 심각하다. 우리말 표준어는 개화 이후 현대문학에서 얻은 것과 현대 서울 중류 사회의 언어에 토대를 두고 있다. 이 표준어 자산은 조선어학회를 근간으로 하는 회의에서 결정을 본 것으로 아직은 소루疏漏한 느낌이다. 불어의 겨우는 île de France 라는 문학어를 파리 중산계급의 사람들과 궁정의 상류 계급 사람들, 그리고 많은 저명한 문인들이 그들의 생활과 작품을 통하여 세련된 언어로 발전시킨 것이었다. 영국에서는 17세기에 와서 문화적 중심이 된 런던에 모여든 많은 시민들과 옥스퍼드, 케임브리지 대학의 지성인들이 그들의 표준영어를 확립시켰는데 그러기까지는 불우한 환경과 실명의 고뇌 속에서도 8천여에 달하는 어휘를 자유자재로 구술하여 『실낙원』이란 장편 서사시를 쓴 밀턴이 있었고 세계적 마법의 화술사話術師 셰익스피어가 1만 5천여 어휘를 사용했던 배경이 숨어 있다. 하나의 언어가 성숙하고 세련되기 위하여 실로 대중과 천재가 원만하게 융화된 시대를 기다리지 않으면 안 되는 것이다. 우리는 좀 더 광범위하게 표준어의 영역을 넓히고 국어에 대한 세심한 주의와 애착을 갖는 지성인 특히 문인들이 나타나야 하겠다.

셋째, 표준어를 늘린다는 말은 곧 국어의 어휘가 늘어나고 풍부해질 것을 전제로 한다. 그러려면 무엇보다도 이미 존재하는 단어를, 방언의 경우에는 표준어로 활용시킬 것이고 외국어일 경우엔 외래어로 우리의 음운 조직에 맞게 변화 적응시키는 어휘 수입을 계속해야만 한다. 그 뿐만 아니라 국어가 가지는 조어론적 특성을 살려서 어떤 방면의 단어, 또는 형태소접두사, 접미사, 어미 등을 나타내는 언어요소들이 새로운 표현을 위한 적절한 단어를 만드는 데 어떻게 생산적인가를 찾아내고 활용해야 한다.

'~하다'와 같은 접미사는 외래어를 어근으로 하여 새로운 동사나 형용사를 만드는 데 얼마나 생산적인가! '어필하다appeal-, 카무플라주하다camouflage-, 유니크하다unique-, 그로테스크하다grotesque-' 등의 어휘는 사실상 '호소하다, 감추다, 유일하다, 기괴하다'의 뜻을 떠나서 보다 다양하고 풍부한 어감을 가지고 있다. 외래어를 증대시킴에 있어서 자칫 빠지기 쉬운 잘못은 그것이 현학적 냄새를 풍기고 그 외래어에 정확하게 대응하는 고유어나 한자어가 있음에도 불구하고 남용하려고 하는 것이다. 이것은 한 언어가 발전하려고 할 때에 겪는 불가피한 장애인지도 모른다.

넷째, 국어는 앞서 말한바 복합어에서 나타내는 생산적 특성이외에도 통사론적으로는 어미와 조사에 의해서 상당히 섬세한 표현을 할 수가 있다. 이것은 물론 직접적으로 어휘 자체의 증가를 나타내는 것은 아니지만 풍부한 표현을 위해서는 어휘의 증가와 더불어 매우 긴밀한 관계에 있다. 국어문장의 문체상의 변천을 상고할 때에 과거 수천 년에 걸쳐 한문 문장의 영향으로 인하여 우리나라 고대소설이나 가사 등에 보이는 것과 같이 중문重文과 복문複文이 끊이지 않고 연접連接된 혼합문의 문체가 존속하다가 근래에 와서 일본문에 의한 국어 문장의 변천은 놀랄 만한 것이었다. 이제 다시 서구 문장을 빈번히 접하게 되는 현대의 지식인들에 의해서 국어의 문장은 사실상 점차 변모하고 있다. 간혹 연소한 작가들에 의해 서구문 번역체와 같은 생소하고 어색한 소설이 나온다 하여 일부의 평자 측에서는 문장 수업을 다시 하라는 충고도 받고 있는 터이나 이러한 문장의 원숙한 발전 뒤에 국어가 가질 다채로운 수사상의 소득은 일부의 비평인들의 상상을 절絕하는 바 있다. 화법이나 수동형의 표현법은 그간 상당한 발전을 가져왔다, 관계대명사로 연결되는 비교적 기다란 서구문이 국어로 번역되고 그와 유사한 국어문체가 일상으로 원만하게 쓰이고 있다. 이러한 글이 언중에 익숙하게 되고 세련된 문체로 발전하리라는 가능성은 명백하고도 확실한 것이다. 우리나라 현대문학이 주로 일본을 통하여 서구 문학을 수입하면서 전개될 초기에 인칭대명사, 특히 제3인칭대명사의 사용은 아주 미미한 것이었다. 그런데 춘원과 동인 등에 의해 시도되고 확정된 3인칭 대명사 '그'는 오늘날 얼마나 일반화된 단어인가?

끝으로 우리가 다시 한번 기억하고 다짐할 사항을 간추려 보자. 그것은, 언어는 소수의 식자들에 의해서 갑자기 형성되는 것도 어떤 정책에 의해서 좌우되는 것도 아니라는 점이다. 그 언어를 사용하는 대중 전체의 새로운 인식과 각성이 하나의 문화사적 분위기로 조성된 속에서 정력적이고 생산적인 문필가, 그리고 그들을 중심한 언론인의 성실한 글, 이것을 읽고 생활할 수 있는 사회적 여건이 수년 간의 시행착오와 혼돈을 거쳐 침전되고 정화된 언어를 얻을 때에 비로소 좋은 말, 풍부한 표현력을 가진 언어가 나타나는 것이다. 그런 의미에서 새롭게 시도되는 젊은 작가들의 생경한 어휘, 불완전한 문장은 생각하기보다는 고무적인 현상의 하나라고 볼 수 있다. 대개 표현술의 새로운 모색이 기성 어휘 구조와 문체를 탈피하는 과정에서 우러나오는 것이기 때문이다. 그리하여 글 쓰는 사람에게 허용된 어휘 오용이나 통사 오용은 매우 조심스럽게 다루고 변화 발전시켜야 할 문제들이다.

5. 우리말 사전의 평가

이와 같이 좋은 말을 만들려는 전체적 분위기를 근본적・구체적으로 강력하게 밑받침해 주는 것은 무엇일까? 두말할 것도 없이 좋은 사전이다. 우리가 지금 갖고 있는 가장 좋은 사전 - 이희승 박사의 『국어대사전』은 그 호화방대함이 아직까지 우리가 접해보지 못한 훌륭한 것이다. 그러나 그것이 결코 만족할 만한 것은 아니다.

한 나라의 언어가 사전으로 정리 수록되기까지에는 어느 나라의 경우에나 매우 장구한 세월에 걸친 헌신적인 노력과 성과가 있었다. 19세기 후반, 1852년에 독일의 그림 형제는 그들의 독일어 사전을 착수하기는 하였으나 그의 후계자들에 의해 완성을 보았으며 사전 편찬에 있어 국제적인 공헌을 한 불란서의 철학자, 물리학자, 어휘수집가인 Emile Litré는 『Dictionaire de la Langue Francaise』를 실로 30여 년 간에 걸쳐 만들었다. 그의 빛나는 노작은 과학과 천재의 황홀한 결합이라고 하여 어휘집의 기념비로 기억되고 있는데 초판이 간행된 지 백년이 가까운 오늘날까지도 계속 신판 수정판이 나오고 있다. 오늘날 '사전'이란 단어의 동의어처럼 쓰이고 있는 영국인 노아 웹스터는 1943년 작고했지만 웹스터 사전의 세 번째 수정판이 1961년에 나왔다. 더구나 이 수정판이 나온 후로 재래의 묵인된 사전 편집 정책에 대한 맹렬한 논쟁이 일어나서 용례의 순차를 적당히 구분하는 일이 지양되어야 한다고 비평되기까지 하였다. 사전 편찬이란 이렇게 지난한 사업이다.

우리나라의 사전 편찬 사업은 20세기 초엽이래, 겪어온 민족의 수난과 더불어 문자 그대로 형극의 길이었다. 1929년 한글날에 전국의 대표자 108명이 모여 사전편찬회를 조직하였으나 그 후 재정상의 문제로 1936년에 조선어학회현 한글학회의 전신에 넘겨버리게 되었고 조선어학회는 즉시 편찬에 착수하였다가 1942년 일제의 조선어학회 검거로 이 사업은 와해되는 비운을 맛보았다. 그 무렵 1938년 청람 문세영의 『우리말사전』이 근 10만 어휘를 담고 세상에 나왔다. 이 사전이 이때까지 외국인의 손에 의해서 만들어졌던 몇 개의 우리말 사전보다도 많은 어휘를 담은 가장 참신한 것으로 주목 되었다. 그리고 해방 이후 한글학회의 『우리말 큰사전』이 나오자 우리는 잠시 민족적 숙원을 푼 듯한 감회에 젖었던 것이다. 그러나 그것이 이 사전의 우수성에서보다도 완성을 보기까지에 겪었던 정치적 곤고에 대한 것이었으므로 1950년대에는 보다 좋은 사전을 갖자는 욕구가 국어국문학회의 『국어 새사전』으로, 신기철・신용철 형제의 『표준 국어사전』으로 나타나기에 이르렀던 것이다. 그렇지만 이정도로는 도저히 만족할 수 없었다. 1961년에 이희승 편 『국어대사전』을 갖게 되고부터 얼마간 국어사전에 대한 안정감을 가진 것으로 생각된다. 허나 좋은 사전을 가지려는 우리의 노력은 사실상 지금부터라고 하겠다. 우리의 문화적 풍토 속에서 가장 빈약하게 존재하는 것 같은 이른바 전통의 수립이랄까, 계승의 정신이 바야흐로 발휘될 때가 지금이라고 생각되는 때문이다. 실례를 자꾸만 서양에서 빌린다는 것이 무언가 민족적 긍지에 누를 끼치는 것 같으나, 사실은 그것을 통해서 우리가 초극해야 할 운명이 있는 것이므로 다시 한 번 서양으로 눈을 돌려보자. 불란서의 유명한 교육자이며 15권의 백과사전식 불어사전 『Grand dictionaire univrsel』을 편찬한 Pierre Larousse는 1875년에 작고했고 그의 사전은 그가 죽은 다음 해인 1876년에 발간되었다. 그의 후계자들은 이 속편을 계속 증보 개간하여 『Larousse de XXe siècle』이라든지 『Larousse universel』등이 끊임없이 나오고 있다. 또 단순한 수정 증보에 그치는 것이 아니라 사전의 기능이 다시금 검토되고 고찰되어서 사전은 관례적인 설명과 기록에 따르기보다는 용법 용례의 기술적이고 정확한 기록이어야 한다고 강조되었다. 그리하여 사전은 많은 인용문을 싣게 되었고 분명한 용법을 충실히 예시하려고 애쓰게 되었다.

6. 좋은 사전을 위하여

그러면 현존한 우리말 사전들은 어떤 점이 불비되어 있는가? 그 미비 사항을 보충하려면 어떻게 할 것인가? 전술한 바와 같이 기존사전에 대한 계승 보완의 정신 밑에서 우리는 주로 『국어대사전』을 중심으로 하여 다음과 같은 점을 생각하기로 하자.

첫째, 국어가 이미 20여만의 어휘를 포용하고는 있으나 아직도 절대량의 어휘가 부족한 형편이다. 이때에 엄정한 어휘 선정으로 웬만한 단어는 수록에서 제외하는 것은 재고되어야 할 것으로 보인다. 그렇다고 조생석사朝生夕死하는 유행어를 무분별하게 수록하자는 것은 물론 아니다. 고전적 기풍을 벗어나서 선량후질先量後質의 방향으로 사전이 편찬되었으면 좋겠다. 그래서 웬만큼 전문적인 용어는 흔히 빠져 있고 또 유행성을 띤 듯싶은 단어는 매우 빈번히 실제 사회에서 쓰임에도 불구하고 사전에는 실리지 않는 결과가 되었다. 요는 정확한 기술적 태도의 결여를 지적할 수 있다. 여기에 예 하나를 들어 본다. 화투놀이에 '섰다'는 있는데 '나일론뻥'은 빠져 있다. '나일론'이란 단어의 다양한 의미는 우리의 언어 사회에서 매우 착잡한 양상을 갖고 있는데 이런 것에 우리 사전이 아주 냉담하다.

둘째, 단어에 대한 설명이 지나치게 간결을 위주로 하였다. 정의할 것이나 묘사로써 풀이되어야 할 것이 단순한 설명에 그치고 만 예가 많다. 이 점은 예문이 극히 드물다고 하는 것과도 밀접하게 생각되어야 한다. 도대체 예문 없는 사전은 사전의 구실을 못하는 것이라고 생각된다. 가령 '아버지'라는 단어의 세 번째 풀이는 기독교의 '하느님'을 일컫는 말이라고 되어 있는 데 주기도문의 첫머리쯤은 예로 들어야 마땅할 것이었다. '나무아미타불'의 풀이를 보면 그 어구의 원의만을 밝히고 있는데 이 단어에원래 어구이지만 단어와 같은 기능을 국어 문장 속에서 가지므로 서술어미 ' - 이다.'를 결합하여 '나무아미타불이다'라고 했을 때는 거기에 얼마나 풍자적이고 변화된 뜻이 작용하는가? 이런 것은 언어 현상에 대한 더 크고 넓은 포괄적 태도를 사전 편집에 작용시킴으로써 극복할 수 있는 문제이겠다.

셋째, 우리는 사전 하나가 완성되기 위해 많은 다른 분야의 학문이 성숙되기를 기다리지 않을 수 없음을 절감한다. 하기야 언어가 생주이멸生住異滅하는 문화적 생명체인 만큼 사전의 완성이란 끝없이 추구해야 할 목표이기는 하나, 어휘 자체에 관한 학문도 너무나 되어 있지 않은 형편이다. 가령 어원, 동의어에 관한 것, 고제도에 관한 단어가 그렇고, 고어 따위는 그 발생과 소멸에 관한 정확한 연대가 거의 알려져 있지 않은 형편이다.

『국어대사전』이 가진 결함은 위의 몇 가지 외에도 동식물의 그림에 실상을 짐작할 수 있는 축도 표시 따위가 빠져 있는 것을 지적할 수 있다.

요컨대 사전이 민족문화의 보고라 하고 정수라 하는 이유는 사전을 통해서 한 나라의 문화의 통시적 내지 공시적 구조를 완성할 수 있다는 데에 집약되므로 우리가 본격적인 대사전을 갖기 위해 기울여야 할 노력은 방대하고 잡다한 다른 학문의 발전 성숙과 더불어 실로 엄청난 시간과 정열을 우리의 미래에 요구하고 있다는 것이다.

(『靑脈』, 1966년 10월호(통권 22호))

한글전용專用의 부당성不當性

1. 언어와 현실

개화기의 국어학자 주시경周時經선생은 하나의 민족은 하나의 나라를 세우고 하나의 언어를 사용하며 사는 것이 가장 바람직한 것이라고 주장하였다. 단일민족單一民族, 단일국가單一國家, 단일언어單一言語가 삼위일체三位一體가 되면 그것은 참으로 좋은 일이라고 생각할 수 있다. 거기에 단일문자單一文字까지 곁들인다면 민족, 국가, 언어, 문자가 사위일체四位一體가 되니 금상첨화錦上添花라 할 수 있겠다. 그런데 주시경周時經선생은 우리나라야 말로 바로 그러한 조건을 완벽하게 구비하고 있으므로, 우리말을 갈고 닦아 바르게 다스리고, 우리 글자인 한글을 바르게 쓰기만 한다면, 민족국가의 장래는 밝을 것이라고 주장하였다. 그 분의 국어 연구와 한글 전용론專用論은 이와 같은 민족주의적 국가관에 기초를 둔 것이었다.

주시경 선생의 이러한 이상론은 그 당시의 혼미한 정치 사회 전반을 민족문화 의식으로 회생시켜 보자는 간절한 소망에서 출발한 것이었기 때문에 나라와 민족의 장래를 근심하는 사람들의 호응을 얻기는 하였다. 그러나 결국 나라는 일본에 합병되었으며, 국어 연구의 명맥만이 조선어학회朝鮮語學會를 중심으로 하는 국어학자들에게 계승되었다.

거듭되는 말이지만 하나의 나라, 하나의 민족, 하나의 언어, 거기에 고유한 문자만을 사용하고 살 수만 있다면 얼마나 좋은 것인가? 그러나 그것은 그야말로 하나의 이상일 뿐이다. 이 세상을 둘러보면 엄격한 의미에서의 단일민족, 단일국가가 단일언어와 고유문자만을 사용하고 있는 예는 존재하지 않는다. 그것은 인간의 생존이 어울림과 뒤섞임을 본성으로 하고 있기 때문이다. 다시 말하여 인류 문화의 본성은 부단한 복합과 혼합의 연속이며, 그 속에서 변할 것 같지 않은 전통이 형성되지만 그것은 언제나 새로운 도전과 혼합을 통하여 변증법적辨證法的발전을 거듭해 왔다.

그러므로 이 세상에는 하나의 민족이 하나의 국가를 만들어 살고자 하는 부단한 노력이 있었음에도 불구하고, 오히려 그러한 순정醇正 민족주의民族主義 때문에 오늘날에도 아프리카와 동유럽 등지에서 피 흘리는 민족분쟁이 계속되고 있는 것 아닌가 싶다. 따라서 우리는 문화가 역사와 전통의 산물임을 바로 인식하고, 문자 문화도 역사와 전통의 본성에 따라 과거, 현재, 미래가 자연스럽게 연속되고, 변화 발전한다는 관점에서 이해할 필요가 있다.

그러면 다시 금세기 초반 나라를 일본에 빼앗긴 이후, 국어학자들의 문자정책과 문자문화의식은 어떠하였는지를 살펴보기로 하자.

개화기에 싹튼 근대화 의식과 민족의식은 1910년 나라를 잃으면서 뜻있는 선비와 지사들에게 더욱 강렬하게 작용하였다. 그들은 잃어버린 국권國權을 회복하기 위해서는 민족의 자주自主, 자존自存의식을 높여야 하며, 그러기 위해서는 민족문화를 발전시키는 것이 가장 시급한 일이라고 생각하게 되었다. 총칼을 들고 만주 벌판을 누비며 게릴라전을 펼치는 독립군들이 있었는가 하면 민족문화의 창달을 위하여 학교를 세우고 우리말과 우리역사를 가르치는 교육 투사들도 있었다. 그러한 교육 투사들 중의 한 지파가 다름 아닌 조선어학회朝鮮語學會를 중심으로 한 국어학자들이었다.

1920년대에 결성되어 1930년대에 이르러 결실을 본 조선어학회朝鮮語學會학자들의 업적은, 그 당시에 우리가 떳떳한 민족국가를 지니고 있었다 하더라도 서둘러 정리했어야 할 문화사업文化事業을 이루어낸 것이다. 조선어학회의 업적은 크게 세 가지로 요약되는데, 그 첫째는 한글 맞춤법 통일안統一案의 완성이요, 둘째는 표준어標準語를 사정査定한 것이며, 셋째는 우리말 큰사전을 만들어낸 일이다. 첫 번째 업적부터 생각해보자. 그 무렵에 우리나라는 비록 한글이 창제되어 일반 백성이 사용하는 보통문자의 구실을 하고 있었다 할지라도 일정한 표기법表記法이 없었기 때문에 하나의 낱말이 여러 가지로 표기되는 형편이었다.

따라서 한글 맞춤법을 통일하는 일이 늦으면 늦을수록 민족문화의 근대화가 늦어진다는 것을 의미했다. 그런데 일부 인사들이 종래의 관습대로 쓰자는 완강한 반대를 헤치고 한글 맞춤법 통일안을 완성시킨 것은 20세기 문화사업 가운데 첫손을 꼽을 정도의 큰 의미를 갖는 사업이었다. 더구나 그 시절이 일제 강점기日帝强占期였기 때문에 더욱 의미가 큰 것이었다.

두 번째 사업은 숫자로는 얼마 안 되는 것이지만 표준어의 실체를 보여 주었다는 점에서 대단히 중요한 의미를 지닌 사업이었다. 그리고 마지막으로 우리말 큰사전 편찬은 그 사업이 진행되는 와중에 조선어학회사건 등 민족문화民族文化 말살抹殺을 획책하는 일제의 강압으로 결실을 보지 못할 뻔했으나, 해방 뒤에 사전 원고 뭉치를 서울역 창고에서 찾아냄으로써 다시 햇빛을 보게 되었다.

위에서 간략히 살펴본 바와 같이 일제 강점기에 조선어학회를 중심으로 한 국어학자들의 언어·문자문화에 대한 공적은 아무리 찬양해도 지나치지 않는다.

그러나 이와 같은 한글운동은 그 당시의 민족문화 창달이라는 대의명분을 앞세우고 한글전용까지 주장하였으며 이것은 현재에 이르기까지 문자 정책의 불씨를 키우는 단서가 되었다. 물론 1920년대 이후 70여년이 지난 오늘날에 이르기까지 한글전용론專用論은 조금씩 성격을 달리하기는 하지만, 순정의 민족문화 창달이라는 명분을 내세우는 것만은 변함이 없다.

그러면 이제부터 한글 전용론專用論의 부당성을 살펴보기로 하자.

1930년대의 한글 전용론은 그 당시의 문맹자文盲者숫자와도 관계가 깊다. 그때의 우리나라는 아직 정상적인 근대화 과정을 거치지 못하고 갑작스럽게 일제의 식민지로 전락하였기 때문에 대부분의 일반 서민들은 교육의 기회를 얻을 수 없었다. 따라서 문맹율文盲率은 대단히 높았다. 해방이 된 다음 해인 1946년만 해도 전체 인구의 80% 이상이 문맹이었다. 이와 같은 형편에서 어려운 한자를 배우느라고 세월을 보낼 것이 아니라, 배우기 쉬운 한글만 깨우쳐서 부지런히 서양의 필요한 지식을 습득하자고 주장했던 것이다. 이때에 미군정 당국이 은근히 한글전용을 부추기고 유도했다는 사실도 우리는 주의깊게 지켜보아야 할 것이다.

또 1950년대와 1960년대에 이르러서는 문자 쓰기의 기계화, 곧 타자기의 활용이 주목되던 시기였기 때문에 한자를 타자기로 치기가 불가능 또는 불편하다는 이유가 한글 전용론專用論을 강력하게 뒷받침하는 결과가 되었다. 그러나 컴퓨터로 쉽게 해결이 가능한 현재에는 기계화와 한글 전용이라는 등식관계等式關係는 그 의미를 상실하고 말았다.

한글을 전용하자고 주장하는 이들이 내세우는 또 하나의 근거는 문자 발달 과정에서 소리글자가 최후로 만들어진 것이며 이른바 선진국들이 모두 알파벳 소리글자를 쓰고 있기 때문에 우리도 소리글자인 한글을 쓰는 것이 마땅하다는 주장이다. 더 나아가 중국에서도 표음성表音性을 가미한 간채자簡體字가 쓰이는 것으로 보아 소리글자의 보편화는 세계적인 추세라는 것이다. 이 주장은 한편으로는 그럴 듯해 보인다.

그러나 이러한 주장에는 다른 나라, 다른 민족이 하는 일이면 그것이 옳은 것이므로 따라야 한다는 새로운 사대주의事大主義 요소가 잠재되어 있다. 민족의 주체성主體性과 자주성自主性을 주장하면서 다른 나라, 다른 민족이 하는 것을 뒤쫓아야 한다는 것은 발상부터 문제된다. 이것은 오히려 소리글자가 문자생활의 측면에서 뜻글자보다 얼마나 더 문화적 효용성이 높은지를 따지는 쪽으로 논의해야 올바른 접근이라고 생각된다.

한글 전용을 외치는 이들이 사실상 최후로 의지하는 방패는 민족문화의 창달이다. 겨레의 독립獨立 자존自尊 정신精神의 유지維持 고양高揚, 겨레 중흥中興의 역사적歷史的 사명使命 완수完遂를 위해서는 한글만 써야 한다는 주장이다. 그러면 과연 한글 전용을 해야만 독립獨立 자존自尊의 정신을 지니게 되고, 민족民族 중흥中興이 일어나며, 민족문화가 발전하는 것인지를 따져보아야 할 것이다.

이때에 우리가 반드시 짚고 넘어가야 할 것은 앞에서 잠시 언급한 바와 같이 문화의 본성本性이 무엇인지를 해명하고 인식하는 일이다. 그 다음에 민족문화의 정체正體를 해명하면서, 그 발전이 문자 생활에서는 어떻게 나타나야 하는지를 논의하여야 한다.

문화는 넓은 의미에서 삶의 양식이다. 삶의 양식은 질적으로나 양적으로 향상되어야 한다. 그것이 인간의 기본 욕구이기 때문이다. 그중에서도 사람들은 삶의 질적 향상 쪽에 비중을 더 두는 경향이 있다. 따라서 삶의 질을 높이려는 일체의 생활양식을 문화라고 보면 좋을 것이다. 이처럼 질적 향상을 꾀하는 것이 문화의 본성本性이라고 볼 때 문화가 본질적으로 고급화高級化, 정밀화精密化, 전문화專門化, 예술화藝術化의 성향을 띤다는 것을 짐작할 수 있다. 물론 양적 향상을 모색하는 문화 양상은 이른바 대중문화를 낳게 하는데 이러한 대중문화의 발전이 불필요하다거나 무가치하다고 말하는 것은 아니다. 대중문화의 발전보다는 고급문화가 더 근본적인 문화의 특성이라는 점을 강조하려는 것이다.

가령, 글을 쓸 때 누구나 다 아는 한글만 쓰다가 새로운 변화를 시도하기 위하여이것을 삶의 질적 향상이라는 개념으로 파악할 수 있다. 영문자를 넣는다든지 한자를 섞어 썼을 때, 그것이 민족정신을 해치는 것으로 보아야 할 것인가? 아니면 문자생활의 고급화高級化를 시도하는 멋스러움으로 보아야 할 것인가를 생각해 볼 필요가 있다.

앞에서도 지적했거니와 문화文化의 특성은 교류와 결합을 본질로 한다. 인간의 생활이 역동적으로 삶의 터전을 넓혀 나가는 것이기 때문에, 새로운 요소와의 교류와 결합은 불가피한 것이요 자연스러운 현상이다. 그러므로 문화는 진돗개의 순종純種을 유지하듯이 혈통을 지키며 외부 요소를 차단해서도 안 되고, 차단할 수도 없는 것이다.

다른 한편으로 문화는 역사의 산물이요, 전통의 일부라는 점이다. 삶의 양식樣式은 세월의 흐름에 따라 일정한 유형을 형성하면서 외부 요소를 부단히 흡수吸收 조정調整한다. 마치 고유어가 외래어를 흡수 조정하여 새로운 우리말과 어휘 체계를 구성하는 것과 같다.

그러면 우리 조상들이 지닌 문자생활의 역사와 그 전통은 어떠하였는가? 우리 조상들은 이천 년 가까이 오로지 한자를 통하여 새로운 문화를 창조하여 왔다. 인도에서 출발한 불교문화도 한자에 의한 중국 불교문화를 통하여 우리나라에 들어 왔으며, 중국 전통의 유교·도교 문화도 모두 한자를 매개로 수입되고 정착하여 토착화 하였다. 그 뒤에 한자는 외래外來 문자文字라기보다는 우리 문자화文字化하여 그것으로 학문의 세계를 넓혔고 그것으로 정치 행정도 펼쳤으며 그것으로 예술 활동도 추진하였다. 원효元曉의 심오한 불교 사상이 쓰여진 글은 유려流麗한 문체의 당대 한문이었으며, 퇴계退溪와 율곡栗谷이 지은 유교 사상의 금자탑金字塔도 그들의 원숙한 한문 실력의 결정이었다. 우리나라 정치 문화 사회에 걸친 모든 과거 역사는 한자와 한문을 모르고

서는 근처에도 얼씬거릴 수가 없는 실정이다. 하다못해 황진이黃眞伊의 연애시가 지닌 문학적 운치를 맛보기 위해서라도물론 한글 시조가 없지는 않으나 한시를 읽고 감상할 수 있어야 가능한 일이다.

이러한 역사적 배경 때문에 우리말에는 현재 70% 이상을 한자어가 차지하게 되었는데, 더구나 그것은 대부분 전문 분야의 용어들이다. 따라서 우리가 현재의 우리 문화를 온전히 파악하고 민족문화를 올바르게 발전시키기 위해서는 한자 실력을 갖추는 것이 필수적이다. 서양의 여러 나라가 알파벳 문자를 사용한다고 하여 거기에 역사적 전통을 배제한 것으로 오해해서는 안 된다. 그들 언어에는 그리스·로마문화의 오랜 전통이 그대로 계승·발전하여 왔기 때문에 그들 언어의 어원을 밝히려면 고대 그리스어와 라틴어의 지식을 필요로 한다. 이 고대 그리스어와 라틴어야말로 동양의 한자에 해당하는 것이다. 여기에 비하면 우리나라는 한자를 앎으로써 그대로 어원語源의 의문이 풀리기 때문에 서양 여러 나라보다 훨씬 사정이 좋은 것이라고 할 수 있다.

특히 오늘날에는 국제화 세계화의 길이 민족문화의 발전을 약속하는 통로임을 절감하게 되었다. 설사 백보를 양보하여 한자가 한 때 고유문자의 기능을 했으나 그것이 외래 문자로 보아야 한다면 중국과 일본을 아우르는 동양문화의 전통을 완벽하게 파악하고 계승한다는 차원에서 그리고 중국과 일본을 깊이 있게 이해하기 위한 수단으로서도 한자 실력은 필수적이다.

우리는 이제 대중성大衆性과 평이성平易性을 내세우며 하향下向 평준화平準化논리論理를 펴는 한글 전용론에 대하여 비판적인 안목을 지녀야 할 때가 되었다. 고급화高級化를 지향하는 문화의 본성에 충실하려면, 그리고 문자생활의 질을 높이고 덧붙여 예술적 멋까지 누리려면 2, 3천자의 한자 공부를 외면할 이유가 없는 것이다. 아마도 부분적으로는 한글 전용이 이루어지는 분야가 확대될 것이다. 또 그것이 바람직한 일이기도 하다. 그렇다고 한자를 하루아침에 싹쓸이식으로 없앨 수 있으리라고 생각하는 것은 환상임을 깨닫고 한자 학습의 의욕을 키우며 국한國漢 혼용混用의 문자 생활에도 적응하도록 해야 할 것이다. 한 가지 우스운 가정을 해 보자. 우리는 모두 민족의 동질성同質性과 단일성單一性을 믿으며 단일 민족임을 자랑한다고 생각한다. 그러니까 우리나라 사람 모두에게 성씨를 없애고 이름만 쓰자고 제안한다면 어떨까? 만일 그것이 심한 상상이라면 다음 제안은 어떤가? 신씨 성을 가진 세 사람이 각기 신愼씨, 신申씨, 신辛씨인데 이들더러 앞으로는 한글 전용이 되었으니 족보族譜를 통합하여 한 집안으로 행세하라는 법령을 공포한다면 어떠한가? 아마도 그들은 대뜸 헌법 재판소에 위헌違憲 제청提請을 할 것이다.

그러므로 이제 우리는 명백한 결론을 내릴 수 있다. 그것은 한글전용을 문자 생활에서 확대해 나가되 국한 혼용의 현실을 인정하고 한자 학습과 교육의 강화를 통하여 진정한 의미의 민족문화 발전을 모색하여야 한다는 사실이다.

(仁中濟高 同窓會報, 1997년 4월 23일)

교양국어敎養國語 교육敎育의 현재와 미래

하나.

우리는 오늘 이 시간에 현재 시행되고 있는 대학에서의 교양국어 교육의 실태를 점검하고 앞으로는 어떻게 해야 할 것인가를 생각해보기 위하여 이 자리에 모였습니다. 교양국어 교육이 오늘날, 비교적 원만하게 진행되고 있다면 아마 이런 모임은 마련되지 않았을지도 모릅니다. 그러므로 오늘 이 문제가 거론된다는 것은 이 문제가 커다란 위기에 몰려 있다는 것을 뜻합니다. 그렇다면 오늘의 교양국어는 어떤 목적으로 설정된 과목인가를 검토하는 작업이 선행되어야 오늘 우리가 논의하고자 하는 내용이 밝혀지리라 생각됩니다.

먼저 우리는 대학에서의 교양국어의 위치가 어떠한가를 살펴보고자 합니다. 교양과목은 첫째, 전공과목을 이수하기 위하여 그 전단계로 이수하여야 하는 기초 과목이라는 측면이 있고, 둘째, 전공과목이 지니는 지나친 폐쇄성 - 이것을 전문성이라고 해도 좋습니다. - 을 완화시키기 위하여 포괄적인 내용을 담고 있는 과목이라는 측면도 가지고 있습니다. 교양국어를 이러한 두 가지 측면에 비추어 그 성격을 규명한다면 첫 번째 측면은 이른바 도구 과목으로서의 성격을 말한다고 할 수 있습니다.

다시 말하여 교양국어는 첫째 측면을 만족시키기 위하여 전공을 이수하기 전에 전공 과목에서 부딪칠 새로운 용어, 새로운 표현 기법 등, 전공 과목의 특성에 자연스럽게 접근하도록 준비시키는 내용을 담고 있어야 할 것입니다.

만일에 전공해야 할 분야에 한자가 많이 쓰이는 용어를 다룬다면 아마도 한자에 대한 지식이 교양국어에 포함되어야 할 것이요, 명징明澄하고 간결한 논조論調로 어떤 명제를 증명하는 것을 생명으로 삼는 학문 분야라면 그러한 논증에 익숙하도록 문체文體를 훈련하고 논의를 전개하는 작문作文교육이 교양국어에 포함되어야 할 것입니다. 대부분의 학문 영역이 학위논문을 써야 하는 쪽에 있기 때문에 교양국어가 작문 교육을 포함하고 있었던 것은 그러한 까닭에 연유하는 듯싶습니다.

한편 교양국어는 둘째 측면을 만족시키기 위하여 국문학 작품을 다루면서 한국의 문화적 특성을 이해하고 역사적 안목을 키우며 문학적 감성들을 훈련할 기회를 제공하고자 하였습니다. 이때에 고전 작품에서는 간혹 한문으로 된 것도 포함되었고 고전 소설, 고전 시가가 다루어졌고 현대 작품에서는 시, 소설, 수필, 희곡들이 골고루 다루어졌습니다.

교양국어 교육을 크게 나누어 언어문자도 포함 교육과 문학 교육으로 갈라 본다면 언어 교육은 도구 과목으로서의 특성을 살리는 것이고 문학 교육은 교양 과목으로서의 특성을 살리는 것이라고 말할 수 있겠습니다.

둘.

간략하게 정리한 것입니다만 이와 같은 두 줄기 큰 목표를 성취하고자 하여 대학에서 교양국어는 광복 이후 50여 년 간 중요한 기초 과목으로 존재하여 왔습니다. 그러나 그 50여 년 간 교양국어가 처음부터 한결같이 도구 과목으로서의 기능과 교양 과목으로서의 기능을 올바르게 수행하며 정상적인 발전을 한 것은 아니었습니다.

교양국어용 교재가 등장한 것은 겨우 50년대 후반부터였는데 그때의 교양국어 교과서라는 것은 대학생들에게 읽을거리를 제공한다는 뜻을 벗어난다고는 볼 수 없는 일종의 문장독본 같은 것들이었습니다. 그러다가 1960년대 중반에 가서야 작문 교육의 기법을 다루게 되고 수사학의 내용도 포함시키기에 이르렀습니다. 따라서 모든 대학에서 제대로 된 교양국어 교재를 편찬하여 작문 교육논문작성법 포함, 문자 교육한자교육 포함, 문학 교육의 세 분야의 틀을 갖춘 것은 1970년대부터라고 보아야 합니다. 그러니까 교재의 외형적 틀을 갖춘 것은 이제 30년이 채 되지 않는다고 말해야 할 것입니다.

그러나 1970년대 이후 교양국어는 바깥 바람에 크게 시달려야 했습니다. 그것은 실험 대학의 확산으로 빚어진 학점체계의 변동 및 교과 과정의 개편이었습니다. 학부 졸업에 필요한 학점이 1960년대에는 160학점이었으나 그것이 1970년대에 140학점으로 줄어들었고 다시 130학점으로 줄었습니다. 그러한 과정에서 교양국어 시간이 압박을 받았습니다. 그 결과 서울대학교의 경우 1학년 1학기 3학점, 1학년 2학기 3학점 총 6학점의 교양국어는 한 학기에 3학점만 이수하는 것으로 축소되었고 그에 따라 교양국어의 교과 과정 조정 작업이 뒤따랐습니다. 이런 현상은 그 뒤에 모든 대학에 파급되어 현재는 대부분 1학기 3학점 또는 2학점의 교양국어가 명맥을 유지하는 것으로 되어 있습니다.

교양국어가 바깥 바람에 시달리는 것은 위에서 말한 학과목 규모의 축소에 그치는 것이 아닙니다. 1950년대 이래 열병처럼 불어 온 한글전용이라는 일종의 이념적인 폭풍이 그것입니다. 이것은 교양국어의 규모 축소 속에 끼어든 엄청난 외풍外風이요, 압박이지만 지금까지 그 바람의 심각성을 짐짓 외면해 온 것입니다. 이것은 교과목의 내부 문제가 아니어서 교재를 논의한다거나 교수 방법을 논의 할 때에는 정식으로 논의되지 않는다는 특성을 지니고 있으나 교육 현장에서는 강의 여건의 문제로 부각되어 교양국어를 담당하는 사람들이 일차적으로 넘어야 할 태산이 되었던 것입니다. 바로 이 문제에서부터 우리는 교양국어의 현재를 말하게 됩니다.

셋.

앞에서도 말한 바와 같이 이제 비록 3학점 1학기에 국한되기는 하지만 이제 더 이상 과목 존폐의 위협은 받지 않으며 또 그런대로 교재의 개발이라는 문제도 얼마간의 안정을 얻은 것이 현재 교양국어가 누리고 있는 형편입니다. 물론 여전히 전공과목으로부터 교양국어 폐지의 압력이 상존하고 있으며 교재의 개발도, 후술하겠거니와 더욱 꾸준히 지속하여야 할 문제입니다만 교양국어가 이수되어야 한다는 대전제가 크게 흔들리지는 않는 것입니다.

그런데 현재 대학의 교양국어가 당면하고 있는 문제는 그러한 국어 교재를 교과목의 목표에 맞추어 가르칠 수 없는 형편에 봉착하였다는 것입니다. 교양국어 과목의 설정 목표가 아무리 훌륭하다 하여도, 그리고 그 목표에 맞추어 편찬된 교재가 아무리 짜임새 있게 만들어졌다 하여도 그것을 교육 현장에서 제대로 활용할 수 없다면 그 교재와 그 과목 설정의 목표는 한갓 뜬 구름에 불과한 것입니다. 그것은 한글 전용의 결과 때문입니다. 한자를 모르고 한자어 어휘 실력이 현저히 떨어지는 학생들이 교과서의 글을 제대로 읽지 못하기 때문입니다. 설사 한글로 토를 달아 놓고 그 글을 읽는다고 해도 문맥을 제대로 파악한다는 보장이 서지 않습니다.

이러한 현상은 한글 전용을 빙자하여 중고등학교에서 한자교육을 등한히 하여서, 대부분의 대학 입학생들이 한자 문맹으로 전락하였기 때문입니다. 한자 지식에 관한 한 오늘날의 대학생은 일백 년 전 개화기의 소학교 학생만도 못합니다. 조금 너그럽게 표현한대도 1950년대 중학교 학생에도 못 미칩니다.

이러한 현상은 이미 20여 년 전부터 서서히 나타나기 시작하였는데 근년에 와서는 그 정도가 매우 심각한 지경에 이른 것입니다.

읽지도 못하는 교재를 가지고 무엇을 가르칠 수 있으며 또 무슨 교육적 성과를 기할 수 있을 것입니까? 사실 그 동안 교양국어를 담당한 교수들은 교과 과정에도 없는 한자교육을 온갖 수단 방법을 동원하여 개별적으로 가르쳐 왔습니다. 물론 어떤 대학에서는 펜 습자 숙제를 내고 한자시험을 치르는 등 단계적이고 강제성을 띤 한자교육을 강화해 오기도 하였습니다만 그것은 교양국어가 지닌 본래의 강의 설정 목표나 교과 과정과는 아무런 관계도 없는 사사로운 비공식 교수 행위였습니다. 이러한 비공식 교수 행위가 교양국어라는 이름아래 언제까지 지속되어야 하는 것입니까? 또 그렇게 해도 되는 것인지도 문제입니다.

지금 우리는 '한글전용법'이나 한자에 관련된 교육 정책에 책임을 돌리고 있을 여유가 없습니다. 한글 전용이 적용되는 범위가 넓어지는 것과는 상관없이 현대의 국어 생활이 전문성이 요구되는 분야라면 반드시 한자 지식이 전제되어야 한다는 사실을 하루 빨리 일깨우는 교재개발을 서두를 필요가 있을 것입니다. 현재의 교재를 가지고 '눈가리고 아웅'식의 비공식 한자 교육을 할 것이 아니라, 한자 교육이 왜 필요한가를 당당히 교과 과정안에 넣고 한자교육이 진행되도록 하여야 할 것입니다.

돌이켜 보면 교양국어 과목의 설정 목표 속에 국어가 민족문화를 계승 발전시키는 수단이요, 민족국가의 정체성을 드러내는 표징이 된다고 역설해 오면서도 그 국어의 구성 요소에 한자 및 한자어가 차지하는 중요성을 인식시키는 교과 내용은 없었습니다. 이제는 이러한 교과 내용을 교양국어 교재 속에 포함시키지 않을 수 없게 되었습니다.

건전한 교양인을 양성한다고 하면서 민족문화의 본성을 바르게 파악시키지 못한다면 그것은 교양국어의 목표를 달성하지 못하는 것입니다. 문화는 본질적으로 수평적 확대 지향성과 수직적 상승 지향성을 동시에 지니고 있다는 것, 즉 수평적 확대는 문화의 대중성 일반성이고 수직적 상승은 문화의 전문성 고급성이라는 것을 가르치지 않는다면 문화를 총체적으로 이해하는 안목은 생기지 않을 것입니다.

만일에 문화의 대중성일반성과 고급성전문성을 바르게 이해한다면 문자 문화에도 그것이 적용될 것이요 한국의 문자문화에서는 한글이 대중성을 담당하고 한자가 고급성을 담당하여 왔다는 역사적 전통을 아주 쉽게 이해할 수 있을 것입니다. 과거에는 이러한 문화론을 교양국어 교재에 넣을 필요가 없었습니다. 그것은 기초 상식이었기 때문입니다. 그러나 오늘날 한글 전용을 하나의 이상으로 생각하는 세대들에게는 이제 힘주어 강조해야 할 교과 내용이 되었습니다. '국어'라는 말을 할 때 전통적으로 다양한 표현 방법의 기초적 원천이었던 한자어漢字語에 대한 지식이 포함되어야 한다는 것도 새롭게 강조해야 할 내용이 되었습니다.

넷.

국어의 중요한 일부분으로 한자어의 중요성이 강조되는 것과 함께 앞으로의 교양국어가 당면한 또 하나의 과제는 세계화의 바람입니다. 오늘날 세계화 바람은 우리나라의 미래가 당연히 받아 들여야 할 시대적 조류임에 틀림없으나 그것이 과연 정당하게 수용되고 있는지는 의문이 아닐 수 없습니다. 흔히 "가장 한국적인 것이야말로 가장 세계적인 것이다."라는 말로 철저한 한국화의 바탕 위에 세계화가 시작되는 것임을 이해하려고 합니다. 그러나 이 명구名句는 특이한 풍속이라든지 한국적 음식 예컨대 '김치'같은 것을 가지고 세계화의 표본을 삼을 때에나 사용할 뿐, 언어의 경우에도 적용된다고는 생각하지 않습니다. 다시 말하여 '가장 아름다운 한국어를 알고 사용할 줄 아는 사람만이 다른 나라 말도 제대로 배울 수 있고 나아가 세계인의 자격을 갖출 수 있다.'라고 이해하는 사람은 드물다는 것입니다. 바로 이러한 내용을 이제는 교양국어 교재에 반영할 때가 되었습니다. 이것이 미래의 교양국어가 수용해야 할 두 번째 교과 내용입니다.

가장 아름다운 한국어란 무엇인가? 그것은 다른 나라 언어와 어떻게 다른가? 이러한 비교언어적 관점에서 한국어의 음운, 어휘, 통사적 특성이 교과 내용으로 들어갈 때 교양국어는 세계화의 밑거름이 되는 명실상부한 대학 교양국어의 진면목을 갖추는 것이 될 것입니다. 그렇지만 현재의 교양국어 교재에 이러한 내용을 담은 것은 아직 나오지 않았습니다.

우리는 이 문제에 관하여 영미인들의 영어관을 타산지석으로 삼을 수 있을 것입니다. 미국 대학에서는 '신입생 영어'가 날로 인기를 더해 가는 교양 과목으로 번창하고 있습니다. 정확한 통계는 아니지만 미국 대학에서 '영어'관련 과목은 학부 이수 학점의 5분의 1이 된다고 합니다. 우리나라식으로 말한다면 국어 과목이 학부 이수 학점의 5분지 1이라는 것입니다. 우리는 현재 130학점 중 겨우 3학점입니다. 그러면 미국에서는 어째서 이렇듯이 영어 과목이 인기를 누리고 있고 또 이렇게 성공적으로 교과 운영을 하고 있는 것인가를 생각해 보아야 하겠습니다. 무엇보다도 영어의 실용적 가치가 인정되기 때문일 것입니다. 또한 그 이유는 영어가 실질적으로 세계를 지배하고 있다는 사실에 근거를 두고 있을 것입니다.

영어가 세계를 지배한다는 것은 틀림없는 사실이지만 그렇게 되기까지는 17세기 18세기 이래 영국의 제국주의적 팽창과 그에 따른 식민지 확장 및 영어 보급 정책이 뒤따라 주었기 때문일 것입니다. 그러면 한국어는 그러한 역사적 사건이 없었으므로 한국어의 세계화가 불가능할 것이고 이 문제는 논의도 하지 말고 덮어 두어야 할 것인가? 그렇지 않습니다. 영국의 제국주의와 영어 보급정책은 사실 영어를 모어로 말하는 사람들의 의식 속에 들어 있는 다음과 같은 두 가지 명제에 기인하는 것이라 볼 수 있습니다.

첫째, 영어는 가장 완벽한 세계 공통어이다.

둘째, 이 세상 사람들은 누구든지 완벽한 영어를 위해 노력한다.

위의 두 번째 명제는 다시 "이 세상 사람들은 누구든지 완벽한 영어를 사용하기 위해 노력할 의무가 있다."라는 명제로 발전할 소지가 있습니다. 영어를 모어母語로 말하는 사람, 그리고 영어를 가르치는 사람들만의 자만심을 이 두 가지 명제에서 발견하게 됩니다. 더 나아가 영어가 가장 완벽한 세계 공통어라고 말하는 근거로 영어를 말하는 사람, 그리고 영어를 가르치는 사람들이 내세우는 또 다른 두 가지 영어의 장점이 있습니다. 그것은 다음과 같습니다.

첫째, 영어는 이 세상 언어 가운데서 가장 풍부한 어휘 자산을 갖고 있다.

둘째, 영어는 이 세상 언어 가운데서 가장 논리적인 문장 구조를 갖고 있다.

위 두 가지 장점 가운데에서 가장 풍부한 어휘 자산만은 아무도 부정하지 못할 것입니다. 세계의 모든 언어 어휘를 영어는 지금도 왕성한 소화력을 가지고 계속 흡수하고 수용하고 있기 때문입니다.

문장의 논리성의 경우, 우리는 모든 언어가 모두 그들 나름의 독특한 논리 구조가 있어서 유독 영어의 논리성만 돋보이게 할 이유가 없습니다만, 유독 영어의 논리성이 강조될 수 있는 것은 역시 영어가 현실적으로 국제어로서의 기능을 수행하며 여러 분야에서 폭넓게 활용이 되기 때문이 아닐까 생각하게 됩니다.

위와 같은 영어 사용자들의 영어관은 그대로 우리가 미래의 대학 교양국어를 어떻게 활성화시킬 것인가를 생각할 때 하나의 지침으로 삼을 수 있습니다. 그러므로 우리는 교양국어의 미래가 국어를 가르치는 사람들을 비롯하여 저술가, 작가 등 국어에 의하여 문화 활동을 하는 모든 지식인들의 국어에 대한 인식을 변화시키는 데 달려 있다고 할 것입니다. 다시 말하여 국어관의 확립이 전제되어야 한다고 할 수 있습니다. 우리도 영어를 가르치는 사람, 영어를 모어母語로 말하는 사람들처럼 앞에서 언급한 네 가지 명제를 한국어에도 적용시켜 말하며 의젓할 수 있는가 하는 점이 문제입니다.

우리는 지금 적어도 다음과 같은 말을 자신 있게 말할 수 있어야 합니다.

첫째, 한국어는 가장 배우기 쉬운 언어다.

둘째, 나는 가장 아름다운 한국어를 구사할 수 있다.

셋째, 나는 가장 풍부한 한국어 어휘력을 갖고 있다.

이러한 명제들이 자연스럽게 받아들여질 때, 그리고 그러한 명제가 오늘날 대학생들의 심금을 울릴 때, 그때에는 교양국어의 미래를 위하여 오늘과 같은 모임은 갖지 않아도 될 것입니다.

그날이 언제 올 것인가는 지금부터 우리의 노력에 달려 있습니다.

(강원대학교 주최 '교양국어의 당면과제' 세미나 주제발표문,
1997년 10월 15일)

우리말 바로쓰기 12제題

1. '하느님'과 '심령언어'

그리스도교의 총본산이며 맏형인 천주교회가 백년이나 나중에 들어온 개신교로부터 용어상의 영향을 받는다는 것은 분명, 역사의 아이러니가 아닐 수 없다. 물론 개신교의 용어가 올바른 것이기만 하다면 겸허한 자세로 받아들여야 마땅하겠으나, 그렇지 않을 경우 우리의 자세는 냉엄하고도 비판적이어야 한다. 오늘 우리는 개신교의 영향으로 쓰이는 두 개의 낱말 '하느님'과 '방언'을 검토해 보기로 한다.

하늘에 계신 님 '하느님'

'하나님'이란 발음과 표기가 부당하다는 것은 국어를 조금만 공부한 사람이면 금방 알 수 있는 초보적인 사항이다. 그 부당성은 다음 세 가지로 요약된다.

첫째, '하느님'은 "하늘에 계신 님"으로서 우주 만상의 주인이시며 그 창제자이시고 우리의 아버지라는 개념이 담긴 낱말이어야 한다. 그래서, '하늘+님'으로 만든 낱말이다. 이것이 'ㄹ'이 탈락하여 '하느님'이 되었다. 아들과 딸에 '님'이 붙으면 '아드님, 따님'이 되는 것과 같다. 둘째, '하늘'의 옛말은 '하ᄂᆞᆯ'이었고. 여기에서 제2음절의 '·'는 'ㅡ'로 바뀐 것이 우리말의 일반적인 현상이었다. '말ᄉᆞᆷ'이 '말씀'이 되고, '아ᄃᆞᆯ'이 '아들'로 바뀐 것과 같다. 셋째, 하느님이 유일신을 나타내기 위하여 '하나+님'으로 생각할 수 있다는 주장은 , '하나, 둘, 셋' 같은 수사가 인격을 나타내는 존경의 접미사 '님'과 결합할 수 없으므로 잘못된 견해요, 잘못된 어법이다.

그런데 실질적인 문제는 많은 가톨릭 신자들이 무의식적으로 '하느님'을 '하나님'으로 발음하는 데 있다. 즉 표기의 문제가 아니라 발음의 문제라 하겠다. 신부님이나 교회 지도자들이 기회 있을 때마다 잘못 발음하는 것을 지적하고 교정시켜 주는 방법 이외에 다른 방법은 없는 것 같다.

방언이 아니라 '심령언어'

방언方言이란 낱말은 잘못 번역된 성서와 밀접한 관련이 있다. 사도행전 2장 첫 부분은 오순절 이후 첫 번째 성령 강림 사건을 다루고 있는데, 거기에 옛날 잘못된 번역본은 모두 '방언'이란 낱말을 사용하고 있기 때문이다. 공동번역본에서 문제의 구절만 옮겨보기로 하자.

> 그들의 마음은 성령으로 가득 차서 성령이 시키는 대로 여러 가지 외국어로 말을 시작하였다.(사도 2, 4).
>
> 사도들이 말하는 것이 지방말로 들리므로 모두 어리둥절해졌다. (사도 2, 6).

위에서 '외국어' 또는 '지방 말'로 번역된 그리스어의 원뜻은 '혀로 말하다'이기 때문에 영어로는 '텅'Tongue이라고 하는데, 우리말로는 '혀'라고 할 수 없으므로 초기의 잘못된 번역에 근거하여 '방언'이란 낱말이 쓰이게 되었다. 그런데 성령으로 가득 차서 자기도 모르게 하느님을 찬미하는 기도가 터져나오는 이 신비한 언어 현상은 오늘날 성령 쇄신 운동이 확산되면서 문제의 용어로 떠올랐다.

공동번역에도 '지방 말'이란 낱말이 나오기는 하지만 이 언어는 지구상에 실재하는 지방 사투리가 아니라, 마치 지방 사투리처럼 이해되었다는 것이므로 지방 사투리를 뜻하는 '방언'이란 낱말을 사용할 수 없음은 자명한 일이다. 그렇다면 무어라고 할 것인가?

성령의 감화로 말미암아 하느님을 찬미하지 않고는 못 배길 신비스런 감동이 입으로 표출될 때, 그것이 '언어'이기는 하지만 지상의 언어가 아니요, 하늘 언어의 한 조각일 것이다. 그것은 인간에 대한 하느님 사랑의 선포이어야 하고 하느님의 위대하심과 아름다우심, 더 나아가 하느님이 사랑 자체이심을 밝히는 낱말이어야 한다. 그것을 지방 사투리라는 뜻의 '방언'으로 표현한대서야 말이 되겠는가? 어떤 이는 '이상한 언어'라고 하는데, 그것은 '신비한 언어'이기는 하지만 '이상하다'는 말로 표현할 성질의 말은 아니다. 성령 쇄신에 종사하는 사람들이 가끔 '심령언어'라는 낱말을 사용하기도 한다. 다른 대안이 없는 한, '심령언어'라는 말이 그런대로 정착시킬 수 있는 낱말이 아닌가 싶다. 그러나 좀 더 생각해 보아야 하겠다.

2. 전망과 갈무리

세월 따라 인심도 변하고 강산도 변한다. 이 세상 삼라만상 가운데 변하지 않는 것은 아무것도 없다. 어떤 것은 어제 오늘이 다를 정도로 빠르게 변하고, 또 어떤 것은 작년이나 올해나 그 모양 그대로인 듯 변화가 없어 보이지만 거기에도 변화의 흐름은 존재한다. 우리가 날마다 사용하는 말언어도 느리기는 하지만 역시 변화의 흐름을 타고 있다. 그러나 변하는 것이 말이라고 하여 변하는 대로 내버려둘 수 없는 것도 말이다. 잘못 써서 변하는 것이 문제되기 때문이다.

> "다음 주부터는 예년보다 더 추울 것으로 전망됩니다."
> "지난 한 해를 아름답게 갈무리하시기 바랍니다."

요즈음 젊은 세대들은 위의 두 문장에서 아무런 저항감도 느끼지 못 할 것이다. 거기에 어법상의 실수나, 잘못 쓰인 낱말이 있다고는 생각하지 않기 때문이다. 그러나 오십대 이상의 어른들은 '전망'展望과 '갈무리'가 그렇게 쓰일 수 있을까를 생각하면서 고개를 갸웃거린다.

'전망'은 확 트인 경치를 멀리 바라본다거나, 희망을 갖고 기다리는 미래의 좋은 일을 일컬을 때에만 쓰는 낱말이요, '갈무리'는 물건을 잘 정리 정돈하여 보관하는 행위만을 가리키는 낱말이기 때문이다. 따라서 나이드신 분들은 바라는 일이 아닌 사항에 대하여는 '전망' 대신에 '예측' 또는 '예견'을 써야 옳다고 생각하며, 지나간 세월의 사건과 같은 추상적인 내용을 정리·정돈하는 것은 '갈무리'가 아니라 '마무리'라는 말을 써야 옳다고 여기신다. 그러니까 앞의 문장은 각각 다음과 같이 고쳐야 마음이 편안해 하실 것이다.

"다음 주부터는 예년보다 더 추울 것으로 예측됩니다."
"지난 한 해를 아름답게 마무리하시기 바랍니다."

그러나 '전망' 대신에 '예측'을, '갈무리' 대신에 '마무리'를 쓰는 것이 올바른 표현이라고 노친네들이 아무리 강조해도 젊은 세대들이 그것을 받아들이지 않고 '전망'과 '갈무리'를 고집한다면 어쩔 수 없이 '전망'과 '갈무리'가 판정승을 거둘지 모른다. 미래의 세계는 젊은이들의 몫이요, 어차피 나이 든 사람들은 이 세상에서 사라져갈 것이기 때문이다. 이 시점에 이르러 우리말을 아름답게 가꾸고 튼튼한 언어로 발전시키고자 애쓰는 사람들은 슬픔에 잠긴다.

즉 다수결의 민주주의 원칙과 세월 따라 변한다는 만물유전萬物流轉의 법칙을 내세우며 '예측' 대신에 '전망'을, '마무리' 대신에 '갈무리'를 통용하게 내버려두면서 진취적이며 개방적인 자세를 취할 수 없음은 말할 것도 없는 일이요, 어휘 의미의 왜곡과 오용誤用을 허용하면서까지 언어 변화를 수용해서는 안 된다는 엄정성과 순결성을 주장하고는 싶지만, 그 방법이 막연하기 때문이다.

'전망'이란 낱말은 일기예보를 하는 이들이 좀 더 좋은 말을 찾아쓰려는 노력에서 비롯하였고, '갈무리'란 낱말은 컴퓨터의 저장 기능을 가리키는 말이 유행하면서 번지기 시작하였다. 새로운 표현을 구하려는 노력이 아름답지 않음이 아니요, 권장하여 마지않을 일임에 틀림없기는 하지만, 그것 역시 넘어서는 안 될 한계가 있는 것이다.

무언가 기대를 모으는 좋은 일을 미리 내다본다는 의미를 함축하고자 할 때 쓰였던 '전망'이 '폭풍우', '대홍수', '강추위', '주가하락' 등과 연결되지 않도록 그 낱말을 보호하는 것은 과연 세상의 유행을 거스르는 일인가? 그리고 물질적인 것의 저장·정리와 정신적인 것의 저장·정리를 가리키는 낱말을 엄격하게 분리시킴으로써 표현의 다양성과 섬세함을 보장하는 일은 정말로 세상 물정을 거스르는 일인가?

3. '계시다' 와 '드리다'

'과공過恭이 비례非禮'라는 말이 있다. 지나친 겸손은 오히려 예의가 되지 않는다는 말이다. 일상생활의 사소한 일에 이르기까지 예의를 생각하며 행동하던 옛 어른들이 형식에 얽매인 예절 행위가 도리어 예절이 지닌 근본정신을 해친다는 사실을 일깨우기 위해 자주 쓰던 관용표현이다. 물론 이 말은 필요 이상으로 겸손을 드러냄으로써 결과적으로 아첨이나 면종복배面從腹背 : 보는 앞에서는 순종하는 척하지만 돌아서면 배반하는 일의 행위가 될 수 있는 여건을 만들지 말라는 뜻에서도 중요한 행동규범이 되는 말이었다. 그런데 이러한 과공비례의 현상은 우리들의 일상적인 말씨에서도 심심치 않게 발생한다. 특히 '계시다'와 '드리다'를 말할 때 일어난다. 다음 말을 조심스럽게 살펴보기로 하자.

> "신부님께 용무가 계신 분은 본당 사무실에 오셔서 신부님의 일정을 확인하시기 바랍니다."
>
> "다음 주일은 11시 미사를 마친 뒤에 본당 신부님의 은경축 행사가 있습니다. 모두 참석하시어 신부님이 지나간 25년 동안 아름다운 사제로 사셨음을 감사드리기로 합시다."

위의 두 문장은 교회 안에서 쉽게 접할 수 있는 알림글들이다. 그런데 '용무가 계신 분'과 '감사드리기'는 잘못된 표현이다. 그렇지만 불행하게도 요즈음 사람들은 이런 표현이 잘못되었다고 생각하지 않는다. 오히려 매우 겸손하고 예의바른 표현이라고 만족해하는 분까지 있다.

계시다

그러면 무엇이 잘못인가? 첫 번째 낱말 '계시다'는 사람의 존재만을 밝히는 서술어로서, 그 사람이 말하는 이보다 웃분일 것을 전제로 한다. 그러므로 '형님, 누님, 목사님, 신부님, 선생님, 아버님, 사장님'같은 인격적 존재 - 물론 '하느님'도 포함된다. - 만이 '계시다'의 주어가 될 수 있을 뿐이요, '용무, 일, 사무' 등은 결코 '계시다'의 주어가 될 수 없다. 그럼에도 불구하고 우리는 다음과 같은 표현을 흔히 듣는다.

> "지금부터 추기경님의 축하의 말씀이 계시겠습니다."

이런 표현은 추기경님을 높여서 표현하고자 하는 심성이 그 분의 말씀까지 인격적 존재로 착각했기 때문에 일어난 현상이다. 따라서 앞의 말은 다음과 같이 고쳐야 한다.

"지금부터 추기경님께서 축하의 말씀을 하시겠습니다."

굳이 '말씀'을 주어로 삼으려면 다음과 같은 표현이 옳은 것이다.

"지금부터 추기경님의 축하의 말씀이 있으시겠습니다."

드리다

두 번째 낱말, '드리다'는 원래 아랫사람이 윗사람에게 물건을 줄 경우에 쓰이는 서술어였으나 그 의미가 확대되어 '말씀의 전달'이나 '행사의 봉헌' 등에도 쓰이게 된 말이다. 그러므로 '인사, 축하, 감사'가 직접 '드리다'와 결합할 때에는 '인사의 말씀를 드리다' '축하의 말씀를 드리다' '감사의 말씀를 드리다'로 해석되는 문맥, 그리고 '미사를 드리다' '예배를 드리다'와 같은 문맥에서만 그 표현의 정당성을 얻는다. 그러니까 앞의 알림글은 다음과 같이 고쳐져야 한다.

"…신부님이 지나간 25년 동안 아름다운 사제로 사셨음을 감사하기로 합시다."

"…모두 참석하시어 신부님께 경하와 감사의 말씀을 드리기로 합시다."

겸양을 나타내는 말이 좋지 않은 것은 아니다. 그러나 좋은 것이라고 하여 함부로 사용하면 본의 아니게 '과공비례過恭非禮'의 실수를 저지르게 됨을 명심해야 한다. 그것은 자칫 잘못하면 아첨이 될 수 있기 때문이다.

4. '영성체'와 '영세'

"가톨릭 신자가 누리는 기쁨은 무엇이라고 생각하십니까?" 누가 불쑥 이렇게 묻는다면 우리는 어떻게 대답할 것인가? 무엇을 강조하고 어디에 초점을 맞추느냐에 따라 매우 포괄적인 대답에서 아주 부분적인 대답에 이르기까지, 가톨릭 신자가 누리는 행복의 명세서가 작성될 것이고, 거기에는 다음과 같은 대답도 들어있을 것이다. "네. 그것은 미사를 드리는 기쁨입니다."

이 대답은 다시 다음과 같은 물음을 끌어들인다. "미사의 어떤 점이 당신에게 기쁨을 줍니까?" 이때에 우리가 별로 힘들이지 않고 할 수 있는 대답은 "최후의 만찬을 끝없이 재연再演, 반복하는 미사에서 우리가 성체를 모실 수 있기 때문입니다."라고 말하는 것이다.

그렇다. 미사는 성체를 받아 모시는 순간에 절정을 이룬다. 우리들은 그 순간 우리들 자신이 예수 그리스도가 되었다는 사실을 깨달으면서 감동과 환희를 함께 느낀다. 그런데 이토록 아름답고 신비로운 '성체 받아모시기'를 많은 신자들이 잘못 표현한다.

다음 말을 주의해서 보자.

"옛날에는 영성체를 신부님이 직접 신자들의 혓바닥 위에 놓으셨어요. 그런데 요즈음은 영성체를 손바닥에 주신단 말야."

이 말은 다음과 같이 고쳐야 올바른 표현이다.

"옛날에는 성체를 신부님이 직접 신자들의 혓바닥에 놓음으로써, 신자들이 영성체를 했어요. 그런데 요즈음은 성체를 손바닥에 주신단 말이야."

'영성체領聖體'라는 낱말은 중국어의 영향을 받은 한자말로서 '성체를 받아모심'이라는 뜻이다 '영領'이라는 글자가 '받는다'는 뜻을 나타내는 동사이기 때문이다.

이와 같은 잘못은 '영세領洗'와 '세례洗禮'라는 단어 사이에서도 발생한다.

"너 언제 영세 받았니?"
"천주교는 영세를 받고, 개신교는 세례를 받는다면서?"

이미 짐작했겠지만 '영세'는 '세례를 받음'이라는 뜻이므로 앞의 말은 다음과 같이 고쳐져야 한다.

"너 언제 영세했니?"
"천주교에서 영세하는 것이나 개신교에서 '세례를 받는다'는 것이나 똑같은 말이구나."

가톨릭의 용어가 '영세'니 '영성체'니 하는 한자말로 정착하게 된 까닭은 200여 년 전에 우리 교회가 우리나라에서 자생적으로 발생하는 과정에서 중국 천주교회의 용어를 받아들였기 때문이다. 그러므로 자연스런 우리말을 살리려 한다면 앞으로는 '영세' 대신에 '세례를 받음', '영성체' 대신에 '성체를받아모심'이라는 말을 쓰도록 해야 할 것이다. '영'이란 글자의 문법적 기능을 바로 알고, 또 그 뜻도 바르게 알아서 실수 없이 말하는 것도 중요하지만, 자연스런 우리말을 사용하는 것도 중요하기 때문이다.

이제는 거의 쓰이지 않는 용어가 되었지만 '묵주의 기도'를 '매괴신공'이라 한 적이 있는데, 이것도 중국어에서 유래한 것으로 엄격하게 말한다면 잘못 번역된 용어였다. 묵주默珠의 원말은 '로사리오'Rosario이고 이것은 '장미꽃 다발'을 뜻하는데, '매괴'는 '장미'가 아니라 '해당화'를 가리키기 때문이다.

이러한 용어들을 살펴보면서 우리가 얻게 되는 교훈은 우리 교회의 용어가 이제부터 신토불이身土不二의 방향으로 나아가야 한다는 것이다.

5. '사·임·당' 이라는 세 글자

현행 미사 통상문은 21세기로 발 디딘 오늘의 시점에서 우리의 언어감각과 맞지 않는 부분이 많다는 지적이 있은 지 오래되었다. 그리고 여러 해 논의를 거쳐 미사 통상문을 새로 마련한 것도 몇 해 전의 일이다. 그러나 새로운 미사 통사문이 전면 실행되려면 또 다시 여러 해를 기다려야 할 것 같다. 한번 확정되어 굳은 전례용어를 바꾼다는 것이 그렇게 쉬운 일이 아니기 때문이다.

그러면 미사 통상문에서 문제되는 것은 무엇인가? 그것은 적절하지 않은 낱말이다. 그것은 모두 자연스러운 우리말로 바꿀 당시에, 라틴어원문에도 충실하고, 미사 전례의 근본정신에도 충실하기 위하여, 우리말로는 조금 어색한 표현에 대해 너그러울 수밖에 없었던 그때의 사정을 깊이 이해하여야 한다. 그러나 몇 십 년 세월이 지났음에도 아직 일반 교우들한테 어색한 표현으로 받아들여지는 것이 있다면, 그것은 분명히 잘못된 번역이라고 하지 않을 수 없다.

우리는 아주 이른 시기부터 한자에 '~하다'를 붙여서 동사나 형용사로 쓰이는 풀이말을 만들어 썼다. 그러한 낱말을 만들 당시에 반드시 그 낱말에 해당하는 고유한 우리말이 없었기 때문만은 아니었을 것이다. 표현의 다양성을 추구하거나, 미묘한 어감의 차를 반영하기 위해서도 새로운 낱말은 필요했을 것이다. 가령 '독특하다' 대신에 '유니크하다'를 쓰고 '시위하다' 대신에 '데모하다'를 쓰는 요즈음의 사정을 생각해보면 '~하다'가 붙은 이른 시기의 한자 풀이말은 어쩔 수 없는 수입품 낱말이었을 듯싶다. 그 중에서도 미사 통상문에서 문제되는 것은 '사赦하다, 임臨하다, 당當하다' 등 한 음절 한자를 어근으로 하는 낱말들이다.

한 음절 한자를 어근으로 하는 낱말이라 하여 예외없이 어색하게 받아들여지는 것은 아니다. '위爲하다, 구求하다, 구救하다, 친親하다, 귀貴하다, 천賤하다' 같은 낱말은 너무도 익숙한 나머지 그것이 한자말이라는 사실조차 깜박 잊어버릴 때가 많다. 그렇지만 어쩐 일인지 '사하다, 임하다, 당하다' 이 세 낱말은 아직까지 우리말 어휘 체계 안에서 편안한 자리를 얻지 못하였다. 새로운 낱말이 한 언어 안에서 어떻게 하여 편안한 자리를 차지하는가 하는 문제는 그 언어의 주인인 일반 언어 대중이 그 낱말을 얼마만큼 아끼고 사랑하느냐 하는 애정의 밀도, 곧 사용 빈도에 비례하는 것일 터인데. '사하다, 임하다, 당하다'는 그런 면에서 낙제한 낱말이라고 보아야 할 것이다.

이제 미사 중에서 이들 세 낱말이 들어있는 부분을 보자.

> 죄를 사하시고, 영원한 생명으로 이끌어 주소서.
> 복음의 말씀으로 우리 죄를 사하소서.
> 죄의 사함과 육신의 부활을 믿으며…….
> 아버지의 이름이 거룩히 빛나시며, 그 나라가 임하시며…….
> 주여, 내 안에 주를 모시기에 당치 못하오나…….

다행스럽게도 새로 고친 미사 통상문에서는 우리말 언어 자산에서 실격한 이들 세 낱말이 보이지 않는다. 그러면 혹시 몇몇 사람들이 자기한테는 익숙한 것이니 계속 쓰는 것도 무방하다고 생각할지도 모른다. 그런 분들은 다음과 같은 말이 일반 언어 대중한테 과연 받아들여질 것인가를 곰곰이 생각해 보아야 한다.

> 사하는 일은 인간의 죄를 풀어주기 위한 하느님의 사랑이요, 권능입니다.
>
> 신부님, 오늘 저녁 여섯시에 저희 집에 임하세요.

세상 사람들은 자기한테 유리하면 당한 일이고, 불리하면 부당한 일이라 하지요.

6. 내 탓인가, 네 탓인가

바람직한 언어생활을 이야기할 때에 우리는 어떻게 알맞은 낱말을 골라 쓸 것인가 하는 문제와 어떻게 정확한 발음을 할 것인가 하는 문제를 함께 논의한다. 어쩌면 정확한 발음의 문제는 알맞은 표현의 문제보다는 앞서는 문제인지도 모른다. 말하기가 읽기나 쓰기보다 언어생활에서 더 많은 비중을 차지하기 때문이다.

이러한 발음의 문제를 근심하는 분들의 마음을 헤아리기 위하여 다음 글을 잠시 읽어보기로 하자.

김영삼 대통령의 '학실이'란 발음이 항간의 한담거리가 되어왔다. 지난번 대통령 선거에서 이 때문에 잃은 '포'표의 경상도 사투리도 아마 적지 않았을 것이다. 이 '학실이'로 말미암아 이런 사투리를 쓰는 경상도 사람들이필자를 포함해서 좌중의 농담, 아니 때로는 조롱의 주인공이 되는 수가 흔히 있다. 심지어는 '전국을 간통관통하는……강간관광사업'과 같은 입에 담기에도 민망한 비아냥도 생겨났다. 또 끔찍한 아웅산 사건 당시의 공보부 '장간'장관'의 경상도 사투리이 희생자들의 이름을 발표할 때에 아무개 '장간' 아무개 '장간'이라고 해서 조롱거리가 되었던 것을 우리는 기억하고 있다.

(이병건 교수의 『말소리 이야기』)

이 글은 경상도 사람들이 경상도를 '갱상도' 또는 '겡상도'로 발음한다는 사실과 그것이 무식의 징표가 됨으로써 은근히 멸시의 대상이 된다는 사실을 지적하는 말로 이어지고 있다. 그러나 어떤 발음이 무식의 징표인지 아닌지 하는 것은 그렇게 중요한 문제가 아니다. 잘못된 발음으로 말미암아 의사소통에 오해가 발생한다면 그것은 언어가 수행해야 하는 기본 기능을 상실하는 일이 된다. 따라서 어떠한 경우에서나 오해의 소지가 있는 잘못된 발음은 피해야 한다.

여기에 이르러 'ㅐ'와 'ㅔ'의 발음이 문제가 된다. '그런데'를 '그런대'로 잘못 발음할 때에는 별 문제가 없다. '그네'를 '그내'라고 발음할 때에도 그 낱말을 추측해 낼 수 있는 문맥 안에서라면 역시 문제가 되지 않는다. 그러나 '개犬'를 '게'로 발음한다면 그 경우는 전혀 다른 뜻의 낱말이기 때문에 문제가 발생하는 것이다.

"바닷가에서 게를 잡아 국을 끓였다."는 문장에 '게'를 '개'로 발음하였다고 가정해 보자. 그 말은 듣는 사람은 완전히 다른 상황을 상상할 것이다. '개/게'의 문제보다 더 심각한 낱말의 쌍이 다름 아닌 '내/네'라고 하겠다.

우리는 미사 때마다 "내 탓이요, 내 탓이요, 내 큰 탓이로소이다."라고 참회의 예절에서 가슴을 치며 우리들 자신의 잘못을 뉘우친다. 그런데 이때에 '내'를 '네'로 잘못 발음한다고 가정해 보자. 이 참회의 예절은 세상만사 모든 잘못은 나와는 아무런 관련이 없다는 결백과 변명, 책임회피, 책임전가의 절차가 되어버리는 것이 아닌가?

더구나 성서에서 '내'와 '네'를 구분하여 발음하지 않으면 안 되는 무수히 많은 말씀들이 있다. 몇 군데 읽어보기로 하자.

성서에, '너보다 앞서는 내 사자를 보내니 그가 네 갈 길을 미리 닦아 놓으리라.' 하신 말씀은 바로 이 사람을 가리킨 것이다(마태 11, 10).

그 속에 한 스타테르짜리 은전이 들어있을 터이니 그것을 꺼내서 내 몫과 네 몫으로 갖다 내어라(마태 17, 27b).

'네 이웃을 내 몸같이 사랑하라' 하는 계명이다(마태 22, 39).

몸의 등불은 눈이다. 네 눈이 성하면 온 몸이 밝을 것이며 네 눈이 병들었으면 온몸이 어두울 것이다(누가 11, 34).

성서를 봉독하는 사람이 '내/네'를 명확하게 구분하여 발음하는 데 자신이 없으면 어떻게 할 것인가? '나의/너의'라고 고쳐 읽는다면 당장 오해의 소지는 없앨 수 있다. 그러나 궁극적으로는 정확하게 발음할 수 있도록 훈련을 하는 노력을 기울여야 할 것이다.

7. '사랑하사'와 '빌으소서'

공식행사 때마다 나라사랑을 가슴에 되새기며 부르는 애국가 1절과 예수 그리스도의 강생이 인류를 구원하시고자 하시는 하느님의 극진한 사랑의 결단이었음을 밝히는 요한복음 3장 16절물론 개신교에서 통용되는 옛날 번역본, 이 두 곳에 화석처럼 굳은 옛말투 하나가 있어서 오늘날 어법에는 맞지 않는 표현을 용납하고 있다.

동해물과 백두산이 마르고 닳도록 하느님이 보우하사 우리나라 만세.

하느님이 세상을 이처럼 사랑하사 독생자를 주셨으니…….

여기서 나오는 '보우保佑하사'와 '사랑하사'는 오백 년 전 중세국어 시절에는 '보우ᄒᆞ샤', 'ᄉᆞ랑ᄒᆞ샤'로 적혔을 낱말로서 '-샤'는 말 속의 주인공을 높이는 존경의 보사어간 '-시-'와 앞의 말을 조건의 뜻으로 삼아 뒷말에 연결시키는 연결어미 '-아/어'가 결합한 형태인데, 현대어로 바꾸면 '보우하시어', '사랑하시어'라고 해야 올바른 표현이 되는 것이다. 그러나 옛말투를 그대로 이어받은 애국가 가사와 성서안의 표현이 꼬리에 꼬리를 물면서 잘못된 표현을 양산하고 있는 실정이다. 흥미롭게도 카톨릭 성가 201장 '은총의 샘' 가사에는 올바른 표현 '-하시어'형과 잘못된 표현'-하사'형이 전반부와 후반부에 나란히 나타난다.

은총의 샘인 성심, 사랑의 바다여, 성혈로 씻으시어 깨끗이 하소서.
세고에 시달리는 우리를 돌보사 연약한 우리 믿음 굳세게 하소서.

'돌보사'가 '돌보시어'로 고쳐야 함은 두말할 필요도 없는 일이다.

그런데 이 '-하사' 문제보다 더 심각한 문제는 '빌으소서'에 숨어있다.

이 낱말은 우리가 하루에도 몇 십 번씩 외우는 성모송의 끝부분이기 때문이다.

이 낱말 빌다祈는 이른바 'ㄹ불규칙 동사'에 속하는 것으로 우리말 속의 골칫거리라고 할 수 있다. '빌-'이라는 어간은 뒤에 오는 어미가 어떤 것이냐에 따라 '빌면, 빌고, 빌지요……'와 같이 어간 '빌-'을 완전한 형태로 유지하는가 하면, 한편으로는 '비니, 비는데, 빕니까……'처럼 어간끝의 끝소리 'ㄹ'을 탈락시켜 버리기도 한다.

이와 같은 'ㄹ불규칙 동사'에 '날다飛, 놀다遊, 들다擧, 돌다回……' 등이 있는데 이들 낱말도 모두 '빌다'와 마찬가지로 잘못 쓰이는 경우가 많다.

어린이 만화영화에 나오는 '배트맨'Bat Man을 묘사하는 표현에 한때 '날으는 배트맨'이라는 말이 쓰였는데 이것도 '나는 배트맨' 이라고 해야 옳은 것이지만, 그렇게 쓰면 ' 날아가는'의 뜻이 분명하게 나타나지 않으니까 잘못된 표현인 줄 알면서도 그렇게 썼던 것이다.

'빌으소서'도 사정은 마찬가지다. 현대어의 바른 어법대로라면 '비소서'라고 해야 옳은 것이지만, 그렇게 하면 '빌-'이라는 어간 형태의 불완전한 발음이 '비는 행위'의 불완전을 나타내는 것 같은 불안한 심리가 '빌-'을 완전하게 발음하고, 거기에 '-으-'라는 불필요한 음절을 삽입하여 '빌으소서'라고 하게 된 것이다.'으'가 삽입되는 정당한 현상, '잡다 - 잡으소서' 같은 것에 유추된 표현인 것만은 분명하다. 그러나 '빕니다, 빕시다'가 맞는 표현이요, '빌읍니다, 빌읍시다'가 틀린 것이라면 분명 '빌으소서'는 잘못된 표현이다.

이 '빌으소서'에 대하여 어간 형태를 완전하게 유지하려는 언어 대중의 노력의 결과라고 해석하는 것은 바른 언어생활을 지키려는 노력과는 상반되는 것이다. 현재로서 해결책은 '비옵소서'나 '빌어주소서'로 바꾸는 것이지 '빌으소서'를 내버려 두는 것이 아니다.

8. '한다라는'과 '되어지는'

금세기 후반 50년에 걸쳐 지속적으로 우리말에 영향을 끼친 외국말이 있다면, 그것은 무엇일까? 이 물음은 "지난 50년 동안 우리말은 어떤 외국어의 영향을 가장 많이 받았는가?"라고 바꾸어볼 수도 있다. 이때에 우리는 한결같이 '영어'라고 대답하는 데 주저하지 않는다.

영어는 영국과 미국의 나랏말일 뿐만 아니라 캐나다, 호주 뉴질랜드의 나랏말이요, 인도 싱가포르 필리핀 같은 나라에서도 표준 공통어의 구실을 하고 있고, 그밖에 많은 국제 관계에서 중심언어의 지위를 누리고 있다. 따라서 영어를 바르게 구사한다는 것은 곧 현대세계를 주름잡고 살아갈 수 있는 자격을 구비하였다는 뜻을 지닌다. 그만큼 '영어'는 오늘날 세상을 살아가는 힘이 되었다.

이 힘이 우리말에 영향을 미쳐서 전통적인 우리말을 왜곡시키고 있다. 영어 낱말이 마구잡이로 쓰이는 현상은 아예 접어두기로 하고, 우리말의 문장 구조에 끼친 영향만을 말한대도 한두 가지가 아니다. 그 중에서도 대표적인 두 가지만 지적한다면, 그것은 직접인용 표현과 피동 표현의 과잉현상이라고 하겠다. 이 두 가지가 아름답고 우아한 우리말의 구조를 일그러뜨리고 있다.

(1.가) 하늘이 맑다는 말과 날씨가 좋다는 말은 결국 같은 말이 아니겠어요?

(1.나) "하늘이 맑다"라고 했을 때와 "날씨가 좋다"라고 했을 때, 사람들은 대체로 비슷한 반응을 보입니다.

(2.가) 아는 것이 힘이라는 것을 누가 모른답니까?
(2.나) "아는 것이 힘이다"라는 말은 누가 처음 말했습니까?

위의 예문에서 (가)는 간접인용이고 (나)는 직접인용이다. 직접인용은 글로 쓸 때에는 따옴표(" ")를 붙여야 한다. 그런데 근자에 이르러 간접인용을 해야 할 경우에도 직접인용의 형식을 취하는 사람들이 부쩍 늘었다. 다음 글을 보자.

(3) 문화생활을 한다라는 것과 삶의 질을 높인다라는 것은 결국 같은 말입니다. 사람답게 산다라는 것이지요.

이 글에서 '라'자만 뺀다면 얼마나 아름다운 우리말이 될 것인가? 이와 같은 직접인용 표현의 과잉 현상은 관계대명사가 많이 쓰이는 영어 구문을 우리말로 옮기는 과정에서 잘못 정착된 것이 아닌가 싶다. 영어의 문장 구조는 관계대명사를 쓴 다음에 인용하고 싶은 내용을 뒤에 접속시키는 반면에 우리말에서는 예외없이 인용하고 싶은 내용이 앞에 놓이고 그것이 관형형으로 바뀌는데 이때에 그 관형형의 문장을 직접인용 구문처럼 생각하기 때문이다.

피동 표현의 과잉 현상도 피동형이 자연스럽게 많이 사용된 영어문장을 번역할 때, 그것을 직역하는 과정에서 발생한 것인데, 이제는 아무데나 마구잡이로 사용하여 거의 돌이킬 수 없는 고질병이 되었다. 다음 문장들을 비교해보자.

(4.가) 15대 국회는 내일쯤 의단장을 선출할 것으로 보입니다.
(4.나) 15대 국회는 내일쯤 의단장을 선출할 것으로 보여집니다.

(5.가) 시멘트 독에 유물이 훼손될까 우려됩니다.
(5.나) 시멘트 독에 유물이 훼손될까 우려되어집니다.

위의 예문에서 (가)는 올바르고 아름다운 우리말이지만 (나)의 '보여지다', '되어지다'는 하루 빨리 고쳐야 할 잘못된 표현들이다. 그러나 이렇게 정성들여 지적하고 가르치는 목소리는 한없이 미약하고, 전파나 인쇄 매체를 타고 퍼지는 '보여지는'과 '되어지는'은 걷잡을 수 없이 넘쳐 흐르고 있다. 무슨 방법이 없을까 우울하기 그지없다.

9. '감사'와 '찬미'

바람직한 신앙생활이란 무엇인가? 이렇게 물으면 대답하기가 어렵다. 무엇부터 말해야 할지 막연하기 때문이다. 그러나 "하느님을 대하는 자세와 행동은 어떤 것이 바람직한가?" 라고 묻는다면 그때에 우리는 즉시 적어도 두 개의 낱말을 생각해 낼 것이다. 그 하나는 '감사' 또 다른 하나는 '찬미'다.

'감사'와 '찬미'는 우리가 하느님을 공경하고 의지하는 신앙생활의 두 기둥이다. 그러면 우리는 이 두 개의 동사 '감사하다'와 '찬미하다'를 올바르게 쓰고 있는가 한 번쯤 검토할 필요가 있다.

한 동안 '감사하신 하느님'으로 시작하는 기도가 유행했다. 하느님을 향한 감사의 마음이 성급하게 이런 표현을 만들어낸 것이다. 그러나 '점잖으신 아버지'라는 말이 '아버지는 점잖으시다'의 뜻을 나타내는 것이라면 '감사하신 하느님'이란 말은 '하느님은 감사하신다.'의 뜻을 나타내는 것이요, 그것은 '하느님이 우리에게 감사하신다.'로 해석될 수밖에 없다는 결론에 이른다. 이 처럼 황당한 망발이 어디에 있겠는가? '고마우신 하느님'은 '하느님은 고마우시다'가 되어 괜찮지만 '감사하신 하느님'은 천만부당한 표현이 된다. '점잖다, 고맙다'는 형용사이고 '감사하다'는 타동사이기 때문이다.

'감사하다'는 말처럼 좋은 말이 없건만 이 낱말을 바로쓰기가 그렇게 쉽지가 않다. 이 낱말은 다음과 같이 반드시 그 앞에 세 개의 명사를 거느려야 완전한 문장을 구성한다.

A는 B에게 C를 감사한다.

물론 문맥 상황에 따라 B 또는 C가 생략될 수는 있으나 B에는 격조사(~에게)가 쓰이고 C에는 대격조사~을, ~를가 쓰인다는 점이다. 그러나 우리가 일상으로 사용하는 기도문은 어떠한가?

1. 우리에게 베풀어주신 모든 은혜를 감사하나이다.
2. 오늘도 평화로운 하루를 허락하였사오니 감사하나이다.
3. 이렇게 아름다운 자연 속에서 당신을 찬양할 수 있도록 허락하여 주심에 대하여 감사하나이다.

위의 예문에서 1은 완전한 표현이고, 2는 '감사하나이다' 앞에 '이것을'이 생략된 표현으로 보아 온전한 표현으로 볼 수 있다. 그러나 3은 이른바 번역체인데 엄격하게 말하면 잘못된 표현이다. '허락하여 주심을'로 고쳐야 우리말다운 표현이라 할 수 있다 'thank for something'이라는 영어 표현이 '무엇에 대하여 감사하다'라고 직역될 수 있으나 우리말로는 어디까지나 '무엇을 감사하다'라고 해야 올바른 표현이 되기 때문이다.

한편, '찬미하다'는 '감사하다'의 경우처럼 잘못을 저지르는 예는 발견되지 않는다. 그러나 이 기회에 우리 교우들이 편지 첫머리에 사용해 온 관용표현 '찬미 예수'에 대하여 생각해 보기로 하자.

'찬미 예수'는 분명히 우리말 어법에는 맞지 않는다. 한문 구조로 보거나 'Praise The Lord'를 직역한 영어 구조로 본다면 무방하겠으나 그것이 자연스러운 우리말이 아닌 것만은 분명하다. 이것은 이백여 년 전, 우리 신앙 선조들이 한문 편지의 첫머리에 쓰던 관용구가 그대로 이어 내려온 것이 아닌가 싶다. 그렇다면 그것은 한문의 한 구절이지 우리말은 아니다. 모든 표현을 아름다운 현대의 우리말로 바꾸고자 하는 의향이 있다면 '찬미 예수'도 '예수님을 찬미합니다'로 고쳐야하지 않을까?

하늘나라에 가서도 우리 민족은 거기에서 만나는 누구에게나 아름다운 우리말로 하느님을 찬미하리라는 것은 의심할 여지가 없다.

10. 참 한국인의 소원

며칠 전 쉰 살 안팎의 신사 한분이 내 연구실을 찾아오셨다. 만날 것을 약속하는 전화에서, 『경향잡지』의 내 글, '우리말 바로쓰기'를 즐겨 읽는 사람이라고 자기소개를 했었기 때문에, 우리는 십년 사귄 친구처럼 처음부터 이야기가 술술 풀려나갔다.

건네어 받은 명함에는 그 분의 직업이 컨설턴트 회사에서 토목·건축의 감리를 담당하는 엔지니어임을 밝히고 있었다.

> "엔지니어께서 어떻게 우리말과 글에 대해 관심을 가지게 되셨습니까?"
>
> "아니, 한국 사람이라면 누구나 우리말을 사랑하고 우리글을 바르게 가꾸는 데 앞장을 서야 하는 것 아닙니까?"

그 분은 내 물음이 의외라는 듯, 나를 보며 이야기를 이어나갔다. 그 분은 우리 정부의 국어순화 사업이 지나치게 미지근하다고 불평을 털어놓았다. 총무처에서 간행한 『쉬운 행정용어 모음집』은 일선행정부서에 제대로 배포도 되지 않은 상태이니, 우리말 순화가 언제 실현되겠느냐고 한숨을 쉬었다. 더구나 기막힌 것은 그 『행정용어 모음집』에서 잘못이라고 밝히고 있는 낱말이 버젓이 그 책 머리말에 실려있다고 책을 펼쳐 실례를 짚어 보이는 것이었다.

그래서 그 분은 자기와 같은 사람들이 민간 차원에서 우리말 순화운동을 크게 벌여야 한다고 힘주어 주장하였다. 그리고 실제로 우리말

신문에 보낸 권고의 글월을 내보였다. '우리말'을 다시 심어 널리 보급하려는 운동과 '우리말'을 바르게 가꾸어 바르게 쓰자는 운동은 같은 맥락의 운동이라고 생각하면서 나는 그 분의 글을 읽어나갔다.

"제가 우리말과 우리글에 관심을 가지게 되면서 이번 신문을 여태까지와는 다른 눈으로 읽어보았는데, '입장'이나 '역할' 같은 요즘 너무 흔하게 쓰는 일본말이 없어서 읽기가 편했습니다. 그러나 그 밖에 낱말들이나 말법은 여느 일간 신문과 다른 신선한 것이 눈에 띄지 않았습니다.

신문은 읽기 쉬워야 합니다. 우리나라에서 의무교육을 받은 사람이면 누구나 다 읽고 그 뜻을 알 수 있어야 합니다. 그러나 요즈음 신문은 모두 쉬운 우리말을 두고, 어려운 말을, 더구나 외국말을 다투어 쓰고 있습니다. 글자만 '한글'을 빌려 쓰고 있을 뿐, 내용은 어느 나라 말인지 알 수 없을 정도로 외국말의 잡동사니입니다. 정해진 좁은 지면에 짜임새 있게 늘어놓아야 하는데 신문사 또는 기자 마음대로 맞춤법이나 띄어쓰기를 무시하며 우리말과 우리글의 법칙을 어기고 있어서, 의무교육을 받은 사람들이 '내가 잘못 배웠나?'하며 어느 것이 맞는지 갈피를 잡지 못하고 있습니다.

우리는 지금 우리 겨레의 말과 글 역사에서 중요한 때에 살고 있습니다. 120년 전 까지는 우리말과 우리글이 중국 영향을 받았지만, 일본 침략을 받아 나라를 빼앗기면서 말과 글이 송두리째 없어질 뻔하였다가 겨우 벗어났지만, 일본말에서 생긴 잘못된 말과 글은 점점 굳어가고 있으며 게다가 서양말과 글이 또 우리말과 우리글을 좀먹고 있습니다.

우리말과 우리글이 모양을 아주 알아볼 수 없을 정도로 세월이 더 흘러가기 전에 고치기 시작해야 하고, 또 고쳐야 합니다. 좀 늦기는 했지만 아직도 못 고칠 정도로 늦은 것은 아닙니다."

이 글은 우리 민족의 영원한 번영이 반드시 우리말과 우리글의 튼튼함과 깨끗함에서 말미암는다는 사실을 거듭거듭 강조하고 있었다.

나는 그 글을 읽다 말고 그 분께 말하였다.

> "형제님 같은 분이 우리나라에 열 분쯤만 계신다면 당장 국어 순화사업은 순풍에 돛을 달겠습니다. 형제님 본당은 어디십니까?"
>
> "네. 저는 본명을 형 베드로라고 해요. 우리나라 성인을 본받기 위해서 그런 본명을 가지게 됐어요. 개포동 성당에 나갑니다."

나는 마음속으로 중얼거렸다.

> '역시 가톨릭 신자 가운데 이런 분이 계시는구나.'

11. 고유어만 쓰기, 과연 옳은가?

우리는 왜 말을 다듬어 써야 하는가? 그 까닭은 말을 다듬어 씀으로써 그 말을 쓰는 사람의 마음도 정신도 다듬을 수 있기 때문이다. 말을 다듬는다는 것은 결국은 마음을 가다듬고 정신을 바로잡는다는 뜻을 갖는다. 그런데 마음과 정신을 바로 잡는다 하여 무조건 순수한 우리말만 고집하는 잘못된 경향이 있다.

가령, 미래未來는 '앞날'로 가격價格은 '값'으로 미소微笑는 '웃음'으로만 써야 한다고 주장한다. 다시 말하면, 한자어는 죽이고 순수한 우리말로 쓰자는 것이다, 이러한 생각은 대단히 위험할 뿐 아니라 어리석은 생각이다. 고유어를 살려 쓰자는 뜻은 좋으나 어휘자산의 빈곤을 불러오기 때문에 언어의 발전을 막는 결과가 되는 것이다.

영어가 오늘날, 세계를 지배하는 당당한 국제어가 된 까닭은 무엇보다도 풍부한 어휘 자산 덕분이라고 할 수 있다. 영어는 매우 너그러운 자세로 세상의 모든 언어로부터 새로운 어휘를 받아들인다. 영어 어휘 속에 끼지 못한 어떤 언어가 있다면 그런 언어는 아마도 이 지구상 어느 궁벽한 곳에 사는, 겨우 몇 천 명 정도가 말하는 언어일 것이다.

다시 한자어와 고유어의 관계를 살펴보자. 순서順序를 쓰지 말고 '차례'만 쓰자는 사람이 있다. 이런 분은 '차례'가 순수한 우리말인 줄 알고 있을 것이다. 이런 분은 '차례'는 '차제'次第라는 한자어가 이른 시기에 중국어로 수입되어 발음이 변한 낱말이다. '약간'若干을 쓰지 말고 '조금'이라고만 쓰자는 사람이 있다. 이런 분은 '약간 명若干名'이라고 하는 것을 '조금 명'이라고는 쓸 수 없음을 생각해 보지 않았을 것이다.

또 민족의 주체성을 강조하는 나머지 "미국으로 나간다.", "한국으로 들어온다."라고만 말해야 한다고 주장한다. 그러면 생각해 보자. 가령 어떤 사람이 다음과 같이 말했다 하자.

"아무개가 다음 달에 미국으로 들어간대."

물론 말한 사람과 아무개는 한국 사람이요. 이 말은 서울에서 한 말이다. 이때에 말한 사람이 미국에 이민 가서 사는 사람이요, 아무개는 새로 이민을 가는 사람이라면 이 말에 잘못이 있다고 트집을 잡을 이유가 없다. 그분들은 이미 미국이 생활 근거지라는 생각을 갖고 있으므로 미국을 의식의 중심점에 놓고 말한 것이기 때문이다. 또 말한 사람이 한국에 사는 사람이요, 아무개가 이민 가서 사는 친구라고 해도 이 말은 타당성을 갖는다. 미국을 생활 근거지로 하는 친구의 처지를 존중한 표현이기 때문이다. 이 말이 잘못된 표현으로 트집을 잡히게 되는 경우는, 아무개가 한국에 사는 한국 국민인데 미국에 잠시 머물기 위해 떠나는 경우에 한한다. 이때에는 말한 이의 정신이 어디에 놓였느냐고 힐난을 해도 괜찮다. 이러한 경우를 뺀다면, 혈통상의 한국 사람이라고 하여, 미국으로 가는 것은 '나간다'고 해야 하고 한국으로 오는 것을 '들어온다'고 해야 한다고 주장할 수는 없는 일이다.

우리말은, 원래 말하는 이의 처지에 따라 나가고 들어옴이 자유롭게 바뀌는 말이다. 그런데 우리말의 자존심을 살린다 하여 어떤 경우에나 "미국으로 나간다.", "한국으로 들어온다."라고 표현해야 옳다고 주장하는 것은 융통성 없고 고집스런 국수주의의 산물일 뿐 아니라 열등의식의 발로라고 할 수 있다.

앞으로 한국어가 세계어로 발전하려면 국어 순화가 깔끔하고 논리적인 문장 구조에 관심을 돌려야 하며 고유어만 써야 한다는 주장은 다시 생각해야 할 문제인 듯싶다.

12. 주는 것과 받는 것

인간생활의 아름다움을 표현하기 위한 낱말이 얼마나 많을까? 그 많은 낱말 가운데서 오늘은 '주다드리다 - 받다' 한 쌍의 낱말이 만들어내는 몇 개의 표현들을 생각해 보기로 한다. 우리는 세상을 살아가면서 다른 사람한테서 진실로 많은 것을 받는다. 하느님께 받는 것은 더 말할 필요도 없이 엄청나다. 그리고 우리는 받는 것보다는 조금 적게(?) 남에게 주며 살아가는지도 모른다. 하느님께 드리는 것은 얼마나 될까? 어쨌거나 인간생활은 주고받음의 관계에서 발전하고 성장한다.

그러면 무엇을 주고받는가? 첫째로는 보이는 물건을 주고받는다. 둘째로는 눈에는 보이지 않지만 물건값에 해당하는 권리도 주고받는다. 셋째로는 볼 수도 없고 값으로 칠 수도 없지만 우리가 지닌 것 가운데 가장 소중한 마음을 주고받는다. 정情을 주고받으며 뜻생각을 주고받는다. 말씀을 주고받으며 사랑을 주고받는다. 이런 것들이 모두 마음이다. 그래서 마음과 깊이 관련된 낱말은 주고받음의 대상이 될 수 있다. 다음과 같은 낱말이 '주다드리다'와, '받다'의 목적어가 되는 까닭은 그것이 모두 마음을 나타내는 낱말이기 때문이다.

> 축하합니다.
> 감사드립니다.
> 인사드립니다.

제대로 말하려면 '축하합니다. 감사합니다, 인사합니다'라고 해야 옳을 것이다. 축하, 감사, 인사는 모두 상대방에게 나의 마음을 전하는 행동 표현의 낱말이므로 동사형을 택하는 것이 제일 자연스런 표현이 되기 때문이다. 그러나 그것들은 결국 '축하하는 마음, 감사하는 마음, 인사하는 마음'이기도 하니까 '주다드리다'의 목적어가 되어 '축하드립니다, 감사드립니다, 인사드립니다'가 받아들일 수 있는 표현이 되는 것이다.

한편, 우리 교회에서 자주 쓰는 표현으로 '받다'와 어울리는 것, 두 가지가 있다.

> 찬미 받으소서.
> 영광 받으소서.

이 두 표현은 하느님께 향하는 흠숭의 마음을 표현했다는 점에서 공통된다. 그러나 '찬미'는 '찬미하다'와 짝이 되는 동작의 명사인 반면, '영광'은 '영광스럽다'와 짝이 되는 상태의 명사이기 때문에 같은 자리에서 설명되지 않는다. 다시 적어보자.

> ① 하느님은 찬미 받으소서.
> ② 하느님은 찬미하는 마음을 받으소서.
> ③ 하느님은 저희들이 찬미하는 마음을 받으소서.

①은 ②의 축약형이요, ②는 ③의 축약형이란 관점에서 그 표현이 정당하다는 판정을 받을 수 있다. 그러나 '영광'의 경우는 그렇지 않다.

> ④ 하느님 영광 받으소서.
> ⑤ 하느님은 영광스러운 마음을 받으소서.

④는 ⑤ 의 축약형이라는 설명에 무리가 따른다. ⑤는 성립되지 않는 표현이기 때문이다. '영광'은 '기쁨, 행복'처럼 사물의 형편을 묘사하

는 형용사이기 때문에 '기쁨을 누리다.' '행복을 누리다'가 자연스럽듯이 ④의 '영광 받으소서'가 가능하다면 '기쁨 받으소서, 행복 받으소서'가 가능한 표현이어야 한다. 그러나 한국말을 하는 어떤 한국 사람이 기쁨과 행복을 주고받음의 대상이라 할 것인가?

이제 우리는 바야흐로 새로 고친 미사 통사문으로 미사를 드리게 되었다. 여러 해에 걸쳐 고치고 다듬은 것이라 잘못된 표현이 없을 것이지만 행여나 '영광 받으소서' 같은 구절이 어느 구석에 숨어 있지 않나 하여 오늘도 새 미사 통사문을 조심스럽게 훑어보았다.

(가톨릭『경향잡지』, 1996년 1월~12월)

2장

지성인의 국어 인식

지성인의 국어 인식

최현배의 『우리 말본』

국어 문법을 공부하는 사람들에게 반드시 갖추어야 할 기본 자료로 한 권의 책을 지적하라고 한다면 열 명 가운데 아홉 명은 최현배崔鉉培의 『우리 말본』을 꼽을 것이다. 그만큼 『우리 말본』은 오늘날 국어 문법을 연구하는 이들에게 있어 빼놓을 수 없는 유산이요, 디딤돌이다. 이 책은 1937년에 초판이 나왔으니 금년으로 꼭 70년의 비바람을 겪었건만 분량에 있어서나 이론 체계에 있어서 이 책을 능가하는 국어 문법 연구서는 아직 이 땅에 나타나지 않고 있다.

외솔 최현배는 조선 왕조가 석양으로 기우는 조짐이 보이던 1894년 가을에 경상남도 울산군蔚山郡에서 최병수라는 분의 맏아들로 태어났다. 후세에 끼친 업적이 큰 분들에게 흔히 있음직한 어린 시절의 일화가 외솔에게도 있다. 동네 서당에서 외삼촌을 스승으로 하여 한문을 배울 무렵, 소문난 그의 총기 때문에 항상 어른들의 시험하여 묻는 질문에 시달려야 했고, 심지어는 바둑을 잘 둔다는 소문이 나자 12살의 학동으로 서당의 대표가 되어 이웃 동네로 시합을 나갔었다는 얘기까지 전한다.

외솔의 생애는 크게 세 기간으로 나누어 살펴볼 수 있다. 첫째 기간은 자라면서 공부한 시절로 일본 교도제국대학 문학부 철학과를 졸업한 32세1925년까지이고, 둘째 기간은 고생하면서 연구하고 또 열심히 활동한 33세에서 61세1954년까지이며, 셋째 기간은 그 동안의 업적이 평가되어 사회적으로 크게 존경을 받으며 영애를 누린 61세 이후 77세1970로 돌아가실 때까지이다.

외솔이 17세이던 1910년은 그의 평생을 판가름하는 중요한 해였다. 그해에 그는 청운의 뜻을 품고 서울에 올라와 관립한성고등학교에 입학하였다. 그러나 그해 가을, 한일합방이 일어났고, 그 학교는 경성보통학교가 되었다. 그러니 학교에서 배우는 조선어 과목에 만족할 수 없었다. 그래서 박동에 있는 보성중학교지금의 조계사 자리에서 일요일마다 열리는 주시경周時經 선생의 조선어 강습을 학교 수업보다 더 귀하게 여기게 되었다.

이 일요일 강습에서 주시경 선생을 만난 것은 외솔의 앞길을 결정하는 대사건이었다. 첫 번의 일본 유학은 22세에서 26세까지 히로시마고등사범학교에서의 공부이고 두 번째의 일본 유학은 29세에서 32세까지 교토제국대학 문학부 철학과에서의 교육학 공부이었는데, 그 모든 공부가 주시경 선생의 영향을 입은 우리말 공부, 우리 글자한글공부를 위한 기초를 다지는 일에 지나지 않는 것이었다.

외솔의 업적을 한 마디로 요약한다면 우리말, 우리글, 우리 넋을 가꾸고 밝히고 드러내는 일이었다고 할 수 있다. 그 중심은 우리말 연구에 있었다. 그가 평생 동안 저술한 20여 권의 책 가운데 우리들이 오래도록 기억해야 할 책이 몇 권 있다. 첫째는 우리말의 이치를 밝힌 문법 연구서 『우리 말본』이다. 둘째 우리 글자의 역사와 특성을 돋보이게 한 『한글갈』1940, 『글자의 혁명』1947인데 여기에서 외솔은 한글만 쓰기의 이론적 배경을 확립한다. 셋째는 우리 민족의 넋을 바르게 보존하자는 『조선 민족 갱생更生의 도道』1926와 『나라 사랑의 길』1968이다.

이 세 가지 갈래의 목표를 위하여 외솔의 청장년기는 진실로 숨돌릴 겨를이 없었다. 33세에서 45세까지의 연희전문대학 교수 시절, 52세에서 55세까지 그리고 다시 58세에서 61세까지의 문교부 편수국장시절, 그리고 49세에서 53세까지의 조선어학회 사건으로 인한 옥살이는 외솔이 걸어온 끈질기고도 숨찬 인생행로이었다.

다행스럽게도 61세 이후로는 연세대학교 교수, 학장, 부총장으로, 학술원 종신회원으로, 세종대왕기념사업회 이사 및 부회장 등으로 외솔이 지닌 인품과 학덕에 어울리는 직함을 누리며 작고할 때가지 우리말, 우리글, 우리 넋을 바르게 가꾸고 지키기 위한 외길을 여유있게 걸을 수 있었다. 1970년 봄 외솔이 작고했을 때 세상 사람들은 사회장社會葬으로 그를 보내드렸고, 그해 가을 그를 따르던 후학들이 그의 뜻을 계승 발전시키겠다는 취지로 '외솔회'를 만들고 『나라사랑』이라는 기관지를 창간하여 오늘에 이르니 이는 20세기를 살다간 선비를 위하여 일찍이 없었던 영예라 하겠다.

『우리 말본』은 외솔이 동래東萊고등보통학교에 교원으로 근무하던 27세 때1920년부터 계획을 세워 그가 연희전문학교의 교수가 된 33세

1926년에 본격적인 집필을 시작하였다 하니 1937년의 완간은 뜻을 세운 때로부터 17년이요, 실제의 작업은 11년이 소모된 저술이다. 그 후 1955년에 수정 증보하였고, 다시 약간의 수정을 거쳐 1971년에 가로쓰기의 한글만으로 인쇄한 최종판이 나왔다.

이 책은 한 마디로 표현하면, 지극히 규범적인 문법서이다. 국어사실의 귀납적인 체계화를 통하여 국어 사용상의 규칙을 제시하려한 저자의 의도가 매우 강하게 반영되어 있다. 이러한『우리 말본』의 성격은 그가 지닌 언어관에 말미암는다. 외솔은 언어가 민족문화를 창조하고 의사를 소통하는 데 쓰이는 도구라고 생각하였다. 그런데 이 도구가 능률적인 기능을 발휘하려면 인위적으로 개정될 수도 있다는 것이다.

이와 같은 언어 문법관은 외솔이 주시경의 민족주의에 깊은 영향을 받았고, 또 일본의 제국주의적 분위기에서 대단히 규범적인 페스탈로치 교육 철학을 공부하였다는 것과 깊은 관련을 갖는다. 이러한 언어관은 국어의 과학적인 탐구를 위하여는 결코 바람직한 것이었다고는 할 수 없다. 그러나 이러한 결점에도 불구하고『우리 말본』은 몇 가지 부분적인 논쟁점을 제외한다면 요즈음에도 여전히 쓰임새가 넓은 우리말 문법책이다. 광범위하고 풍부한 자료와 깔끔한 체계는 그 부분적인 논쟁점을 감싸고도 남는다.

『우리 말본』은 말소리갈음성학, 씨갈품사론, 월갈문장론의 세 부분으로 구성되었다. 그 중 전체 분량의 약 70%를 차지하는 씨갈 부분에서 외솔의 업적이 두드러진다. 그는 종합 풀이법으로 활용어미活用語尾를 용언用言의 일부로 다루었고, 품사의 분류에 양분법兩分法을 적용하여 짜임새 있는 10품사의 체계를 세웠다. 물론 잡음씨지정사를 설정하여 학계의 논란이 없지 않았고 피동被動·사동使動의 보조 어간이 다른 차원에서 다루어야 할 존경과 시제 보조어간과 대등하게 취급되었으며, 12가지의 시제時制를 정한 것 등이 지나치게 체계 위주라는 흠이 없지 않다.

그렇지만 설명하기 쉽고 교육하기 쉬운 방향에서 『우리 말본』만큼 충실하게 체계를 세운 문법서가 아직도 출간 되지 않았다는 점을 생각할 때, 우리는 여전히 이 책에 경외와 찬사를 바칠 수밖에 없는 것이다.

(『한국인』, 명저의 초점, 1987년 3월호)

어원 연구와 실증의 정신

– 이기문, 『국어어휘사연구』 (동아출판사, 1991)
– 최승렬, 『한국어의 어원과 한국인의 사상』 (한샘출판사, 1990)

하나.

우리말에 대한 사랑과 이해의 폭이 넓어지면서 우리말 낱말의 어원을 알고 싶어 하는 사람도 늘어났다. 우리말 사전을 가까이에 두고 자주 펼쳐 보는 시인 소설가 같은 작가들은 말할 것도 없고, 우리의 전통문화에 관심을 둔 분들도 자연스럽게 우리말에 관심을 기울이게 되고 더 나아가 특정한 낱말의 근원에 대해서도 궁금증을 갖게 되었다. 민족문화에 대한 인식의 폭이 넓어지고 깊어가는 이러한 현상에 발맞추어 우리말 연구분야에서는 최근 수년 간에 부쩍 우리말 어원語源탐색의 분위기가 고조되었고 그 결과가 몇 권의 책으로 간행되었다.

이 글에서는 그 동안 간행된 우리말 어원 연구서 가운데 대표적인 것 한두 권을 검토의 대상으로 삼고자 한다. 그러나 논의에 들어가기에 앞서서 우리말의 어원 연구가 어떤 한계성 내지는 특성을 지니고 있는가를 간략히 언급할 필요가 있을 것 같다. 어원 연구가 어떤 것인지, 또 우리말 어원 연구에 어떤 제약이 있는지를 알고 나면 저절로 검토 대상이 되는 저서의 성격이나 공적이 드러날 것이기 때문이다. 원래 어원 연구는 낱말의 연대기年代記를 작성하는 것이라고 간명하게 규정할 수 있다. 그러므로 당연히 문헌에 기록된 자료가 있어야 함을 대전제로 한다. 물론 언어 자료가 들어 있는 문헌의 간행 연대가 명백한 것이어야 그것이 신빙성 있는 문헌으로 취급된다. 따라서 우리말의 어원 연구는 원천적으로 훈민정음이 창제된 15세기 중엽A.D 1443년을 더 이상 거슬러 올라갈 수 없게 되어 있다. 두말할 것도 없이 훈민정음의 창제 이후에야 우리말을 정확하게 문헌에 남길 수 있었기 때문이다. 이러한 사정은 기원전 1400년경의 명판[tablets]이 발견되고, 기원전 1000년경의 호메로스의 서사시 『일리야드』와 『오디세이』의 명작이 전해지는 희랍어의 경우, 또 기원전 1200년에서 기원전 800년경에 걸치는 베다veda 찬미가를 보유하고 있는 고대 인도어, 산스크리트 어의 경우를 생각해 본다면 우리말의 어원연구와 저들 인도 유럽 어의 어원 연구와의 차이가 얼마나 큰가를 짐작할 수 있을 것이다. 어림잡아 2천 년에서 3천 년 정도의 차이가 있다. 영어의 경우만 하더라도, 앵글로색슨족이 기록한 고대영어의 문헌은 8세기 초부터 나타나기 시작한다. 우리말과 비교한다면 700여 년의 차이가 있다. 더구나 인도유럽 언어들은 상호간에 친족親族관계가 대부분 명쾌하게 증명되어 있고, 또 서로 다른 언어 사이에 차용어借用語의 주고 받음도 문헌에 의해 밝혀져 있기 때문에 유럽언어의 어원탐구라는 것은 언어 자료가 실려있는 문헌을 차분하게 정리하는 것으로 대부분 해결할 수 있다.

그러면 우리말의 경우는 어떠한가? 확증을 잡을 수 있는 문헌 자료는 15세기 이전으로는 거슬러 올라갈 수 없으며, 우리말이 알타이 어족에 속한다고 하는 다른 언어들도 우리말과 마찬가지로 문헌 자료가 빈약하여 비교언어학적 고찰도 유럽 언어들의 그것과는 전혀 사정이 다르다. 이 정도면 우리말의 어원 탐구가 얼마나 힘든 작업인가를 충분히 짐작하였을 것이다.

다음으로 미리 언급해 두어야 할 사항이 하나 더 있다. 그것은 어원을 탐구하고자 할 때에 지녀야 할 기본 태도이다. 역사적 연구 방법을 택하는 모든 다른 분야의 연구와 마찬가지로 어원 연구도 엄정한 방법론을 바탕으로 한다. 그 엄정한 방법론은 뚜렷한 증거가 되는 것만을 논의한다고 하는 실증주의를 기초로 하는 것이다. 다시 말하여 증명되지 않는 것은 절대로 언급하지 않는다는 태도이다. 그것은 마치 아무리 심증心證이 있다 하더라도 물적 증거를 확보하지 못하면 범죄 행위를 인정할 수 없기 때문에 피의자를 처벌할 수 없는 형법의 세계에 비유됨직하다. 그러나 돌이켜보면 민족적 우월감 내지는 민족적 우월성을 강조하고자 하는 민족애의 차원에서 학문적으로 면밀하게 검토되고 논증되지 않은 사항들을 학문적 업적으로 혼동하여 선전하기도 하고 이해하기도 하는 사례가 종종 있었다. 그것은 일제 식민지 기간에 억눌렸던 민족정기를 되살리고 민족적 자긍심을 고취하는 방편으로는 다소 도움이 될 수 있겠으나 냉엄하게 객관성을 유지해야 하는 학문의 세계에서는 피해야 할 일이었다. 그런데 유감스럽게도 우리말 어원 연구 분야에서도 이와 같은 사례가 아주 없지는 않았다. 어원 탐구가 현존 낱말의 연대기를 밝히는 것이요 사실을 실증實證의 바탕 위에 서 있는 그대로 정리하는 것이지, 있을 법한 것 또는 있었으면 좋을 것을 상상하거나 막연하게 추정하는 것이 아니다. 그렇지만 바로 이 점이 우리말 어원 연구에서 크게 문제가 된다. 확실한 문헌 자료로서는 15세기 정음 문헌을 거슬러 올라갈 수 없으나, 그 이전의 낱말 연대기도 만들고 싶은 욕심은 자연히 한자漢字차용표기에 눈을 돌리지 않을 수 없게 하였다. 그리하여 우리나라 역사책에 한자로 기록된 사람 이름, 땅 이름, 벼슬 이름 등 고유명사가 어원연구에 중요한 표적으로 등장하였다. 그래서 그들 한자로 적힌 고유명사를 때로는 음音으로 읽고 때로는 훈訓 즉 뜻으로 읽으면서 15세기 이전의 우리말 낱말의 형태를 재구성하려는 노력이 지속되었다. 이 과정은 방법론의 객관성과 치밀성만 보장된다면 그 추정이 어느 정도 신빙할 만하지만 궁극적으로는 결론이 유보되는 것이 보통이다. 이러한 어려움을 극복하면서 지금까지 우리말의 어원연구가 진척되었다.

둘.

그러면 이제 우리가 논의하고자 하는 두 권의 책을 차례로 살펴보기로 한다. 먼저 이기문李基文교수의 『국어어휘사연구國語語彙史研究』동아출판사, 1991, 국판 422면를 펼쳐보기로 하자. 이 책은 다음의 4부로 구성되었다.

제1부 : 어휘사
제2부 : 어원
제3부 : 차용어
제4부 : 한자의 새김과 고대어

위와 같이 4부로 나눈 것은 각 부에 속한 주제에 따라 각각 독립된 논문을 묶어서 전체로서의 통일성을 모색하였기 때문이다. 처음부터 단행본으로 구상하여 집필한 것이 아니라, 1958년에 발표한 논문에서 1991년에 쓴 1부의 1장에 이르기까지 30여 년에 걸쳐 궁리한 것을 정리한 논문집이다. 우리말을 공부하는 사람이라면 이미 학술지에서 읽은 것을 다시 대하게 되는 글들인데, 그때에 깨우치고 확인했던 사항들이 국어 어휘사를 구성하고자 할 때에는 어느 자리에 놓이는가를 알게 해준다는 점에서 의미가 있는 책이다. 한마디로 요약한다면, 학문적 양심과 성실성이 우리말 어원 연구에 어떻게 반영되었는가를 알아볼 수 있는 표준적인 업적이라고 할 수 있다. 동시에 이 책은 우리말 어원 연구의 현주소이기도 하다.

1부 첫째 장에서 글쓴이는 어휘 연구의 어려움을 시대별로 나누어 고찰한다. 우리가 흔히 삼국시대라고 지칭하는 때의 고구려, 백제, 신라 세 나라 말이 얼마만큼 비슷하고 얼마만큼 달랐던 것인가에 대해 고민하면서 적어도 '谷'을 뜻하는 신라말은 '실'이고 고구려말은 '튼·단·돈' 이었으며 '城'을 뜻하는 신라말은 '잣'城叱, 고구려 말은 '홀'忽, 백제말은 '긔'己였음에 주목한다. 어휘상의 차이점이 어휘형태의 확인과 발굴에 의미가 있음을 시사하는 것이라고 볼 수 있다. 고려시대의 어휘 자료는 그 대부분을 『계림유사鷄林類事』에 의존하고 있는데, 글쓴이는 거기에서 아직까지 해독이 안 되는 어휘가 얼마나 있는가를 상기시킨다. 그런 것들이 해결되지 않은 상태에서 어휘 연구가 얼마나 더 진척될 수 있겠는가를 회의하고 있다. 그 다음으로 한자어, 차용어, 신어新語문제를 개관한다. 문자를 매개로 하여 삼국시대 이래 19세기 말까지 중국으로부터 유입된 한자어는 국어어휘의 상당수를 점유하고 있으므로 이것이 어휘사 연구에 대단히 중요한 부분이면서도 현재로서는 거의 손을 대지 못하고 있는 실정임을 고백한다. 차용어는 크게 중국어, 몽고어, 일본어 계통으로 나누어진다는 것과 이들 각 계통 차용어의 성격이 다르다는 사실에 주목한다. 신어의 출현은 옛말의 소멸과 함께 종합적으로 검토되어야 할 것인데 낱말 하나하나가 그 나름의 음운론적·문화사회사적 여러 요인이 작용하여 소멸하고 생성되는 것이기 때문에 시대별로 자료 정리가 먼저 이루어져야 함을 강조하였다, 어휘 연구와 어원 연구의 상관성 내지 범위를 파악하게 하는 도입의 역할을 하고 있다. 2장에서는 15세기에 쌍형으로 존재하거나 계기적으로 출현하는 낱말들을 어떻게 체계적으로 이해할 것인가를 검토하였다. '둡- : 덥-', 'ᄆᆡᆼᄀᆞᆯ- : ᄆᆞᆫᄃᆞᆯ-', '반ᄃᆞ기 : 반ᄃᆞ시', '듣글 :드틀' 등이 논의되었다. 제3장에서는 3인칭 대명사 '그'가 서유럽 문화의 영향을 받아 20세기초 근대소설에 처음 나타났음을 검증하였다. 제4장에서는 '아자비' '아ᄌᆞ미'에 나오는 '앛-'이 '從'의 뜻을 갖는 접두사로 기능하고 있음을 밝혔다. 이렇게 하여 문헌에 나타난 어형들을 얼마만큼 치밀하게 다루어야 하는가를 보여 주었다.

2부는 5장에서 8장까지인데 어원 연구에 수반하는 문제점들을 개별적인 사례와 총체적 고찰의 두 방향으로 점검하고 있다. 5장은 과학적인 방법에 의한 어원 연구의 필요성과 어원사전의 출현이 요구된다는 점을 강조하면서 '나라'國, '바라'處에 나오는 '-라'가 기원적으로는 공간을 뜻하는 명사 파생 접미사 '-랗'에 소급된다는 것, '일큳- : 일클-'이 '잃名 + 글稱'의 복합형이라는 것, '홀아비, 홀어미'의 접두사 '홀-'이 중세어 'ᄒᆞᄫᆞᆯ-'에 소급한다는 것을 증명하였다. 6장은 어원 연구에서 짚고 넘어가야 할 것들, 곧 차용어, 고대 고유명사, 어휘의 재구방법, 비교연구 등 네 항목을 살피고 있다. 현대어의 '개숫물'이 '갸스什物·器皿라는 중국어 차용에 연맥이 닿아 있다는 것, 한자차용표기에 의한 고대 고유명사를 바르게 읽기 위하여 정밀한 방법론이 개발되어야 한다는 것이 거듭 강조되었다. 7장과 8장은 1920년대 이래 비교적 바람직한 방향을 잡고 전개된 몇몇 어원론 연구 업적들을 개관하였다. 여기에서 권덕규權悳奎, 방종현方鐘鉉, 전몽수全蒙秀, 양주동梁柱東의 연구 성과가 재검토되었다.

3부는 9장에서 19장까지인데 모두 차용어에 관한 치밀한 논의들이다. 9장에서는 말[馬]과 매[鷹] 및 군사 용어에 속하는 몽고 차용어 24개를 자세하게 해명하였다. 10장도 응골명鷹鶻名을 다루었고, 11장에서 13장까지 중세몽고어에서 중세국어고려시대와 조선시대 전기에 들어온 것으로 믿어지는 낱말들이 심도있게 검토되었다. '가탈, 빛, 슈라, 녹대, 가달' 등 우리나라 언어문화사에 특이하게 기억될 흥미있는 낱말들이 진지하게 논의 되었다. 이 분야는 거의 글쓴이 혼자의 독보적인 개척의 성과라고 할 수 있다.

14장에서 15장까지는 여진어, 만주·퉁구스 제어諸語가 논의의 대상이 되었다. 14장에서는 여진어 기원의 땅이름으로부터 '豆滿萬, 伊板牛, 羅端七, 雙介孔穴, 童巾鐘, 斡合石, 于籠耳雉, 木郎古鏡, 家舍村, 愁所鄕村' 등의 낱말이 우리나라 책에 그 흔적을 남기고 있음을 밝혔다오른쪽 작은 한자가 그 낱말의 뜻풀이임. 15장에는 만주·퉁구스제어에서 우리말에 편입된 차용어가 얼마나 되는가를 헤아렸다. '沙吾里站, 逸彦民, 所乙古朝鮮人, 惡呼無, 叱咗死, ㅁ狄哈野人, 移闌三, 猛安千, 紉出闊失眞珠, 唐括百, 伯顔富, 引答忽犬' 등은 한자로 기록된 것들이고 '아래綾魚, 사부鞋, 재비小船, 탄鳥網, 오로시長革靴, 너패熊, 우캐水, 탑숭鹽, 쏙캐담비, 토하리火, 야사眼, 널쿠遮雨雪之衣, 소부리鞍裝, 쿠리매褂子, 마흐래冠, 감토帽, 슈슈蜀黍, 발귀썰매, 미시麨麵, 시라손土豹, 줌치囊橐' 등은 한글로 표기된 것들이다. 그중에서 '발귀, 시라손이, 줌치' 등은 지금도 생생하게 살아있는 낱말이다.

16장에서 18장까지는 중국어 차용어를 다루고 있다, 16장에서는 근세중국어로부터 우리말에 받아들인 차용어를 보배, 옷, 옷감, 그릇, 음식, 장사 용어, 관공서 용어, 곡식과 채소 등으로 분류하여 72개 어휘를 찾아 해명하였다. '보배寶, 상투, 비단緞, 무명綿, 다홍紅, 자주紫, 피리, 사탕砂糖, 천량, 배추' 등은 지금도 빈도 높게 쓰이는 낱말들이다. 17장은 아주 이른 시기에 '먹'墨과 '붓'筆을 중국어에서 받아들였듯이 '글'文이란 낱말도 한자 '계契'의 차용일 가능성이 매우 큰 것 아니냐는 의문을 던졌다. 18장에서는 유형원柳馨遠의 『반계수록磻溪隨錄』과 황윤석黃胤錫의 『이수신편理藪新編』으로부터 각각 16개항과 8개항의 중국어 차용어를 더 찾아냈다. 애초에 문자를 매개로 하여 유입되었을 것으로 짐작되는 '인정'人情 : 뇌물과 같은 낱말이 있고 세월을 거치는 동안 고유어처럼 변모한 것으로 '사냥, 성냥, 짐승, 사랑' 같은 낱말이 있음을 해명하였다. 한편 우리말이 중국어에 차용되었다가 다시 돌아온 것으로 '모시紵, 毛施, 심蔘, 인삼'을 들 수 있다고 하여 서로 접촉하고 있는 두 언어 사이에서 낱말의 주고 받음이 어떻게 흥미있게 전개되는가도 밝혀내었다.

19장은 9장에서 18장까지의 연구가 어떤 기틀 위에 이루어졌는가를 해명한 이론편이다. 차용어 확인에 적용될 수 있는 기준에는 음운론적, 형태론적, 의미론적, 어휘론적 기준이 있음을 주장한다. 즉 차용 관계가 성립하려면 두 언어 사이에 일정한 음운 대당音韻對當의 규칙을 좇는다는 점, 의미가 제한적으로만 쓰인다는 점, 어휘체계에서는 고립되어 있는 낱말, 다시 말하여 단어족word-family의 하나가 아닌 외톨이 낱말이라는 점 등이 차용어 확인의 필요 조건 또는 충분 조건으로 작용한다고 하였다. 여기에서도 한국어에서 퉁구스제어에 유입된 단어로 '가새'가위가 계산될 수 있음을 조심스럽게 내비쳤다.

4부는 20장에서 24장까지로 고대어 재구성에 도움을 주는 한자새김의 고찰로 일관한다. 20장에서 한자새김은 그 글자를 받아들일 당시에 생긴 것으로 그 후에 어떤 사정에 의해 새로이 바뀌는 경우가 있으나 대체로는 그 글자음音과 더불어 강한 보수성保守性을 지니기 때문에 그 새김[字釋 또는 字訓]이 고대어를 재구성하는 데 결정적인 단서가 될 수 있음을 힘주어 말한다. 따라서 석봉 천자문보다 일찍 간행된 광주판光州版 『천자문』A.D. 1575년이나 『신증유합新增類合』A.D. 1576년의 특이한 새김에 각별한 관심을 기울여야 할 것을 주장하였다. 21장에서는 신라어에서 '童동'을 뜻하는 낱말이 '福복'이라는 발음 형태로 나타났음을 주목하였다. 이것은 현대어에서 '울보, 떡보' 등에 남아 있는 '-보'의 고대어형이었음을 짐작하게 한다. 22장에서는 『삼국사기』 지리지地理志에 나온 고구려 땅이름에 음독音讀표기와 석독釋讀표기가 나란히 있는 것들을 대비하여 '買水, 忽城, 內米池, 於斯橫, 內・奴壤・土, 吐提, 密三, 于次五, 難隱七, 德十, 旦・呑・頓谷, 別重, 於乙泉, 乃勿鉛, 甲穴' 등 신빙성 있는 고구려 낱말들을 찾아냈다. 23장은 백제어로 생각되는 몇 개의 낱말을 검토하였다. '임금'을 나타내는 '吉支', '성城'을 가리키는 '己', 벌판이나 들野을 가리키는 '夫里' 등을 논의 하면서 이들 낱말이 백제에만 국한되어 쓰이지는 않았음을 환기시켰다. 24장은 한자새김 연구의 정밀화를 위하여 노력할 점이 무엇인가를 논의하였다.

이상으로 국어어휘사의 내용을 개관하였다. 책장 갈피마다 검증 제일주의, 정밀 지상주의가 넘쳐흐른다. 그러나 글쓴이는 그러한 검증과 정밀 작업을 아무리 강조해도 부족하다고 역설한다. 우리는 이런 수준의 업적이 몇 십 권쯤 쌓인 뒤에나 이른바 읽을 만한 우리말 어원사전이 만들어질 수 있을 것이라도 생각하여야 할 것이다.

셋.

다음으로 최승렬崔承烈 선생의 『한국어의 어원과 한국인의 사상思想』한샘출판사, 1990, 국판 270면을 살펴보기로 한다. 이 책은 우리말의 어원을 다루고는 있으나 엄격한 의미에서 국어학 연구서는 아니다. 글쓴이 자신이 민족의 정신세계를 집어내어 참모습을 내보이고 생각하게 하려는 것이라고 머리말에서 밝히고 있거니와, 한국인의 자기 발견이라는 정신사적 차원의 목적을 설정하고 다분히 대중계몽적인 서술방식을 택하고 있기 때문이다. 그러나 학술적인 서적만 서적이라고는 할 수 없으며 어원 문제가 사상적 경향을 탐색하는 데 도움을 줄 수 있다는 시각에서 우리는 이 책도 애정을 가지고 살펴볼 충분한 가치가 있다고 생각한다, 기본적인 흠이 있다면 고유한 우리말은 아름다웠으며 외래의 것은 불순하다고 하는 민족적 순정醇正주의가 너무 강하게 작용하여 역사의 흐름과 문화 변천 현상을 냉엄하게 객관적으로 바라보게 하는 데에는 미흡할 것이라는 느낌을 준다는 점이다.

이 책은 편의상 세 부분으로 나누어 보는 것이 좋을 듯싶다. 제1부는 '어원을 찾아서', 제2부는 '언어를 통해 본 한국인의 원형原型', 제3부는 개별 낱말의 어원 탐색이다.

1부에서는 어원 연구의 소박한 방법론을 제시하고 있다. 언어의 원시 형태는 낱말의 수에 제한이 있었을 것이며 그 원초적인 몇 개의 낱말로부터 무수히 많은 낱말이 파생되어 나왔을 것이라는 가설을 제시한다. 이것은 마치 고대 그리스나 인도에서 이 세상의 물질은 핵심적인 네 개의 원소元素로 되어 있다고 주장했던 것과 흡사하다. 이러한 가설은 검증이 불가능하기 때문에 전혀 설득력이 없다는 약점을 안고 있다. 글쓴이가 이런 가설을 세우게 된 까닭은 어원 탐색을 사실에 근거한 추적이 아니라 가설을 전제로 하는 꿰어맞추기로 이해하고 있기 때문이다. 글쓴이는 다음과 같이 말한다. "어원을 찾는 작업은 결국 이 원시시대에 사용되었을 기본적인 말을 찾는 것과 같은 일이다."19면 이러한 전제는 이미 어원 탐색이 증거 불충분한 상상력의 전시장이 될 위험을 안고 있다. 가령 '밤'夜이 '블火+아ᅀᅳᆷ奪'라는 복합어의 준말이라고 하는데21면, 그 비슷한 형태의 어느 지방 사투리라도 있다면 모를까 너무 황당하여 뒷말을 이을 수가 없다. 더구나 '봄'春은 '블火+옴來'의 복합이라고 주장한다. '블아ᅀᅳᆷ'이 '밤'夜이라면 '블옴'은 '낮'晝이 되어야 논리적으로 맞을 것 아닌가? 만일에 그럴 듯한 상상력으로 어원이 해결될 수 있으리라는 그릇된 인식을 읽는 이들에게 갖게 한다면 이 책은 얻는 것보다는 잃는 것이 많은 책이 될 수밖에 없을 것이다. 물론 이 책의 내용이 모두 그렇게 허황한 것만은 아니다.

제2부에서는 우리말을 근거로 하여 우리 민족이 어떤 생각을 하며 살아온 심성의 소유자들인가를 밝히려 하였다. 종자種子를 생명의 근원으로 생각하리라는 전제하에 종자를 나타내는 낱말로 '불'과 '시'를 상정한다. 그리고 '불'은 '알'과 결합하여 '불알'睾丸이 되고 '시'는 '입'口과 결합하여 '씹'女陰이 되었다고 주장한다. 이와 같이 생명관에서는 생명의 근원에 종자 개념이 들어 있다고 말하였는데 다시 여성관에서는 여성을 생명의 근원으로 여겼을 것이라 하여 아내[妻]를 뜻하는 옛말에 '가시'가 있음에 주목한다. '가시'의 어근은 '갓'이고 그것은 상부, 첨단, 시초, 변邊의 뜻이 있다 하여40면 '갓笠, ᄀᆞᆺ邊, 가시荊, 아시初'와의 상관성을 설명한다. 여기에 이르러 모음 변이, 자음 변이, 음절의 축약 등 음운론적 현상이 편한 대로 해석되고 의미의 연관성도 기준없이 적용되는 것을 보게 된다.

제3부에서는 '물, 불, 해太陽, 나壤·地, ᄯᅡᇂ地, 갈刀, 깃' 등 30여 개의 낱말이 검토의 대상으로 등장한다. 그러나 이미 앞에서도 언급한 바와 같이 기발한 착상과 상상력으로 단어족單語族을 구성하고 그들의 상관

관계를 엮는 것이 흥미롭기는 하나, 체계적인 검증의 미비로 전혀 설득력을 얻지 못하고 있다.

다만 한 가지, 이 책 전편에 흐르는 나라사랑의 정신만은 높이 평가하여야 할 것이다. 그리고 일본어와 우리말과의 관계가 그리 심상치는 않다는 믿음을 넣어준다는 점은 분명하다.

(『창작과비평』, 1993년 봄호)

이익섭의 『방언학』

하나.

숲을 보는 사람은 나무를 보지 못하고 나무를 보는 사람은 숲을 보지 못하는 것이 우리들 인간이 지닌 공통적인 약점의 하나이다. 특히 궁벽한 학문 분야에 있어서는 때때로 한쪽에 치우쳐 숲만 바라보거나 몇 그루의 나무만 바라보는 것을 자랑으로 여기기까지 한다.

방언학은 실로 궁벽한 학문이다. 세상 사람들은 방언학이라는 학문의 필요성은커녕 그런 학문의 존재조차 모른다. 인문과학 안에서도 언어학이나 국어학을 하는 사람이 아니고서는 방언학의 존재 이유에 대하여 깊이 있는 이해를 가진 사람이 그렇게 많지 않다. 이러한 우리나라의 학문 풍토에서 이익섭李翊燮 선생의 『방언학方言學』이 상재上梓되었다는 것은 이제 우리나라도 늦은 감이 있기는 하지만, 학문이 구색을 갖추며 각 분야가 하나씩하나씩 자리잡혀 가는구나 하는 감회를 자아내기에 충분한 사건이었다. 왜냐하면 평자는 이 책을 읽으면서 줄곧 방언에 관한 한, 서두에서 말한 숲과 나무의 대비對比이야기가 이 책의 진면목을 드러내는 열쇠라는 생각을 머릿속에서 떨쳐 버릴 수 없었기 때문이다. 한 마디로 말하여 이 선생은 이 책에서 방언학의 숲과 나무를, 아니 나뭇가지와 잎사귀와 엽맥葉脈까지를 빠뜨리지 않고 보여주는 데 성공하였다.

그는 방언학이 세상 사람들에게 인기를 끄는 학문이 아님을 대전제로 삼고 있다. 그렇다고 남이 알아주지도 않는 학문을 한다는 것에 대해 속기俗氣 어린 분노나 불만 같은 것을 털어 놓으려는 털끝만한 낌새도 내비치지 않는다. 오히려 방언학에 종사하는 것을 스스로 천직이라 다짐하면서 방언학이 도대체 무엇을 연구하는 것인지 진실로 오군조군하게 차분히 설명해 나가고 있다. 빠뜨리는 말을 한 마디도 찾을 수 없는 치밀하고도 조리있는 해설에 접하면서 독자들은 아마도 자상하고 친절한 문면 뒤에 감추어져 있는 깐깐하고 깔끔한 이 교수의 인간적 기질까지도 배우게 될 것이다. 조금쯤 허술하고 성급한 성격의 독자라면 방언학이 지니고 있는사실은 모든 학문이 다 그러한 것이지만 모래알 모으기 식의 학문적 적공積功과 돌다리도 두드려 건너는 방법론적 태도 앞에 지레 겁을 먹을 수도 있을 것이라는 염려가 있음직하다. 그러나 방언에 대해 얼마간의 애정이라도 있는 사람이라면 방언학이라는 것이 얼마나 정이 담긴 학문이며 다른 분야의 어떤 학문보다도 인간적이고, 인간을 배우는 학문이라는 것을 감동적으로 깨닫게 될 것이다. 이러한 효과는 과거 주마간산격走馬看山格의 방언학 책에서는 상상조차 할 수 없었던 일이었다. 평자 자신도 이 선생의 담담한 설명에 빠져들다가 어떠한 학문 분야이건 거기에 깊은 애정으로 정성을 쏟는 것이 그대로 성실한 인간이 되는 구도의 방편이라는 해묵은 진리를 거듭 확인할 수 있었다.

둘.

이 책은 다음과 같은 6장으로 구성 되었다.

제1장 방언이란 무엇인가?
제2장 방언학의 발달
제3장 조사 방법
제4장 언어 지도와 방언 구획
제5장 사회방언
제6장 방언의 전파

저자 이익섭은 6개의 장으로 이 책이 완결된 것이 아님을 겸손하게 표명하고 있다. 결론에 해당하는 글이 없음을 두고 하는 말이지만 오히려 이 점은 이 선생의 학문적 양심을 보는 것 같아 흐뭇하다. 왜냐하면 어떤 책에 있어서 형식적으로 마무리하는 결론 장이라는 것은 그야말로 형식일 뿐이기 때문이다. 어떤 학문에 일찍이 완결을 선언하는 결론이 가능하였단 말인가?

셋.

제1장에서 저자는 '방언'을 표준어와의 대비에서, 지역적 구분과 사회계층적 구분에서, 그리고 언어 차원과의 관계를 통하여 명쾌하게 이해시키고 있다. 방언에 대한 이해가 전혀 없는 문외한일지라도 제1장을 읽는 동안 '사투리'라 하여 관심 밖으로 밀어냈던 방언이 얼마나 소중한, 실질적이고 구체적인 언어의 하나인가를 알게 될 것이다. 그리하여 가벼운 마음으로 제1장을 읽기 시작한 독자는 틀림없이 제 6장까지 숨도 돌리지 않고 독파하지 않을까 싶다.

제2장은 방언학의 형성과 변천을 요약한 방언학 약사略史이다. 언어지리학을 주축으로 하고 최근에 논의된 구조방언학, 생성방언학, 도시방언학 및 사회방언학에 이르기까지 다양한 방언학의 흐름을 간명하게 압축하였다. 물론 저자의 주된 관심은 언어 지도를 작성하는 전통적인 언어지리학에 놓여 있다. 언어 지도를 작성함에 있어 우리보다 앞선 나라들의 실례를 읽으면서 안목이 있는 독자들은 우리가 어찌하여 문화 전반에 걸쳐 저들의 앞선 나라보다 상당히 뒤떨어져 있는가를 통감하게 될 것이다. 멀리는 일백 년쯤 앞선 나라도 있으며, 가까이로는 적어도 30년쯤은 앞선 나라의 이야기가 나온다.

이상의 서설 부분을 읽고 나면 저자의 참모습이 밝혀지는 제3장에 이른다. 저자는 1950년대 말에서부터 오늘날까지 근 30년 가까운 세월, 간단間斷없는 현지 조사로 그야말로 청춘을 불사른 사람이다. 조사방법에 관한 한 그는 우리나라에서 가장 자신있는 발언을 할 자격을 갖추고 있다. 그리하여 당연한 결과이지만, 우리가 제3장을 읽을 때에는 방언조사에 관한 방법론을 배우는 것이 아니라 실제로 미지의 어느 지역에서 지금 막 조사를 진행하고 있다는 착각에 빠진다. 그만큼 3장의 각 항목들은 생생한 현장감까지 전달하고 있다. 질문지, 조사 지점, 제보자, 면접, 녹음과 전시轉寫, 조사원, 자료정리등 모두 7절로 나뉘어 있다. 도대체 사투리 따위는 조사해 무엇에 쓰느냐고 방언학의 존재 자체를 부정하는 사람이라도 조금만 인내심을 가지고 이 3장을 읽고 나면, 거기에 무궁무진한 삶의 실상이 놓여 있음을 발견하고, 또 그것을 겸허하게 방언학이란 명칭으로 감싸고 있음에 놀라움을 갖추지 못할 것이다. 저자가 스스로 고백하였거니와 제3장은 다른 어느 부분보다 저자의 정성과 혼이 깃들어 있다, 저자의 사람됨을 만나게 되는 곳도 바로 이 3장이다.

이제 3장까지 읽은 독자라면 별 수 없이 방언학의 묘미에 매료되어 제4장에 눈을 돌리게 된다. 여기서부터는 방언학의 과제들이 진지하게 논의된다. 언어 지도는 진열지도陳列地圖와 해석지도解釋地圖로 양분된다는 것과 이들의 특성이 무엇인가를 실례를 들어 설명하고 있다. 이 설명은 자연스럽게 등어선等語線 문제와 방언 구획 작업에 연결된다. 저자의 오랜 현지답사 경험을 토대로 한 서술이기 때문에 어느 부분 허술한 틈이 없다. 일단 언급한 내용은 간결하게 요체를 파헤친다. 등어선 문제만 하더라도 이론상으로는 7등급의 등어선을 상정할 수 있으나 그렇게 세분화한 등어선 작업이 실용화 단계에 있지 않음을 지적하고, 그것이 이상적인 방언 구획을 설정하는 일과 함께 국어 방언학이 해결해야 할 과제임을 설득력있게 제시하고 있다. 방언의 연구가 얼마나 현실적인 생활과 의식에 밀착되어 있어야 하는가도 저자는 기회있는 대로 해명한다. 방언구획이 언중의 방언의식과 일치되어야 이상적인 방언구획임을 설명하는 부분이 그 좋은 예이다. 4장에서 독자들에게 비교적 강렬하게 인상지어지는 부분은 국어 방언학의 당면과제로 지적한 방언 구획의 문제와 전이지대轉移地帶에 대한 새로운 조명이라 할 수 있다. 비록 입문서의 성격을 띤 책이지만 방언학의 방향에 관한 문제까지 짚고 넘어가는 것은 저자가 이 분야에 얼마나 온축蘊蓄한 바가 많은가를 입증한다. 전이 지대의 문제는 방언 경계문제와 아울러 이 지대의 생활권과 문화권의 문제와 결부됨으로써 사회방언의 과제를 몰고 온다. 그리하여 우리의 흥미는 제 5장으로 옮겨 간다.

제5장은 사회방언학을 소개하는 데 주력하고 있다. 세상 사람들은 언어 현상이 사회적 상황과 긴밀한 관계에 있다는 사실을 막연하게 인식하고 있다. 이에 대한 구미 학계의 현황은 좀 더 일찍 알려졌어야 했는데 이제 겨우 저자의 노고에 의해서 그 갈증이 해소되었다. 계량분석計量分析을 기본적인 방법론으로 삼고 있는 사회방언학의 연구 성과는 사회 계층과 언어사이의 상관성을 움직일 수 없는 진리로 굳혀 놓았다. 이 부분을 읽는 독자들은 국어 문제와 관련한 사회 현상에 대해 연구·조사하여야 할 것이 너무도 많이 있다는 것을 확인하게 될 것이다.

제6장은 방언의 전파 문제를 다루고 있다. 방언이 현실적이고 구체적인 개인의 언어로서 하나의 지역이나 사회계층에서 어떻게 다른 지역 계층에 옮겨 가면서 그 생명력을 신장하는가를 구체 사례를 통하여 배우게 된다. 파동설波動說, 개신파改新波, 잔재 지역殘滓地域 같은 용어의 개념이 분명해지는 것과 동시에 독자들은 지금까지 다루어

온 방언의 여러 문제가 곧 신비의 생명체를 다루는 문제였다는 것을 깨닫고 겸허하고도 숙연한 자세가 될 것이다. 그렇다고 저자가 방언학을 설명하면서 어느 한구석 인생의 철리哲理를 꿰뚫은 각자연覺者然하는 장면이 있다고 오해해서는 안 된다. 오히려 저자의 태도는 그와는 정반대이다. 저자는 단 한마디도 자기가 왜 방언학을 하게 되었으며 거기에 심혈을 기울이게 되었는지를 말하지 않는다. 방언학 안에서 문제되는 것들만을 순박한 장인의 입장에서 서술하고 있을 뿐이다. 바로 이 점이 독자들에게 감동적으로 와 닿는 것이 아닌가 싶다.

넷.

이 책은 실질적으로 우리나라에서 간행된 방언학의 최초의 이론서요. 입문서이다. 방언연구 자체의 연령은 그럭저럭 반세기에 가깝지만 그 동안 연구 방법을 알려주는 길잡이 책이 신통치 않았다는 것은 정말 기이한 부끄러움이었다. 이 부끄러움에서 벗어나자는 것이 저자가 이 책을 통하여 바라는 염원이다.

평자는 저자 이 교수와 30년의 지기知己이다. 그런 의미에서 어쩌면 이 책을 평하는 데 적합하지 않은 사람인지도 모른다. 그럼에도 불구하고 평자는 이 책에 대하여 용훼容喙하기를 서슴지 않았다. 어쩌다 원고료라도 몇 푼 생기면 대포 한 잔도 마음놓고 못 마시며 꿍쳐두고 감춰 두었다가, 수십 달러씩 하는 외서外書를 사 읽는 정성, 그 정성에는 마누라와 자식들에게 외식 한번 제대로 사주지 못하는 안스러움도,

그래서 마누라의 달관達觀도 들어 있는데, 이러한 희생을 운명으로 수렴하며 바보스럽게 살아온 친구의 책에 대해 작은 격려의 박수라도 보내고 싶은 것이 평자의 솔직한 심정이기 때문이었다.

아마 앞으로도 얼마간은 방언학에 뜻을 둔 사람들이 이 책을 읽으며 가족으로부터 이웃으로부터 눈총을 받는 서러움을 감내할 것이다. 그때에도 평자의 위로는 여전히 유효하다는 말을 덧붙이고 싶다.

(『세계의 문학』, 1985년 여름호)

최태영의 번역성경 연구

하나.

이른바 '은자의 나라'로 유유자적하던 19세기 조선왕조가 서구 열강에 노출된 것은 세계사의 흐름에서 보면 불가피하고도 자연스러운 현상이겠으나 조선왕조의 처지에서는 망국으로 줄달음치는 행보이었고, 따라서 피할 수만 있다면 피하고 싶은 독배毒杯같은 것이었다. 그것이 독배일 수밖에 없었던 이유는 새로운 문물과 시대 상황에 슬기롭게 수용, 대처하지 못하고 나라를 잃는 비운에 다달았기 때문이다. 그러나 그러한 망국의 행보 속에서도 오늘날에 와서는 긍정적으로 평가되는 사항들이 없지 않은데, 그 가운데에 기독교 문화가 우리나라 근대화에 끼친 공적은 가장 돋보이는 부분의 하나이다. 최태영崔泰榮 선생의 논문 「초기 번역성경과 띄어쓰기」는 바로 그러한 기독교문화가 우리 문화에 끼친 공적 중에서 어문 생활에 끼친 영향을 집중적으로 탐구하고 있다. 그 동안 이 분야에 대한 관심은 60년대와 70년대에 간간이 논의되기는 했으나 본격적인 작업은 80년대에 최태영 선생의 일련의 노작勞作들에 의하여 비로소 체계있게 정리된 바 있다. 오늘 논의되는 논문도 최 선생의 앞선 연구와 연계되어 있는 후속작업으로서 특히 '띄어쓰기'만을 집중적으로 다루었다는 점에서 주목되는 업적이라고 하겠다.

국어 정서법에서 '띄어쓰기'의 중요성은 아무리 강조해도 지나치지 않는다. 한글 맞춤법이 처음으로 제정된 1933년에도 총칙의 제3항으로 명시되었고 현행 한글맞춤법에도 총칙 제2항 "문장의 각 단어는 띄어 씀을 원칙으로 한다."라고 규정해 놓을 정도로 국어 정서법의 기본골격을 이루고 있는 것이기 때문이다. 그러나 이 띄어쓰기의 전통은 그렇게 오래된 것이 아니다. 고작해야 19세기 말엽으로 소급되는 띄어쓰기의 발원지는 다름아닌 기독교이었다. 그것도 1880년대에 이 땅에 발을 디딘 개신교에 발원지를 두고 있다. 최 선생의 문제의식은 여기에서 싹트고 있다.

우리는 이제 그의 논문을 차례대로 읽으며 내용을 검토해 보기로 하자.

둘.

최 선생의 「초기 번역성경과 띄어쓰기」는 크게 4부분으로 나뉘어 있다. 첫째 부분은 서론으로 띄어쓰기 현상을 통시적通時的으로 개관하였고, 둘째 부분은 1897년에 간행된 낱권 신약성경 특히 「바울이 갈라디아인에게 ᄒᆞᆫ 편지」와 「야곱의 공번된 편지」에 나타난 띄어쓰기 현상을 다루었으며 셋째 부분은 1900년에 간행된 『신약성경』의 띄어쓰기 현상을 살펴본 다음, 넷째 부분에서 앞에 논의한 바를 총정리 요약하였다.

첫째 부분에서 최 선생은 1880년부터 시작된 성서의 우리말 번역이 한국문화에 끼친 두 가지 두드러진 업적에 주목한다. 첫째는 성서의 생활화로 말미암아 기독교 사상이 보급된 것이요, 둘째는 띄어쓰기를 시행함으로써 국어 정서법의 새로운 장을 여는 선도적 역할을 수행하였다고 지적한다. 그리고 띄어쓰기가 언제부터 우리나라 저서에 나타나며 그것들이 번역성경들과 얼마나 시기상으로 떨어져 있는가를 개관하였다. 1900년대와 1910년대에 간행된 국어 문법서들이 모두 전통적인 표기 관행을 따라 띄어쓰기를 하지 않았고 겨우 1920년에 간행된 이규영의 『현금조선어문전現今朝鮮語文典』과 1921년에 간행된 강매의 『조선어문법제요朝鮮語文法提要』에서 비로소 띄어쓰기가 나타난 것을 밝혔다. 한편 조선총독부의 언문철자법1912, 1921, 1931이 세 차례에 걸쳐 발표되지만 거기에 띄어쓰기에 대한 규정이 발견되지 않음을 주시하였다. 결국 우리나라 저서에 띄어쓰기가 일반화한 것은 1920년대에 가서야 이루어진 일인데 이것은 초기 번역성경의 영향이었음을 추론하였다. 물론 띄어쓰기의 모범적 선례로 1896년 4월 7일에 창간된 『독립신문』이 있었음을 상기시켰다.

이러한 최 선생의 논리는 그 타당성이 인정되고도 남는다. 그러나 두 가지 면에서 약간의 보충이 요구 된다. 첫째는 '띄어쓰기' 서법書法

에 대한 우리 민족 고유의 자생적 노력이 있었는지 없었는지 하는 것에 대한 검토이며, 둘째는 『독립신문』 이외에 띄어쓰기의 선례가 또 있었는가에 대한 검증이다. 띄어쓰기의 자생적 노력으로 주목되는 것은 1894년 12월에 내린 『독립서고문』의 국문 부분에 '권점 띄어쓰기'가 나타나고, 1896년 1월에 간행된 『신정 심상소학新訂 尋常小學』에도 똑같은 '권점 띄어쓰기'가 보인다는 점이다. 이 권점 띄어쓰기는 띄어쓰기의 필요성을 절감하면서 전통적인 이어쓰기 서법과의 절충방안으로 나타난 것으로 생각된다. 권점 띄어쓰기의 연원을 거슬러 올라가면 한문 독법의 방안으로 아주 이른 시기부터 구두점으로 사용되었던 것임을 알 수 있다. 이 '권점 띄어쓰기'라는 용어를 사용할 경우 우리가 통상적으로 띄어쓰기라고 불러 왔던 것은 '빈칸 띄어쓰기'라고 부름으로써 구별할 필요가 있을 것이다. 한편 독립신문이외에 이른바 빈칸 띄어쓰기의 선례가 되는 것은 다음 두 계열이다. 하나는 서양 선교사들이 우리나라 밖에서 발행한 한국어 학습서들이요. 다른 하나는 우리나라 안에서 간행된 각종 신문들이다.

서양 선교사들의 저서

1882년 J. Ross의 Korean Speech with Grammar and Vocabulary

1887년 J. scott의 A Corean Manual of Phrase Book

1890년 H. G. Underwood의 한영문법(An Introduction to the Korean Spoken Language)

1890년 H. G. Underwood의 한영ᄌᆞ뎐(A Concise Dictionary of the Korean Language)

국내의 각종 신문
1886년 4월 독립신문
1886년 11월 대죠션독립협회회보
1897년 3월 죠션그리스도인회보
1897년 4월 그리스도신문

요컨대 1890년대 후반기는 국어 정서법에서 빈칸 띄어쓰기의 움직임이 성숙된 시기이었으며 그 문화적 신기운을 서양 선교사와 독립신문이 주도하였고 아울러 번역 성경이 박차를 가하였다고 말해야 할 것이다.

셋.

띄어쓰기가 어째서 서구 문화의 충격에 의하여 나타났는가 하는 점은 띄어쓰기 현상 자체를 검토하기 전에 생각해 보아야 할 선행과제이다. 물론 최 선생의 논문「초기 번역성경과 띄어쓰기」는 번역성경에 나타난 띄어쓰기 현상의 실증적 고찰이므로 선행 과제로서의 문제점을 다룰 겨를이 없었다. 따라서 이 기회에 보완의 자리를 마련하는 것도 좋을 듯싶다.

한글 창제 이후 500년이 가까운 19세기 말엽까지 좀 더 정확하게 말하면 서양의 개신교 선교사들이 우리나라에 접근하기 시작한 1880년대에 이르기까지 권점이나 구두점에 의한 어구 분할 표기 이외의 띄어쓰기는 존재하지 않았다. 그 이유는 어디에 있는 것일까? 첫째 그것은 한글의 자모 하나하나는 음소 문자이자만 그들 자모곧 자음과 모음는 초성·중성·종성이라는 명칭으로 재분류되어 음절의 형태로 조립되어 표기된다는 사실과 연계된다. 둘째, 한글은 한자를 문화 생활의 기본으로 하는 조선조 사회에서 어디까지나 한자와의 조화와 공존을 모색하는 차원에서 보조 문자의 기능을 하였다는 사실과 연계된다. 이와 같은 두 가지 특성은 한글의 띄어쓰기를 생각할 수조차 없게 만들었다고 생각된다. 더 나아가 문자 생활을 영위한다는 것은 이어쓰기로 적힌 글월을 띄어 읽는 능력까지를 포함한다고 하는 조선조 사회의 문화적 특성이 고려되어야 할 것이다.

기본적으로 문자 생활은 한자를 근간으로 하였으며 음절 단위로 읽히는 한자와 음절로 조립되어 적힌 한글은 한자와 구별되지 않는 서법상의 공통점을 갖게 되었다. 또 글을 지은 사람이 이어쓰기로 적어 놓으면 읽는 사람은 당연히 띄어 읽을 수 있어야 글을 읽는 사람으로 행세할 수 있었다. 한글이 아무리 쓰기 쉽고 배우기 쉽다고 하더라도 이와 같은 문자 문화의 전통적인 관행을 벗어날 수는 없었던 것이 아닌가 한다. 이것이 19세기 말까지 연이어 왔던 것이다.

그러나 이러한 전통 사회에 새로운 세계관과 인생관을 심어 주고자 하는 굳은 결의를 갖고 있는 서양 선교사들에게 한글이 소개되었을 때에 이것이야말로 개혁해야 할 일차적인 대상이었을 것이다. 알파벳 문화생활에 익숙한 서구인들이 내리닫이로 이어쓰기한 글을 받아들인다는 것은 있을 수 없는 일이었다, 알파벳 음소 문자는 문자들을 단선상에 횡으로 나열하기 때문에 낱말 단위로 띄어 쓰는 것은 어쩔 수 없는 자연스러운 서법이었다. 그러한 문화 배경과 관습으로 한국어와 한글을 배우고 쓰고자 할 때에 서양 선교사들이 한글을 띄어쓰기 방법으로 고치는 것 역시 자연스런 반응이었다고 생각된다. 따라서 띄어쓰기의 방안은 무엇보다도 서양 선교사들이 한국어를 배우는 과정에서 자연스럽게 발생한 것이라고 추론할 수 있다. 그런데 서양 선교사가 우리나라에 접근한 것이 1880년대에 처음 시작한 것은 아니었다. 그 이전에 이미 프랑스 외방선교회外邦宣敎會의 천주교 신부들이 있었다. 그런데 그들은 전통 사회의 문화 전통을 가능한 한 깨드리지 않는다는 원칙을 지키고자 하였던 것 같다. 그러나 1880년대에 들어온 개신교 선교사들은 달랐다. 그들은 기성사회旣成社會의 전통적 가치 체계를 과감하게 부정하고 나섰다. 그러한 기본자세의 일환으로 국어 정서법의 띄어쓰기도 추진되었다고 생각하여야 할 것이다.

넷.

최 선생 논문의 핵심은 띄어쓰기의 면밀한 검토가 이루어진 두 번째와 세 번째 부분이다. 이제 그것을 정리해 보기로 하자.

1897년 간행의 「바울이 갈라디아인의게 ᄒᆞᆫ 편지」, 「야곱의 공번된 편지」에 나타난 띄어쓰기의 특징들

① 수식어와 피수식어는 띄어 쓴다.

여기에서 수식어는 관형어와 부사어를 포괄하는 개념으로 사용되었다. 따라서 피수식어는 주어 목적어 등을 구성하는 문장 성분과 서술어를 구성하는 문장 성분을 모두 나타낸다.

② 용언의 어간과 어미는 붙여 쓴다.

③ 체언과 조사는 붙여 쓴다.

위의 두 조항은 띄어쓰기의 기본 골격이면서 오늘날까지 국어 문법의 중대 쟁점이 되어 있는 부분이다. 조사가 독립 품사로 취급되는 것이 타당한가 타당치 않은가는 용언의 어미를 독립 품사로 인정치 않는 것과 대비하여 끊임없는 문법 체계상의 논쟁거리였다. 이러한 점에 유의하여 최 교수는 일반 격조사 이외에 특수 조사로 일컬어지는 접미사·보조사의 띄어쓰기 양상과 형식명사들의 띄어쓰기 양상을 예의 검토하고 있다. 그 결과 'ᄲᅢᆫ, 마다, 성지, 도, 브터, 만, ᄀᆞᆺ치, ᄃᆡ로, 보다, ᄃᆞ려, 밧긔' 등은 띄어 썼고 또 '것, 바, 대로, 쟈, 이, 수' 등 형식명사도 대체로 띄어쓰기의 원칙이 지켜졌음을 찾아냈다.

④ '~ᄒᆞ다, ~이다'가 결합된 낱말은 붙여 씀을 원칙으로 한다.

띄어쓰기에 대한 과잉 의식 때문에 '~ᄒᆞ다, ~이다'가 결합된 낱말을 띄어 쓴 예가 심심치 않게 발견되지만 원칙상 붙여 쓰는 것이 옳음을 통계적으로 입증하고 있다.

1990년에 간행된 『신약젼서』에 나타난 특징들

① 종전에 간행된 신약이 낱권을 합본하면서 어휘, 문장, 고유명사에 걸쳐 부분적인 수정이 이루어졌다.

이 부분에서 최 선생은 우리말 성경이 얼마나 오랜 세월 다듬어졌는가를 날카롭게 파헤치고 있다. '다시 살다'라는 어구로부터 '부활ᄒᆞ다'라는 낱말이 생기며 어색한 문장이 좀 더 부드러운 표현으로 바뀌고 고유명사 표기도 원음에 가까운 한글 표기로 바뀌는 원인을 소상하게 지적하였다. 그러나 '피득셔문'이 '시몬 배드로'로, '안득렬'이 '안드레'로 바뀐 사실은 지적하였으나 '피득셔문', '안득렬' 등의 표기가 한자음 역어물론 중국음에 기초한 음역어를 한국 한자음으로 읽음으로써 생긴 잘못된 고유명사 표기였다는 원인 문제를 지적하지는 않았다.

② 수식어와 피수식어, 체언과 조사, 용언의 어간과 어미, '~ᄒᆞ다, ~이다'가 결합된 낱말도 1897년의 낱권 성경과 대체로 동일한 띄어쓰기원칙이 지켜졌다.

이 검토 과정에서 최 선생은 낱권 성경에서 불완전한 띄어쓰기 현상을 보이다가 『신약젼서』에 와서 오늘날 띄어쓰기의 원칙으로 보아 더욱 합리적으로 바뀐 현상들을 세목별로 밝히고 있다. 가령 1897년의 낱권 성경에서는 띄어쓰기가 우세했던 '~ᄃᆞ려, ~만, ~도' 등의 특수조사들이 이 『신약젼서』에서는 붙여쓰기가 더욱 우세한 양상을 보인다든가 형식명사 '줄'이 낱권 성경에서는 붙여쓰기가 우세했으나 『신약젼서』에서는 띄어쓰기가 더 많았다든가 하는 것을 구체적인 예를 들어 밝혔으며 단위명사 '년, 마리, 살셜, 말, 근, 량' 등도 앞에 놓인 관형어와 구분되어 띄어쓰기가 많아진 점을 놓치지 않고 지적하였다. '~ᄒᆞ다, ~이다'와 결합한 낱말들도 1897년에는 지나치게 띄어쓰기로 나갔던 것이 1900년에는 붙여쓰기의 방향으로 전체의 흐름이 조정된 사실을 밝히고 있다. 이렇게 하여 최 선생은 현행 한글 맞춤법에서 규정하고 있는 띄어쓰기의 원칙이 1900년에 이미 번역 성경에서 조용하게 실천되고 있음을 증명하였다.

다섯.

이상으로 우리는 최태영 교수의 논문「초기 번역성경의 띄어쓰기」에 대한 논쟁을 마무리 짓기로 한다. 그의 글은 우리에게 문화의 변천 내지는 발전 양상의 하나가 새로운 외래 문화와 접촉함으로써 빚어진다는 사실을 일깨워 주었다. 또한 띄어쓰기와 같은 정서법의 원리가 언어학자나 정책 입안자들의 법적 조치에 앞서서 현실적인 욕구에 의해 자연 발생적으로 생성된다는 것도 아울러 배우게 하였다. 더 나아가 우리나라의 20세기 제반 문화 현실이 서구 기독교 선교사들이 의식적으로나 무의식적으로 노력하여 씨 뿌린 결과라는 것도 확인시켜 주었다. 우리는 이 값진 깨우침을 토대로 하여 우리 문화의 새로운 도약을 위해 새삼스러운 다짐을 해야 할 것이다.

(『숭실사학』 6집, 1990년 12월)

정문연精文研의 방언조사

하나.

필자가 한국정신문화원 어문학연구실에서 편찬한 『한국방언조사 질문지』를 처음 대하였을 때의 감회는 실로 '감동' 바로 그것이었다. 국어연구에 뜻을 둔 사람으로서 직접 간접으로 방언조사에 대한 관심을 가지지 않은 사람은 없을 것이며 또 그러한 방언조사 즉 면밀한 기초 작업을 거치지 않으면 어떤 분야의 국어 연구도 바람직한 성과에 접근 하지 못한다는 너무도 엄연한 인식이 단지 실현성 없는 염원으로만 남은 채 오래도록 세월을 허송하였기 때문이었을 것이다. 더구나 지금까지의 기존 업적들이 방법론에 있어서 그리고 연구 성과에 있어서 여러 모로 불만족스러웠다는 사실 때문에 연구원이 이 사업에 손을 댄다고 했을 때, 국어학도들의 기대는 대한大旱에 감우甘雨를 만난 것과 같은 심경이었다. 그리하여 필자는 스스로의 능력도 돌보지 않고 감히 이 『설문지』의 어휘편에 대해 몇 마디 의견을 덧붙여 보고자 한다. 미리 분명히 밝혀 두거니와 필자는 전혀 이런 류의 서평을 감당할 만한 적격자가 아니다. 왜냐하면 필자는 지금까지 한 번도 방언조사를 스스로 해 본 적이 없으며 따라서 실제 작업에서 부딪치는 애로 사항이 무엇인지도 전혀 모르기 때문이다. 게다가 아직 이 『질문지』에 의해 조사가 본격적으로 착수되지도 않은 터에 그 적부適否니 호불호好不好를 판정이나 하는 듯한 주제넘은 용훼容喙를 할 생각은 추호도 없다. 오히려 필자는 이 『질문지』에 의한 조사가 어느 정도 완료되었을 때 그리고 그 결과가 드러났을 때 다시 그 성과의 낙수落穗를 주우려고 하는 처지에서 『질문지』에 의한 조사가 보다 성공적으로 수행되기를 기원할 뿐이다. 그러므로 필자는 어디까지나 문외한의 사족 달기에 지나지 않는 몇 마디를 개진코자 하는 것이다.

둘.

어휘편 구성의 편집 방법을 대충 훑어보면서 느낀 첫 번째의 인상은 적어도 지금까지 개별적이고 부분적인 방언조사에서 밝혀진 미비점을 가능한 한 전부 보완하려고 애썼다는 점이다. 이 사실은 너무도 당연한 것이지만 분명히 짚고 넘어가야 할 것이라는 점에서 확인해 둘 필요가 있다. 현재까지의 방언연구의 성과가 반영되지 않은 부면部面이 있기만 하다면 그것은 이제라도 과감한 수정 증보가 불가피하기 때문에 그러한 점에서는 일단 안심해도 좋다는 결론에 이른다.

이 어휘편은 다음과 같은 13장으로 크게 나뉘어져 있다.

> 농사, 음식, 가옥, 의복, 인체, 육아, 인륜, 경제, 동물, 식물, 자연, 상태, 동작.

우선 이러한 분류 배열은 종래에 천문, 지리, 시후時候, 방위 등을 앞세워서 생활에 직접 관계되는 의식주의 조사가 뒷전으로 돌려지는 폐단을 없애고 현실 생활과 밀접한 관련이 있는 대상으로부터 질문하여 가는 이점을 마련하고 있다. 그리고 하나의 항목에서 그 다음 항목으로 넘어갈 때에도 자연스러운 연상 과정을 통해 그렇게 진행될 수밖에 없을 것이라는 일종의 '의식의 흐름' 같은 것을 발견할 수 있었다. 지극히 간단한 것 같지만 이 정도의 변화를 가져오는 데에도 우리나라에 방언조사가 시작된 이래 거의 반세기를 기다려야 했었다는 것을 우리는 알지 않으면 안 된다. 그러나 아쉬운 점이 있다면 이 『질문지』 작성의 전제로서 문제가 되었겠지만 이들 어휘편 질문지는 순전히 우리나라의 전통적인 농촌 사회 및 그에 관련되는 집단의 언어 사실만을 조사하겠다는 의도를 나타내고 있다. '농사'장이 첫 번째로 등장하고 그 처음 항목이 '벼'라고 하는 사실이 이를 증거한다. 그렇다면 어촌에 관한 부분은 어떻게 할 것인가가 문제이다. 어촌 지역을 조사할 때라고 하여서 농사가 전혀 도외시된다고는 할 수 없겠으나 어업을 주로 하는 주민들의 어업에 관계되는 어휘들은 아예 완전히 삭제해 버린다면 그것은 모처럼의 거국적 조사가 지니는 결함은 아니 되는지 모르겠다. 그리고 보다 더 기본적으로 문제되는 것은 한 지역에 얼마만한 인원이 얼마나 많은 시간을 제보자와 함께 보낼 수 있겠느냐 하는 것이겠지만필자는 가능한 한 이와 같은 기술적인 문제는 고려하지 않고 논지를 진행시킬 생각이다., 설사 시간이 부족하여 조사가 미진한 채 끝난다 할지라도 조사해야 할 어휘 항목은 많을수록 좋을 것이다. 그렇다고 다다익선의 원칙을 무한정하게 확대한다는 것은 있을 수 없다. 따라서 우리는 방법론상의 기교가 필요하겠는데 필자는 다음과 같은 제안을 생각해 본다. 즉 조사해야할 어휘 항목의 등급을 정하는 일이다. 그 등급은 최소한으로 줄여 필수항必修項과 수의항隨意項으로 양분한다. 필수항은 무슨 일이 있어도 조사를 완료하여야 하는 것이며 수의항은 필요하다고 판정되는 지역에서만 하는 것이다. 그리하여 농사장에 대등한 어업장을 마련하고 해안 어촌을 조사할 때에는 어업장의 어휘를 조사하면 어떨까 생각해 보았다. 물론 모든 장에 걸쳐 시간의 여유가 있을 때에 더 자세한 조사를 위한 수의항을 마련하는 방법도 있을 수 있다. 그러나 일단 마련해 놓은 조사 항목은 반드시 채워 넣겠다는 욕구가 조사자들의 의식을 지배할 것이므로 수의항이 과다하게 많은 것은 바람직하지 않을 것이다. 문제는 어업과 관련된 어휘 즉 어구, 선체, 해풍 등에 관한 어휘가 전국에 해당되지 않는다고 하여 배제되었다는 아쉬움 때문에 수의조사항을 고려하게 되었다는 것을 밝혀 두고자 한다. 다시금 췌언贅言이 되겠지마는 어휘편에는 조사 지역에서 일상으로 쓰이는 어휘들을 가급적이면 망라하겠다는 취지 아래 조금 더 많은 조사 항목이 마련되었으면 좋을 듯하다.

셋.

이 『질문지』가 마련한 최대의 장점은 보충란의 설정이다. 특히 어휘편에 간간히 삽입된 이 보충란은 230항에 달하는데 이것은 720개 기본항목 어휘의 3분의 1에 가깝다. 어휘론에 각별한 관심을 두고 있는 필자로서는 이 부분이야말로 어휘론 연구자들이 궁금해 하던 많은 의문점들을 해소해 주리라고 생각한다. 논술의 편의를 위해 제일 첫 번째 어휘인 '벼'를 예로 하여 살펴보기로 하자. 여기에는 보조어휘로 '벼이삭'과 '벼열매'를 설정하고 있다. 이러한 보조 어휘의 설정은 단일한 단어 형태가 지시하는 의미의 영역이 다를 경우 그 구분을 명확히 하려는 의도의 소산일 것이다. 즉 성과 과정이 식물명과 그 열매명이 같은지 다른지를 확인하려 하고 있다. 또 한 가지는 동일한 지시 대상의 부분 명칭들이 존재할 때 그 부분 명칭 가운데 특수한 의미 자질을 갖는 단어에 주목한 점이다. '벼이삭'에서 '이삭'은 이 경우의 '곡물의 싹'에만 적용되는 것인데 이에 대한 확인 작업을 시도하고 있다. 이 확인은 여기에 그치지 않는다. 그 '이삭'의 출아出芽현상을 나타내는 동사 '패다'가 쓰이는지를 함께 묻고 있기 때문이다. 이것이 보충란에 설정되어 있다. 여기에는 두 가지 의문점을 해결하려는 것으로 보인다. 그 하나는 동형이의 관계동음이의를 밝히기 위하여 타동사 '장작을 패다'를 함께 묻는 점이며, 둘째는 식물의 출아 현상을 나타내는 다른 동사들 '싹이 돋다, 움이 트다'와의 관계를 살피는 점이다. 이렇게 본다면 '벼'항 하나에는 그 단어의 형태, 의미, 통사 및 지시 대상과 관련하여 연계되어 있는 일군의 단어족單語族을 통틀어 묻고 있는 셈이다.

이러한 문항의 설정은 종래의 방언조사가 지니고 있었던 불만족을 깨끗하게 탈피하겠다는 의욕을 과시하고 있다. 아마도 여기서 수행하려는 의욕대로 조사가 완료된다면 방언 어휘 구조의 정밀한 체계화가 가능할 것으로 기대해도 좋을 것이다. 그러나 우리의 욕심은 여기에 머물지 않고 무한대로 확산될 수도 있다. 가령 '이삭'의 다른 의미에 '추수 뒤에 논밭에 떨어진 곡물'이 있는데 이에 관한 문항은 곡물 조條에도 보이자 않음을 지적할 수 있다. '벼이삭'이라는 보조문항이 있는 이상 '이삭'에 관한 것은 모두 물어야 그 단어에 대한 어휘론적인 파악이 완결될 것이다. 한 가지 덧붙인다면 '벼이삭, 조이삭, 수수이삭' 등은 가능하지만 '콩이삭, 팥이삭'은 가능한 것인지 아닌지도 물어야 할 것이다. 그러고 '싹이 돋다, 움이 트다'와 관련하여 '이삭이 돋다, 이삭이 트다'의 가능성도 확인되어야 하며, 아울러 '돋다, 트다, 패다' 사이의 차이가 어휘적 차원과 통사적 차원에서 어떻게 나타나는지도 조사되면 좋을 것이다. 그러나 다시 한번 전제해 두거니와 이렇듯 각 항목에 불만족스러움을 트집잡다 보면 개별 방언의 사전을 만들라는 요구를 하는 셈이 될지도 모른다. 따라서 현재로서 '벼'항에 대한 총평은 만족할 만하다고 말할 수밖에 없다.

보충란의 이점은 특별히 표를 만들어 놓은 곳에서 그 빛을 더한다. 이 보충표는 어휘편에 모두 7개밖에 되지 않지만 다른 보충란도 표의 기능을 할 수 있는 것이 많이 있으므로 그 효과는 배증倍增될 것이다. 그러면 보충표의 특성이 무엇인가를 찾아보자. '037. 삼태기' 항에는 다음과 같은 표가 제시되어 있다.

재료 \ 용도	곡식	재	두엄
짚			
싸리			
대나무			

이 표가 알아내고자 하는 것은 용도 및 재료에 따른 명칭의 차이뿐만 아니라 지시물 자체의 존재 여부까지도 확인하려는 것이다. 이와 같은 언어외적 사실의 확인은 이들 자료를 통해 문화적 특성까지 추적할 수 있는 길목을 담당할 수 있다는 점에서 주목에 값하는 것이다. 우리는 한 지역의 어휘를 체계화했을 때, 다른 지역과의 대비에서 발견되는 어휘적 공백은 흔히 단순한 어휘적 공백으로 그치는 것이 아니라 그 지역의 문화적 특성을 암시하는 수가 있기 때문이다. 그것은 어휘가 명백한 의미 단위여서 음운론이나 통사론보다는 훨씬 더 비언어학적 간섭 대상이 되기 때문일 것이다. 바꾸어 말하면 어휘는 관점을 바꾸기만 하면 한 지역의 문화적 특색을 파악하는 방편이 될 수 있으므로 어느 지역의 체계화된 어휘군이 다른 지역과의 대비에서 어휘적 공백을 보여 줄 경우 그것은 반드시 문화적 또는 사회적 해명이 요구된다는 뜻이다. 이러한 의미에서 '060. 나물', '420. 새우' 등에 들어 있는 보충표는 민속 및 제의와 관련한 어휘, '008. 호미씻이', '198. 돼지머리' 등과 아울러 각별한 위치를 점하고 있다.

또 하나의 보충표는 '063. 감자', '590. 넓다'와 '666. 기르다'에 보이는데 이것들은 유의어 간의 함의관계를 관련 명사와의 통합관계에 의해 해명하려는 장치로 보인다. 용언의 의미 자질을 분명하게 밝히려면 이런 방법을 쓰지 않으면 전혀 해결할 수 없을 것임에도 불구하고 지금까지의 방언조사에서 이러한 방안이 고려되지 않았다는 것이 오히려 기이하게 느껴진다. 따라서 이 질문지는 상대적으로 돋보일 수밖에 없다. 이것은 물론 어휘 의미를 통사적 차원에서 파악할 수 있게 하였다는 점에서도 주목되어야 할 것이다. 용언에 관한 한, 이와 같은 유의어간의 힘의 관계 해명을 위한 시도는 표를 만들지는 않았으나 곳곳에서 용의주도하게 보충되어 있다. 일일이 열거할 수 없으나 '002. 뉘'에서 '골라내다/발라내다/가려내다', '038. 절구'에서 '찧다/빻다', '056. 옥수수'에서 '찌다/삶다', '120. 서랍'에서 '열다/빼다/닫다/끼다', '123. 열쇠'에서 '열다/따다/끄르다', '159. 두레박'에서 '푸다/뜨다/긷다', '225. 세수대야'에서 '씻다/닦다' 등을 지적할 수 있겠다. 그러나 이러한 유의어간의 대비는 피조사 지역에서 어느 형태를 일반적으로 취하는가를 가려내는 방편으로 보충되어 있는 것이지, 그들 간의 총괄적인 의미 자질의 차이를 밝히기 위하여 마련한 것이 아니기 때문에, 그들 어휘에 대한 의미를 완전히 이해하기에는 역시 미흡한 것이 아닐 수 없다.

넷.

어휘 의미를 정밀화하려고 할 때에 당면하게 되는 곤혹 가운데의 하나는 특정한 단어가 지시하는 대상이 고정된 형체가 아닐 때, 또는 고정된 형체라 하더라도 규격이 상이할 경우에 어느 범위까지를 그 단어가 지시해 주느냐를 판정하는 일이다. 이러한 점을 고려해 놓고 방언 조사를 하려면 지시물에 대한 정확한 지정은 필수불가결의 요건이다. 이 질문지는 이 점에 대해 상당히 과민하게 배려를 하고 있다. '004. 못자리'에서 '못자리'와 '모판'을 엄정하게 구별시킨 것이 그 좋은 예이다. 그것은 여러 명의 조사자가 전국을 대상으로 하는 경우에는 두말할 것 없는 유의 사항이기에 이 질문지는 이 점에 있어서도 우리를 안심시킨다. 대체로 주의란의 설정과 그림의 사용은 지시물에 대한 정확한 지정을 위해 마련되고 있다. 그런데 문제는 항상 지시물의 차이에 의한 명칭의 분화를 어느 정도까지 추적하느냐 하는 것이다. 이 질문지는 이 경우에 그 추적 범위를 제한하여 조사의 능률을 꾀하고 있는 듯이 보이는데, 우리의 욕심은 오히려 기회가 있을 때마다 더 많은 명칭의 분화상을 얻을 수 있었으면 하는 쪽이다. 이러한 관점에서 '017. 호미'에서 '호미'와 '호맹이'를 갈라놓은 것, '024. 볏가리'에서 '낟가리 짚가리'를 갈라놓은 것, '050. 밭'에서 '밭둑, 밭두둑, 밭고랑'을 갈라놓은 것 등은 어휘론의 처지에서는 매우 흥미있는 조사 항목이다. 어휘론이 추구하는 관심사 가운데에는 어휘들이 만드는 분류 조직을 통하여 현실 세계를 어떻게 언어어휘적으로 분화하여 명명하는가 하는 문제가 매우 중요한 몫을 차지하고 있다. 따라서 이 어휘편에는 조금 번거롭더라도 어떤 어휘 항목이 그 부류의 유개념의 단어이거나 종개념의 단어일 때 그들 상하위 개념에 속하는 어휘를 모두 망라하여 묻고, 또 그것들이 어떻게 서로 포섭 관계를 가지는가를 물어 보게 하였으면 하는 아쉬움을 품게 된다. 예컨대 '067. 간장'에는 그와 아울러 '된장, 고추장' 등의 보충 어휘가 있었으면 좋겠다. 이외에도 '청국장, 막장' 등을 갖는 지역에 대한 조사를 곁들이면 더욱 좋겠다. 이것은 그 지역에 어떤 장류醬類가 있고 없느냐 하는 민속 조사를 겸할 수 있다는 이점과 장류의 분류 방식을 찾아냄으로써 그 지역 장류 어휘의 단어장單語場을 꾸며 볼 수 있는 이점도 있다 '183. 헝겊'에 만일 '천'을 보충하면 그들 간의 의미 영역의 차이를 밝힐 수도 있다. '095. 그릇'에는 일상으로 쓰이는 '사발, 주발, 접시, 대접, 양푼' 등에 대한 어휘가 하나도 보이지 않는데 만일 '그릇'에 대한 한 지역의 단어장을 만들고자 한다면 그것들은 꼭 들어가야 할 어휘들이다. 그리고 '096. 시루'가 그릇류에 들어 있는데, 이것이 과연 어떤 그릇류에 드는지를 확인하는 방법도 고려되면 더욱 좋겠다.

단어장[semantic field]에 관하여 첨가했으면 좋겠다고 느낀 것을 한두 개 더 지적해 두기로 하자. 첫째는 인륜조人倫條이다. 가족 명칭에 '오누이[sibling], 아재, 이모부, 고모부, 사돈, 내외종사촌' 등을 더 설정하여 한 지역의 친족 명칭을 체계화할 수 있으면 좋겠다. 둘째. '470. 돼지'에서 돼지를 부를 때의 표현 '오래오래'가 이 분야의 유일한 어휘 항목이다. 여기에 덧붙여서 '개, 닭'을 부를 때, '소, 말'을 몰 때에 쓰이는 전형적인 표현도 차제此際에 조사되면 좋을 것이다. 셋째, 동작조動作條 요리 항목 '630. 식히다'에 관련하여 '데우다/덥히다'를 보충하고 아울러 '부치다, 지지다, 데치다, 고다, 익히다'등이 조사되면 좋겠다. 이들 동사들은 필연적으로 그 앞에 오는 명사에 특별한 선택 제약을 가할 것인데 그것이 지방에 따라 많은 차이가 발견될지도 모른다. 넷째, 감각・정서조에는 '기쁘다, 반갑다'와, 평가를 나타내는 '좋다, 나쁘다'가 포함되어야 하겠고 '맛'에는 '시다' 달다' 쓰다' 등이 당연히 포함되어야 할 것이다. 그리고 좀 더 욕심을 부린다면 '614. 낡다'. '616. 사납다' 같은 유를 조사할 때에는 그에 대립되는 반의어도 확인할 수 있으면 좋았겠다.

지시물의 지역적 변이에 따른 명칭의 분화를 어떻게 처리할 것이냐 하는 문제도 어휘 조사 항목에서는 빼놓을 수 없는 주의 사항의 하나이다. 예컨대 '김치'는 우리나라 전역에 걸친 주요 부식의 하나이지만 그 재료나 요리법은 지역마다 다르다고 할 수 있다. 이럴 경우에 그것을 모두 '김치'로만 간단히 처리하고 말 것인가는 냉철한 반성을 요한다. 만일 A지역에서 '김치'라고 부르는 음식이 B지역에서는 다른 명칭을 갖고 있고 '김치'라는 단어가 B지역에 있되 그것이 A지역의 그 음식과는 다른 것일 가능성은 없는가? 이러한 의문은 현재로서는 '김치'를 예로 하였기 때문에 명백한 기우杞憂라고 일소一笑에 붙일 수도 있을 것이다. 그러나 그것이 '071. 오이'에 관련되어야 할 '참외', '물외' 등에 이르면 형태명칭와 의미지시물간의 대립관계는 서로 엇갈린다는 사실을 쉽게 발견한다. 즉 '오이'가'cucumber'를 가리키는 지방에서는 '참외'가 'sweet melon'을 뜻하지만 '외'가 'sweet melon'을 가리키는 지방에서는 'cucumber' 는 '물외'가 된다는 것을 우리는 너무나 잘 알고 있다. 이러한 문제 때문에 우리는 단순히 '그림책' 하나만을 보조물로 사용하면서 『질문지』를 들고 나설 조사자가 있지도 않을 것이지만 행여 그렇다면 잘못이 일어날 수 있으리라는 근심이 전혀 없지도 않다. '063. 고구마, 감자'에서는 동일 지시물에 대한 명칭이 바뀌는 사례가 나올 가능성도 생각하여야 한다.

이상은 명칭과 지시물 사이에 관련되는 물리적인 문제였으나 용언류나 추상개념의 경우에는 보다 복잡한 의미 기능의 문제가 도사리고 있다. 그 대표적인 예는 일상의 의미를 완전히 전도시켜야만 바르게 이해할 수 있는 '055. 곡식사다, 곡식팔다'일 것이다. 어휘 의미를 보다 깊이 따질 수 있는 자료를 제공키 위해서는 이러한 반어적 의미에 대한 조사 어휘가 더 많이 있으면 좋았을 것이다.

다섯.

개별 항목에 대한 첨삭의 문제를 가지고 논의한다는 것은 조사 시간의 한계를 논하는 것과 관계에 있으므로 더 이상 언급하지 않는 것이 좋겠다. 그러면 이제 이 글이 어차피 트집을 잡기 위한 것이라는 대전제 하에 어휘편에 관련하여 잡다한 이견을 붙여 보기로 하겠다.

우선 음식류의 '주식'은 제목이 '취사'로 바뀌면 어떨지 모르겠다. '부엌'항에 있는 것은 좀 이상하다, '불'을 묻는 장면이기 때문에 그 '불'에 연상되어 묻는 것이 나쁠 것은 없으나, '담배대'는 오히려 가구조家具條에 포함시키는 것이 자연스러울 듯하다. 그러나 이것이 원칙적인 오류일 수는 없다. 연상과 어휘들의 연계는 경우마다 다르게 집산하기 때문이다.

의복류의 복식조服飾條는 상당히 의고적인 인상을 풍긴다. '180. 짚신, 미투리', '181. 나막신' 등이 실용되는 지역은 아마 상당히 제한되어 있을 것이다. 물론 우린의 조사가 그들의 사용 여부에 있는 것이 아니라 언어현상의 확인이란 점에서 중요도를 높일 수는 있을 것이다. 그러나 이와 아울러 '고무신, 양말, 셔츠' 등을 조사 어휘로 추가하는 것도 좋을 것이다.

설명문에, 미세한 것이기는 하지만 미심쩍은 표현도 있다. '200. 가마' 해설에 '머리 중앙부에 동그랗게 소용돌이 모양으로 난 머리털'은 재고를 요한다. 아마도 '가마'는 '선모'旋毛의 '毛'를 지시하는 것이 아니라 '旋'을 가리키는 것으로 보아야 옳을 것이다. 머리털이 소용돌이꼴로 돋아난 모양이지 머리털이 아니다. 이것은 사전의 풀이가 잘못된 데 연유한 것으로 보인다.

육아류의 놀이조에도 복식조와 마찬가지로 복고적 취향만 돋보인다. '311. 썰매'의 보충으로 '스케이팅, 스키'에 대한 문항도 설정할 수는 없는지 하는 생각이 든다. 이 『질문지』 어휘편에는 사실상 고유어와 한자만을 조사대상으로 삼고 있다. '226. 비누'에 '사분'은 例外에 속하는 것이다 그러나 외래어 수용 정도를 파악하는 방편으로서도 몇 개의 특징적인 서구 외래어를 조사항목에 포함시키는 것이 바람직할지 모르겠다.

여섯.

어느 경우에나 두루 적용되는 진리이거니와 첫술에 배가 부를 수는 없다. 이제 골라낼 수 있는 웬만한 트집은 모두 들추어 내면서 필자가 갖는 결론은 이만하면 우선은 본격적인 조사가 착수되어도 좋겠다는 생각이다. 편찬자들이 애초에 목적하였던 어휘의 기본형, 조어법, 관용구의 형성, 의미차 및 어휘 선택 제약을 알아보기 위한 조치들은 그런대로 만족할 만한 수준이라 하겠다. 더구나 편찬자들은 앞으로의 현지 조사를 거치면서 부단한 개정을 약속하고 있는 만큼 현지 작업의 경험이 없는 필자의 그야말로 환상적인 차원의 탁상비평이 조사 연구원들에게는 실소거리나 되지 않을는지 자못 송구스러운 마음이다. 그리하여 이 글을 마치는 필자에게 다시 찾아오는 심경은 어쩔 수 없이 또 한번의 '감동'에 이른다.

국어학도 이제는 풍부한 그리고 믿을 만한 자료를 갖게 되겠구나 하는 기쁨 때문에.

(『방언』 5호, 1981년)

최완호·문영호의 『조선어 어휘론 연구』

하나.

대부분의 연구가 공동으로 진행되고 발표되는 북한 사회에서 저자의 이름을 밝힌다는 것은 예외적인 일에 속한다. 그러나 남한의 경우에서처럼 저자 이름이 당당히 책표지에 인쇄되는 것은 아니고 책의 맨 끝 안 표지에 발행지와 인쇄지를 밝히는 곳에 적히는 것이 보통이다. 이 『조선어 어휘론 연구』도 저자의 이름은 권말 판권에 적혀 있다.

이 책은 다음의 5장으로 구성 되어 있다.

1장 조선어 어휘구성의 특성과 갈래
2장 어휘정리
3장 단어만들기와 이름짓기
4장 어휘규범

5장 학술용어

위 제목만 훑어보아도 짐작이 되겠지만 이 책은 우리말 어휘의 현재 모습을 객관적으로 분류·분석한 것이 아니라 북한에서 현재 추진하고 있는 '말다듬기 운동'의 이론을 체계화하고 그 운동의 타당성을 강화하기 위한 방편으로 연구된 것이다.

현재 북한에서는 주체 사상의 확립과 강화라는 명분 아래 '말다듬기 운동'이 거국적인 사회문화 운동으로 진행되고 있다. 이 운동은 1964년 1월 3일에 '조선어를 발전시키기 위한 몇 가지 문제'라는 제목의 김일성 담화문이 발표되면서 구체화되었고 1966년 5월 14일에 다시 '조선어의 민족적 특성을 옳게 살려 나갈데 대하여'라는 제목의 두 번째 김일성 담화문이 발표되어 본격적인 국가 차원의 범국민 운동으로 진행되고 있는 것이다. 원래 북한에서는 남북 분단이 기정사실로 굳어지고 남북이 각기 단독 정부를 세울 기미가 보이던 1946년부터 건국사상 총동원 운동의 일환으로 문맹퇴치 운동을 벌이게 되는데 이 때에 모든 출판 인쇄물에서 한자 폐지를 단행한다. 그리고 1947년 12월부터 1948년 3월까지 문맹퇴치 돌격운동 기간을 설정하고 모든 사람이 한글을 읽을 수 있도록 힘쓴다. 북한측 자료에 의하면 1949년에 이르면 문맹퇴치 사업은 일단 완수된 것으로 되어 있고 이때부터 한자 사용의 전면적 폐지와 한글 전용이 실현된다. 그리하여 일단 모든 사람들이 한글을 읽고 쓸 수 있게는 되었으나 관습적으로 써오던 말 자체를 바꿀 수는 없었다. 그 말에는 당연히 상당수의 한자어 및 외래어가 포함되어 있는데 이것을 한글로 적었을 경우, 한자나 외국어의 지식이 있는 사람들은 이해할 수 있으나 겨우 한글을 깨친 일반 농민, 노동자, 기술자들은 그것을 이해하는 데 어려움을 겪었을 것이다.

이와 같이 전면적인 한글 전용으로 말미암아 발생한 문제점을 해결하는 방안으로 한자어 및 외래어를 고유어 내지는 고유어에 준하는 쉬운 말로 바꾸는 문제가 거론되기에 이르렀다. 이것이 '말다듬기 운동'으로 나타난 것이다. 흥미있는 사실은 의미 영역이 다르기는 하지만, '말다듬기'라는 좋은 우리말이 쓰이는 것과 동시에 많은 책에서 여전히 한자어 '어휘정리'라는 말도 쓰인다는 점이다.

둘.

1장은 다음과 같은 말로 시작된다.

> 어휘 구성의 특성은 민족어 발전의 역사적 조건과 밀접히 연관 되어 있는 만큼 그것과의 연관 속에서 본질적인 측면이 옳게 밝혀져야 한다. 또한 어휘 구성의 갈래는 단순히 현상태에 대한 관조적인 입장에서가 아니라 어휘 구성의 여러 갈래에 속하는 어휘들의 특성과 그 유형들, 민족어 어휘 구성에서 노는 기능과 역할, 그의 현상태와 발전 전망 및 언어 생활에서의 쓰임에 이르기까지 모든 측면에서 전면적으로 파악되어야 한다. 그뿐만 아니라 어휘 구성의 특성과 갈래에 대한 분석은 인민들에게 민족어에 대한 긍지와 자부심을 북돋아주며 민족어의 발전을 위하여 적극 이바지하도록 하는 방향에서 고찰되어야 한다.
>
> (3면, 밑줄 필자)

어휘의 연구가 '1)민족어 발전 2)언어생활의 개선 3)민족어에 대한 긍지'를 목적으로 수행되어야 함을 분명하게 밝히고 있다. 바꾸어 말하면 어휘 연구는 민족 주체사상을 민족어를 통하여 실현시키기 위한 정책의 연구라고 할 수 있겠다.

그리하여 조선어 어휘는 민족적 특성의 측면에서는 "조선강토에는 조선어 밖에 없으며 어떤 언어도 섞이지 않았다."5면는 점을 들어 단일성, 고유성이 있으며, 구성의 질적 측면에서는 "투쟁정신과 강인한 혁명정신을 보여주는"7면 점에서 혁명적 세련성이 있고, 언어 발전의 측면에서는 "자주적이며 창조적인 생활을 보장하는 데 필요한 충분한 량의 어휘를 갖추고 있어서"10면 풍부성과 다양성이 있음을 강조하고 있다. 우리말 어휘의 세 가지 특성 가운데에서 두 번째 항목으로 손꼽는 '혁명적 세련성'만은 북한 사회의 특성을 반영한다는 점에서 주목을 요하는 부분이다. "혁명적인 정치술어가 많고 제국주의자, 지배주의자, 지주자본가 등 온갖 계급적 원쑤들을 날카롭게 단죄하는 어휘"7면가 많아서 '혁명적 세련성'이 있다고 하면서 다음과 같은 낱말들을 예로 들고 있다.

> 불요불굴, 백절불굴, 백두의 혁명정신, 억천만 번 죽더라도, 때려부시다, 까부시다, 족치다, 후려갈기다, 후려치다

이 대목만은 실로 실소를 금할 수 없는 부분이다.

어휘 구성의 갈래는 여러 측면에서 검토할 수 있으나 이 책에서는 우선 기원의 측면에서 갈라 볼 수 있다고 하고 고유어, 한자어, 외래어

로 나누고 있다. 그 중에서 한자어를 다음 셋으로 구분하여 '말다듬기'를 위한 예비 조치를 취하고 있다.

ㄱ) 완전히 우리말로 굳어진 한자말
ㄴ) 우리말로 굳어지지는 않았으나 두고 쓸 한자말
ㄷ) 다듬거나 완전히 버려야 할 한자말

여기에서 셋째 부류의 한자말은 이미 상당수가 다듬어지고 정리되었음을 다음과 같이 예를 들어 밝히고 있다오른쪽 작은글이 다듬은 말.

양잠누에치기, 석교돌다리, 묘목나무묘, 상엽뽕잎, 상목뽕나무, 괘도걸그림, 환차차갈이, 승차차타기, 가축집짐승, 근육힘살, 화분꽃가루……

낱말이 언제 생겼느냐 하는 점으로 보아 '새말'과 '낡은 말'로 나눌 수 있다고 하고 '낡은 말'은 다시 '시대말', '옛날말', '본래말'로 분류하였다. 과거의 사회 제도나 생활 양식을 나타내는 역사적 어휘 즉 "령의정, 감사, 판서, 암행어사, 도포" 등을 시대말이라 하고, 오늘날 완전히 쓰이지 않게 된 말이나 아직 일부 사람들이 알고는 있으나 곧 없어질 어휘, 즉 "모로미, 날회여, 유성기, 륙혈포" 등은 옛날말로 규정하였다. '본래말'은 '다듬은 말'에 상대하여 이르는 말로서 말을 다듬기 전에 쓰던 한자어나 외래어를 가리킨다고 하였다. 이처럼 어휘의 분류 작업도 그 대부분이 말다듬기 작업과의 관련하에 이루어지고 있다.

어휘의 쓰임의 측면에서 일반어, 학술용어, 늘 쓰는 말로 나누는 방법, 입말 어휘와 글말 어휘로 나누는 방법, 방언 어휘와 문화 어휘로 나누는 방법을 예시하였다. 이 대목은 어휘론의 상식적인 내용을 담고 있을 뿐이다. 그런데 표현성의 측면에서 1)단어로 된 표현적 어휘, 2)단어결합으로 된 표현적 어휘, 3)문장으로 된 표현적 어휘 등 세 가지로 가른 것은 조금 재미있는 분류라고 생각된다. 우리의 개념으로는 숙어류에 해당하는 것을 그렇게 다루고 있다. '노래 잘하는 여자'의 뜻으로 쓰이는 '꾀꼴새'라는 낱말은 단어로 된 표현적 어휘라 하였고, "강철의 땅", "천리마의 고향", "무릎을 마주하다" 같은 것을 결합으로 된 표현적 어휘라 했으며 "대중은 선생이다", "훈련에서 땀을 많이 흘리면 전투에서 피를 적게 흘린다" 같은 시사성 속담류를 문장으로 된 표현적 어휘라고 하였다. 이 부류에는 심지어 "해와 달이 다하도록 모시렵니다.", "하늘 땅의 끝까지 따르렵니다", "석탄은 공업의 식량이다"같은 것까지를 예로 삼고 있다. 북한 사회의 분위기를 단적으로 보여주는 예라 하겠다.

셋.

2장 어휘정리에서는 그 목적이 민족어의 주체적 발전을 보장하기 위한 것임을 분명히 하고 그 이유를 다음과 같이 과거의 역사적 조건과 남한의 언어 사정에 돌리고 있다.

> 봉건통치배들의 사대주의적 후과와 일본제국주의자들의 악독한 민족어 말살 정책으로 말미암아 조선어 어휘 구성에는 한자말과 외래어가 많이 들어왔으며 그것이 단어 체계의 정상적인 발전에 부정적인 영향을 미치게 되었다. 또한 오늘 미제의 남조선 강점으로 말미암아 남조선에서 언어의 다른 분야와 함께 어휘 구성이 잡탕화되고 있다.(55면)

따라서 어휘정리는 정리와 보급과 통제를 기본내용으로 하는데 이때에 정리는 '말다듬기'를 의미하는 것이며, 말을 다듬어 놓기만 한다고 해서 일이 끝나는 것이 아니라 고친 것이 실지 언어생활에서 활발하게 사용되어 단어 체계 안에 완전히 고착되도록 하는 보급과 통제 방안도 어휘정리 사업임을 강조한다.

어휘정리는 '버리기'와 '다듬기'라는 두 가지 방향으로 진행된다. '버리기'는 두말할 것도 없이 쓸데없는 한자어나 외래어인데 버리기의 대상으로 선정된 어휘는 문화어의 뜻풀이사전에 오르지 않았다는 점이 주목된다. 하나의 언어 사회가 필요로 하지 않는 어휘는 사전에 등재되느냐 안 되느냐와 관계없이 자연스럽게 소멸하여 사어死語가 되는 것이며, 그것이 사전에 등재되어 있으면 일종의 역사어로서의 증거가 되는 것인데 이것을 의도적으로 사전에서 제외시킨다고 하는 것은 북한 사회에서 사전의 기능이 순전히 사상성을 강화하기 위한 실용 위주임을 알려 주는 것이다.

'다듬기'는 다음 네 가지 방식으로 진행된다.

① 바꿔고치기
② 찾아고치기

③ 살려고치기
④ 만들어고치기

'바꿔고치기'는 고유어와 꼭같은 한자어나 외래어가 함께 사용될 경우에 외래적인 어휘를 버리고 고유어만 사용하기로 결정하는 작업이다. 한자어 '하복'夏服을 '여름옷'으로 바꾸는 것이 이 부류에 속한다. 그러나 이 작업도 뜻폭 관계와 단어들의 결합 관계를 고려하여야 하므로 함부로 바꿔치기만 능사로 삼지 않아야 한다고 하는 조건을 붙이고 있다. 가령 '화단'花壇은 '꽃밭'에 대치될 수 있으나 '화단'의 함축 의미에는 '사람이 일정하게 가꾸어 도도독하게 단을 만든 꽃밭'이며 '꽃밭'은 자연 상태로 꽃이 핀 벌판까지도 포함하므로 결국 두 낱말은 모두 살려야 한다고 말한다. 또 '일기'日氣는 '날씨'로 바꿀 수는 있지만 '일기예보'를 '날씨예보'로 바꾸면 이상하다는 관점에서 두 낱말을 다 살려야 한다고 말한다. 이런 식으로 조건을 붙이다 보면 '바꿔고치기' 작업에서 실제로 없어지는 한자어와 외래어는 그 수가 매우 제한될 것으로 보인다. '찾아고치기'는 묻혀 있는 말이나 방언에서 좋은 고유어를 찾아내어 외래적인 어휘에 대치하는 작업이다. '표면'表面이라는 한자어 대신에 '거층'이라는 방언을 이용하여 '외용약'外用藥을 '거층약'으로 고치며 '따발'이라는 방언을 이용하여 '따발굴'나선형 터널이라는 낱말을 만드는 따위이다. 묻혀있는 말과 방언을 활성화함으로써 문화어 어휘에 고유어를 보충하는 작업이라고 한다.

'살려고치기'는 과거에 잘 쓰이던 말이지만 지금은 거의 옛말로 취급되는 것을 다시 살려내어 다듬은 작업이다. '다음차례'라는 뜻의 '버금'

을 살려내어 '부돌기'副突起라는 의학 용어를 '버금도드리'로 고치는 따위를 가리킨다. '찾아고치기'가 방언의 활성화라고 한다면 '살려고치기'는 옛말의 활성화라고 할 수 있다.

'만들어 고치기'는 '말다듬기'의 가장 적극적인 창조 과정으로서 한자어나 외래어를, 고유어를 바탕으로 하는 새로운 낱말로 대치하는 작업을 가리킨다. 이때에 한자어가 단순히 축자역逐字譯의 과정을 통하여 바뀌는 것이 아님을 강조하고 있다. 가령 '소염제'消炎劑는 '염증없앰약'으로 바꾸는 것이 아니라 간단히 '염증약'으로 다듬는 것이며 '강우량'降雨量을 '비내림량'으로 바꾸는 것이 아니라 그냥 '비량'으로 다듬는다는 것이다. 남한에서 일반화된 '맹장'盲腸은 '군벨'로 다듬어졌는데, 이것은 의학용어 '충양돌기'蟲樣突起의 축자역 '벌레모양도드리'보단 간단할 뿐 아니라 많은 사람들이 잘 쓰는 말이기 때문에 문화어의 자격을 갖춘 파악있는 말이라는 것이다.

이렇게 다듬은 말은 교육기관과 출판 보도물을 통하여 보급하는 방법으로 사회에 확산시키면서 국가 기관의 강한 통제가 수반되어야 한다고 말하고 있다. 물론 이러한 주장은 모두 김일성의 교시 내용에 근거를 두고 있다, 정치지도자의 한마디가 금과옥조로 존중되는 가운데 그 내용을 해설하는 것이 학자들의 맡은 일인 것처럼 보이는 것은 말다듬기 분야를 담당한 어휘론 내지 국어학분야가 더욱 두드러진 것으로 생각된다. 그런 중에도 천만다행스러운 것은 이 말다듬기 사업이 욕망만 가지고 무슨 천리마 운동처럼 강행한다고 해서 성공을 거두는 것이 아니라고 하는 자각이 있다는 점이다. 역시 김일성 교시 내용을 옮겨보자.

> 이 사업은 전체 인민의 일상적인 언어 생활과 관련되어 있는 것만큼 주관적 욕망만 가지고 깜빠니아적으로 해서는 절대로 안 됩니다. 한자말이나 외래어를 단번에 많이 고치려고 하지 말고 하나하나 고쳐나가야 하겠습니다. 먼저 우리가 늘 쓰는 말부터 바로잡아야 하겠습니다.
> (77～78면, '주체사상에 대하여'에서 인용)

이 장을 끝내면서 저자들은 북한에서 진행되는 어휘정리의 특성을 ① 당과 국가의 정책이라는 점, ② 과학적 예견성이 있다는 점 ③ 전면성과 철저성이 있다는 점을 꼽으면서 다음같이 마무리 짓고 있다.

> 역사상 처음으로 우리나라에서 진행되고 있는 어휘정리의 특성은 무엇보다도 당과 국가가 어휘정리 문제를 가장 중요한 언어 정책의 하나로 내세우고 힘있게 밀고 나가고 있는데 있다.(80면)

민족의 통일성을 회복하고자 하는 현시점에서 남북간의 단절이 오래되면 될수록 북한의 이와 같은 언어 정책은 우리 남한과의 언어상의 이질화를 촉진할 것임에 틀림없다.

넷.

3장에서는 단어만들기와 이름짓기의 두 가지 항목을 다루고 있다.

순수하게 새말을 만들어야 할 경우와 앞에서 논의한 만들어 고치기의 경우에 어떤 원칙과 방법을 동원할 것인가를 검토한 것이 단어만들기에서 다룬 내용이며 사람 이름, 고장 이름, 품종 이름을 새로 짓거나 만들어 고칠 경우의 문제를 다룬 것이 이름짓기의 내용이다. 여기에 일관된 원칙은 고유어를 적극 활용한다는 것, 그러자면 단어만들기에 이용되는 실마리를 바로 잡는 일, 단어 만드는 감새재료 즉 말뿌리語根와 덧붙이接辭를 적절하게 활용하는 일 및 다듬은 말에 민족적 특성과 명확성이 책에서는 '파악성' 이란 용어를 쓰고 있다을 밝히는 일 등이 필요함을 예를 들어 설명하고 있다.

그런데 이름짓기 분야에 이르러 대단히 흥미있는 모순점이 발견된다. 그것은 민족적 특성을 살리고 주체사상을 나타내기 위하여 그토록 힘주어 강조한 고유어의 발굴과 활용이 당성과 사회주의 사상성을 강조하는 면과 맞부딪칠 때에는 사상성을 높이는 한자어에 민족적 특성을 반영한 고유어가 맥을 못추고 밀려난다는 점이다. 이런 현상은 고장 이름 짓기에서 특별히 두드러지게 나타나는데 그 이유는 "위대한 수령 김일성 동지의 현명한 령도 밑에 끝없이 륭성 번영하는 우리나라의 약동하는 면모들이 새 고장 이름에 뚜렷이 반영되어야"(117면) 하기 때문이다. 조금만 더 인용해 보기로 하자.

> 위대한 수령님의 현지 지도의 따뜻한 손길 아래 꽃피어난 새 마을, 어버이 수령님의 사랑과 보살피심 속에서 새로 일떠선 거리들과 행복한 새 생활을 누리는 고장마다에 경애하는 수령님의 크나큰 은덕과 뜨거운 사랑을 담아 새 이름들을 지어 천만대를 두고 길이길이 자랑스럽게 불리여지도록 하여야 한다. 〈은덕동, 꽃핀동, 새마을, 비단섬, 락원거리〉 같은 고장이름들은 이러한 요구를 잘 나타낸 이름들이다.(117면)

이와 같은 지명 변개의 결과, 북한에는 오랜 역사적 유래와 유서를 나타내던 고장 이름들이 사라지게 되었다, 지나간 시대의 역사적 유물이나 유적 같은 것은 그것이 아무리 부끄러운 역사적 사실을 나타내는 것이라 하여도 그 자체로서 주요한 의미를 지니는 것인데 그것을 없애 버린다고 하는 것은 역사를 말살하고 부정하는 것과 다름이 없다. 흙구뎅이 막집으로 이루어진 금 캐던 고장의 이름 '토막동'이 오늘날 '금바위'라는 새 이름으로 불리고 있다고 하는데, 이렇게 이름만 바꾼다고 하여 가난하던 지난날의 생활 인상이 과연 말끔히 가셔지는 것인지 의심되지 않을 수 없다. 치욕의 역사이건 수난의 역사이건 우리와 우리 조상의 역사라면 그것은 있는 그대로가 중요한 것이며, 우리가 그것을 어떻게 바라보고 해석하느냐가 문제이겠는데 그런 것을 반영하는 지명이 당성, 노동계급성을 표현하기 위해 사라져간다는 것은 실로 안타깝기 그지없다.

다섯.

4장 어휘 규범에서는 북한 언어의 기준이 되는 언어의 조건에 대하여 언급하고 있다. 우리가 표준어라고 부르는 것을 가리켜 '문화어'라는 명칭으로 부르면서 그 문화어에 반드시 갖추어야 할 조건들이 논의된다. 우리의 개념으로는 '표준어론'이라 할 수 있는 부분이다.

그 조건들은 다음 세 가지로 요약된다.

1) 규범적인 어휘는 당성과 노동계급성이 지켜져야 한다.
2) 규범적인 어휘는 민족적 특성이 지켜져야 한다.
3) 규범적인 어휘는 언어사용의 통일성이 보장되어야 한다.

이와 같은 규범적인 어휘의 확립을 위해 '인민 대중의 창조적 지혜에 의거한 사회 운동'과 '국가 사회의 강력한 통제'가 요구됨을 역설하고 그 구체적인 실현을 위하여 1) 문화어 사전을 편찬하여 이용할 것, 2) 표준으로 삼을 우리말 초안을 작성하여 이용할 것을 주장하고 있다. 여기에서 우리는 '문화어 사전'의 개념을 분명히 알아둘 필요가 있다. 이것은 일반 뜻풀이 사전과는 구별되는 사전이다. 이 사전은 어휘 규범을 정확히 반영하여 일반 백성들이 어휘를 올바로 쓰도록 유도하는 사전이다. 여기에 등재된 어휘만으로만 말한다면 가장 모범적인 문화어를 사용하는 것이 될 것이다. 북한에서 추구하는 가장 이상적인 어휘의 전형들을 보이는 것이라 하겠다. 이 어휘 규범을 바로 지키기 위한 방법으로 학교 교육, 출판 보도, 과학 기술, 문학 예술 등 각 분야에서 적극적으로 노력할 것을 재삼 강조하는 것도 잊지 않았다.

이 책을 읽으면서 싫증도 내지 않고 비슷비슷한 내용을 거듭 서술하는 저자들의 논조에 편자 역시 인내롭게 버티는 버릇을 길들였다.

5장 학술용어에서는 앞서 3장에서 논의한 단어만들기의 작업 과정을 학술용어의 경우에 국한시켜 논의하고 있다. '말다듬기'의 기본 원칙은 일반어의 경우와 다르지 않으나 학술용어이기 때문에 특별히 지켜야 할 특성들이 따로 있음을 검토한다. 즉 학술용어는 다음 네 가지 점에서 일반어와 다름을 밝힌다.

1) 학술용어의 어휘론적 특징은 간결한 것이다(간결성).
2) 학술용어의 의미론적 특성은 뜻 내용이 정밀한 것이다(정밀성).
3) 학술용어의 만들기 특성은 비교적 유형화된 붙이법(접사에 의한 파생법), 합침법(복합법), 뜻갈림법(의미의 특수화)을 쓴다(유형성).
4) 학술용어는 일정한 체계를 유지한다(체계성).

이상 네 가지 학술용어의 특성을 살려서 말을 다듬으면 어떤 결과가 나올 것인가? 체계성에서 제시한 예를 하나만 들기로 한다. 자연 과학 용어 '엉기기'가 어떤 체계를 갖는가를 보이는 것이다.

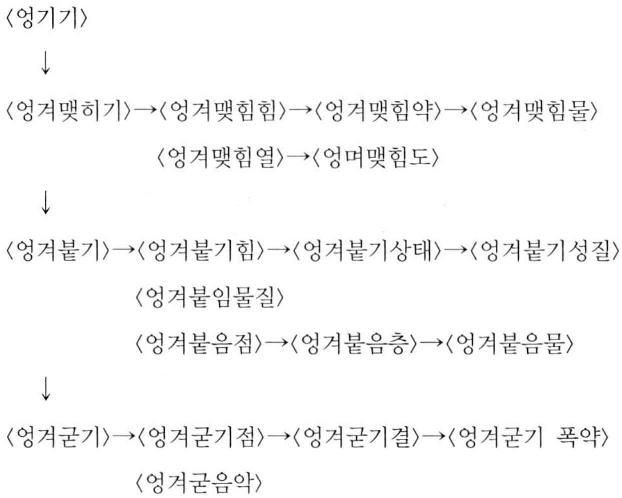

이러한 말다듬기는 결과적으로 2음절 내지 3음절로 된 한자 용어를 4음절 내지 5음절로 된 고유어와 한자어의 복합어로 만들었다. 음절 수가 약간 늘어난 것은 부득이한 일일 것이다. 그 반면에 분명히 쉬운

표현으로 바뀌었다는 이점을 얻었다.

그 외에도 이 장에서 학술용어의 기능에 대해 언급하고 있으나 특별히 주목할 내용은 없다.

여섯.

이상으로 최완호·문호영 공저『조선어 어휘론 연구』에 대한 개괄적인 논평을 마무리 짓는다. 원래 서평이란 평자와 저자와의 대화라는 성격을 갖는다. 대화는 의견의 주고 받음이 가능한 환경에서 일어나는 일이다. 그런데 지금 평자는 저자와 전혀 대화가 이루어지지 않는 상황에서 일방적인 소회를 피력하였다. 이 세상에서 같은 언어를 쓰는 같은 민족끼리 이런 형태의 서평이 있었을까 생각해 본다. 전에는 물론이거니와 앞으로의 세상에서도 결코 있어서는 안 될 것이다.

평자가 이 글을 마치면서 뜨거운 가슴으로 간절히 바라는 바는 가까운 장래에 진정한 의미에서의 서평이 이루어지는 것이다. 아마도 저자 최완호, 문영호 두 분은 말할 것도 없고 생각이 깊은 북한의 모든 학자들은 우리의 이러한 마음을 눈물어린 눈빛으로 환영하리라 믿는다.

이 글이 바로 그러한 염원을 푸는 첫걸음임을 평자는 믿어 의심치 않는다.

(『주시경학보』2집, 1988년 12월)

우리말을 간직하는 길

며칠 전 어떤 연수회에 참석하느라 온양溫陽에 내려간 일이 있었다. 그때 회의를 끝내고 두어 시간 여유가 생기자 나는 일행 몇 사람과 더불어 민속박물관을 찾았다. 한 시간 남짓 둘러보고 나오면서 우리는 이런 말들을 주고 받았다.

> "거기에 진열되어 있는 물건의 대부분은 우리 어릴 적에 우리들 주위에 지천으로 널려 있던 것 아니오?"
>
> "누가 아니랍니까? 그런데 그 흔하던 물건들이 이제는 박물관에나 와야 보게 되었군요!"
>
> "그러게 말입니다. 한데 참 신기해요. 그토록 하찮은 옛 물건들이 어쩌면 그렇게도 정겹고 아름답게 느껴지는지 모르겠어요?"
>
> "아니, 그것도 모르시오? 당신이 한국 사람이고 또 당신이 한국을 사랑하기 때문이지요"

그러나 나는 이런 말을 들으면서도 무언지 모르게 서운하고 허전하기만 하였다. 그때 마침 어떤 분이 이런 말을 하였다.

> "이렇게 의식주가 변해버렸으니 이제 백 년쯤 후의 민속박물관에는 우리 것이라고 내놓을 것이 무엇이 있을까요?"

그제서야 나는 내가 왜 서운하고 허전한 감정의 찌꺼기를 삭이지 못하고 있었는지를 깨달았다. 그리고 마치 준비하고나 있었던 것처럼 이렇게 말을 하였다.

> "있지요, 형체가 있는 물건은 아닙니다만 그것은 아마 한국말일 것입니다."

온 세상이 커다란 하나의 문화권으로 서서히 뭉쳐지고 있는 것을 보면서 성급하게 민족도 국가도 문제시할 것이 없다고 속단하는 이상주의자가 생기지는 않을 것이지만 행여 우리 한국 사람이 한국말이 아닌 다른 말을 쓰고 살아도 괜찮을 것이 아니냐고 생각할 사람이 있을 듯싶기도 하다.

그러나 이 또한 나의 부질없는 근심이라는 것을 안다. 부질없는 근심인줄 알면서도 한 마디 건네고 지나가는 까닭은 꿈에라도 그런 생각을 해서는 안 된다는 것을 못박아 두려는 뜻이 있기 때문이다.

우리는 한국 사람으로 태어나 한국 사람으로 죽고자 하기 때문에 한국말을 아름답다고 생각한다. 우리의 부모가 다른 집 부모보다 권력도 없고 지위도 낮고 돈도 잘 벌어오지 못하지만, 그 부모님을 사랑하는 것처럼 누가 뭐래도 우리는 우리의 생각을 키우고, 우리의 생각을 다듬고, 우리의 느낌을 유감없이 드러내는 우리 한국말을 아름답다고 생각한다. 어쩌면 아름답다고 하는 것은 오래된 것이고 정든 것, 그리고 너무 너무 잘 아는 것을 일컫는 말일지도 모른다. 고향산천은 나에게 있어, 오래 정들어 있고 손금을 보듯 환히 아는 곳이기 때문에 아름답지 아니한가.

주름살 투성이, 옹이진 손마디가 나무등걸처럼 티석해도 나의 할머니의 웃음 띤 얼굴과 따사로운 손길처럼 아름다운 것이 어디에 또 있을 수 있는가? 그 고향 산천의 할머니보다 더 오래 우리에게 정들어 있으면서 우리가 누구인지를 끊임없이 일깨우는 것이 바로 한국말이다. 그래서 우리는 한국말을 아름답다고 만천하에 선언한다. 이 사실을 인정하는 사람은 예외없이 한국사람뿐이라는 것을 알지만, 그렇다고 우리가 섭섭해 할 이유가 없다. 한국어의 아름다움은 한국 사람에 의해서만 증명되기 때문이다.

그러면 우리는 한국말을 아름답다고 선언하는 것으로 우리의 일이 끝나는 것인가? 절대로 그럴 수가 없다. 아름다운 것은 가꾸고 보존해야 한다. 아껴야 한다. 물건을 아낄 때에는 감추어두는 것이 하나의 방법일수 있지만 말을 아낄 때에는 되풀이 사용해야만 한다. 말은 형체가 없기 때문에 쓰임에 의해서 형체를 유지한다.

이때에 우리는 보다 효과적인 쓰임의 방법을 생각하지 않을 수 없다. 그동안 우리는 한자 문화권 속에서 우리말을 보다 깊이 아끼고 가꾸는 일에 게을렀었다. 한자어라고 해서 한국말이 아닌 것은 아니지만 그것이 서자庶子인 것만은 분명하다. 서자도 자식인 바에야 똑같이 사랑할 일이다. 그러나 그동안 우리는 적자嫡子인 고유한 한국말을 제쳐놓고 서자를 지나치게 애지중지 하였었다. 이제 우리는 웃목 구석에 쭈그리고 앉아 있는 적자를 아랫목으로 불러 들여야 하겠다. 그것은 필요 이상으로 한자를 사용하거나 한자어를 사용하는 나쁜 버릇에서 벗어나는 일이 아닌가 싶다. 엊그제 가까운 친구로부터 그의 저서 한 권을 기증받았다. 그런데 지은이 소개난을 보니 그전 같으면 약력略歷이라고 적혔을 자리에 '걸어온 길'이란 표현이 눈을 끌지 않는가? 음절 수가 좀 늘어난듯 어떠랴.

이런 태도야말로 우리 한국말을 아끼고 살리고 다듬어가는 지름길이라고 생각되었다. 돌이켜 보면 신라시대 이후 한자어에 의해 고유한 우리말은 줄곧 밀려왔다. 장마철이면 개울물이 넘쳐 흘렀기 때문에 '물넘이' '무너미' '무네미'로 부르던 마을이 일제시대에 '문암리文岩里'로 둔갑한 마을이 있다. 우리말이 이렇게 훼손되는 동안 우리 부모님들이 겪은 쓰라림은 이제 더 이상 돌이켜 생각지 말자. 그 대신 우리는 순수한 우리말, 일상적인 우리말에 더 깊은 뜻을 심어, 그것으로 우리다운 학문을 할 수 있도록 마음의 자세를 가다듬어야 할 것이다.

한때 비행기를 '날틀'이라고 부르는 것을 웃음거리로 삼은 적이 있었다. 이것은 마치 모두 갈색 눈빛깔을 가진 사람 사이에 파란 눈빛깔을 가진 사람이 외톨이로 끼어들었을 때, 색목인色目人이라 손가락질 받는 현상에 비유됨직하다.

한 사람이 유독 앞선 생각을 할 경우 그는 웃음거리가 되지만 결국 세월은 그것이 옳았다는 것을 증명하고야 만다. 이제는 적어도 '날틀' 식의 새 말이 나와도 그것을 신기한 눈으로 바라보지는 않을 만큼 우리들의 의식은 변화되었다. 그러나 아직 너도 나도 '날틀'이란 말을 만들어보겠다는 적극적인 단계에는 이르지 못했다. 그렇지만 실은 지금 당장 그러한 의식의 변화가 모든 한국 사람에게서 일어났으면 하는 마음이다.

그런 다음에야 우리는 한국말을 아름답게 발전시킬 한국의 세익스피어, 한국의 괴테를 가질 수 있을 것이기 때문이다. 우리는 삼사백 년 전의 우리말의 아름다움을 이야기할 때에 황진이와 정송강鄭松江을 기억해낸다.

그러면 현대국어의 아름다움을 말하기 위해 누구를 손꼽을 수 있는가? 가까운 것은 귀하고 아름다운 줄을 모르기 때문에 쉽게 발견할 수 없을 뿐이지 분명히 괴테나 셰익스피어에 맞설만한 현대 작가가 있을 것이라고 정말 자신있게 말할 수 있는가? 시대를 아파하지 않으면 문학이 아니라는 명분을 세우고 욕설과 익살과 비꼬임 투성이의 글은 지었으되 정말로 한국 사람의 마음과 생각과 꿈이 아름답다는 것을 밝혀내려는 문학작품은 얼마나 지었는지 우리는 진지하게 반성을 해보아야 하겠다.

이것은 굳이 문학인의 책임만은 아닐 것이다. 한국말을 공부하는 사람들이 차분하게 옛 문헌을 찾고 뒤져서 잊혀졌던 낱말을 하나라도 소중히 쓸고 닦아 사전에 끼워 넣는 일에 신명이 나야만 현대의 황진이, 현대의 정송강이 비로소 태어날 것이라고 생각되기 때문이다.

오늘날의 세상은, 아무도 알아주지 않는 일에 미련하게 세월을 허송하는 바보가 나올 것 같지는 않으니, 한국말을 연구하는 일에 신명이 나서 목숨을 바칠 사람이 적다는 것, 그것이 끝내 한탄스러울 뿐이다.

금기禁忌와 언어생활言語生活

기독교적 세계관에 의하면 인간은 하느님이 만든 피조물 가운데서 가장 심한 욕심꾸러기이다. 왜냐하면 인간은 외람되게도 자기자신을 만든 하느님이 되고자 하였으니 말이다. 이러한 욕심은 지선악과知善惡果를 따먹고 드디어는 에덴을 쫓겨난 이후에도 오늘날까지 버리지 못하는 고질적인 습성이 되어 있다. 인간은 끝을 모르는 지적知的 충족감을 채우기 위하여 부단히 탐구의 열을 올리며 또 끝을 모르는 지적 충족감을 채우기 위하여 부단히 침략하고 탈취하고 혹은 개발한다. 요컨대 인간은 만족을 모르는 동물인 듯하다. 인간의 심성 가운데 내재하는 이러한 본질적 특성이 결국 현대의 인류사회를 형성하기는 했으나 인류의 장래가 과연 보장받을 수 있는 행복을 향해 접근하여 가고 있는지 어쩐지는 지금 알 수가 없다. 아마도 하느님은 일찍이 이러한 인간의 특성을 파악하고 있었기 때문에 에덴동산에서 지선악

과만은 따먹지 말라는 금기禁忌의 명령을 내린 듯하다.

이와 같이 '금기禁忌'의 문제는 인류사회의 출발점에서부터 우리 인간과 밀접한 관계를 가지고 있는 일종의 명령, 즉 신의 부탁으로 시작된다.

우리나라 역사의 출발점에서도 금기의 모습은 발견된다. 하느님환인桓因의 아들인 환웅桓雄의 배필이 되고자 지상의 영걸英傑스런 짐승 곰과 호랑이는 "쑥과 마늘을 먹으면서 백일동안 햇빛을 보지 말라"는 금기를 지키게 되었다. 이때에 그 금기를 성실하게 이행한 곰은 인간으로 환생하여 단군을 낳고 한민족의 기틀을 다진다.

위에서 언급한 두 가지 신화는 인간이 어떻게 금기와 불가분의 관계에 있으며 또 그것은 인간이 불가지론不可知論으로 손꼽는 생명의 근원 내지 생명의 신성성神聖性과 어떻게 밀접하게 관계하고 있는가를 말하여 준다.

그러나 금기는 신성한 것에만 관련되어 있는 것은 아니다. 우리는 상대방이 도둑놈인 줄 알면 더불어 사귀기를 꺼리고 함정이 있는 숲길, 지뢰가 매설된 전투지역은 접근하기를 꺼리며, 보기 흉한 모습이나 역한 냄새 앞에서 우리는 고개를 돌린다. 이러한 사실은 금기가 접근을 회피하는 대상, 즉 위험하거나 부정한 것에 대하여서도 적용된다는 사실을 알려준다.

원래 금기는 tabu라는 폴리네시아 말로서 prohibition禁止의 뜻이었는데 이것이 민속학자들에 의하여 신성神聖과 부정不淨에 대한 금지, 기피행위로 규정規定된 것이다. 앞의 이야기를 통하여 우리는 금기의 발생근거를 확인하였거니와 요컨대 그것은 신성한 것과 부정한 것에 대한 인간의 본성적인 반응이라고 할 수 있다. 그러면 이러한 금기는 언어와 어떻게 맥락이 지어져 있는가? 태고이래 인간은 그들의 문화생활의 족적을 유형 무형간에 축적 정리하여 왔다. 유형적인 것은 오랜 세월이 흐른 뒤에 보면 흔적조차 찾을 길이 없이 되어버리기도 했으나 그런 것도 사실은 땅속 깊이 묻혀있다가 고고학적 발굴에 의해 그 모습을 가끔 드러내 준다. 한편 무형적인 것은 그 잔재를 언어속에 남긴다. 신화가 바로 그러한 선사적 일례일 것이다. 그리고 또 설화로 전설로 혹은 야담・민담으로 옛날 생활의 편린들을 우리 앞에 드러낸다. 언어야말로 인간이 지닌 가장 고귀한 무형의 문화재라고 할 수 있다. 이러한 언어재言語材는 기승전결의 결구結構가 있는 이야기로서만 존재하는 것이 아니라 한토막의 불완전한 이야기, 그리고 한마디의 문장, 더 나아가서는 낱말 하나 하나로 연면連綿히 이어져 내려온다. 결구가 있는 이야기는 문학사가들에 의해 연구되며 낱개의 단어 하나 하나는 어휘수집가, 사전편찬자들에 의하여 끊임없이 모아지고 정리된다. 그러면 한 마디 한 마디의 문장으로 전해 내려오는 것은 누구의 소관인가? 물론 그것도 언어학자들의 관심사이어야 한다. 우리는 흔히 속담俗談이라 부르는 관용어구들을 우리의 언어재산으로 소중하게 다룬다. 거기에는 만고의 진리를 비유의 기법으로 함축하고 있는 비유담比喩談 과거에 우리는 이것만을 「속담」이라 하였다도 있으며 촌철살인의 묘법妙法을 감춘 격언과 잠언이 있다. 그리고 인생사를 직접적인 교훈으로 일깨우는 경구警句도 있다. 그러나 이 모든 것들의 범위밖에 있으면서 속담의 범위 속에서 우리들의 일상생활을 규제하고 통어統御하며 은연중에 우리들의 사고를 지배하는 또 하나의 문장군文章群이 있다.

그것은 금기와 관련된 문장들이다. 우리는 이것을 금기담禁忌談이라하여 다른 부류의 문장과는 별도로 각별히 조심스럽게 다룬다. 그 까닭은 금기담이 우리들 인간생활의 족적足跡을 금기의 관점에서 추론推論할 수 있게 하는 보배로운 민속재산이기 때문이다. 오늘날에 와서는 이미 실용가치가 없어진 금기담일지라도 그것이 지금껏 구전口傳되어 왔다는 사실은 과거 어느 시기엔가 그것이 우리의 생활을 엄청난 위력으로 지배하였음을 증명하는 것이다.

언어학자들은 이 금기담을 두 개의 유형으로 분리하여 생각한다. 그 하나는 엄격한 의미에서 문장을 구성하여 전래하지는 않는 것으로 흔히 금기어라고 부르는 것이요, 다른 하나는 매우 정제整齊된 복문複文으로 구성되어 있는 본격적인 금기담이다. 전자에는 귀신명, 동물명 등 인간에게 위해危害한 대상으로 지목되는 것과 완곡어법婉曲語法을 요구하는 일련의 단어들이 포함되고 후자에는 역시 위구危懼 및 보호의 대상으로 지목指目되는 것, 인생의 행운과 관련 된 것, 그리고 생활규범에 관련된 것으로 삼대별三大別된다.

예의를 갖추어야 하는 일상생활에서 이러이러한 말單語은 입에 올리지 않아야 한다는 불문율이 있다. 거기에는 주로 인간에게 해를 입힐 가능성이 높은 무수한 귀신과 망령들의 이름이 있다. 물론 그러한 귀신과 망령의 존재를 인정하지 않는 합리적이고 과학적인 현대인들에게는 코웃음거리에 지나지 않는 것이지만 그러나 코웃음을 치는 현대인들도 굳이 좋지 않다는 것을 어기면서까지 입에 담으려 하지는 않는다. '호랑이'를 '산신령'이라 하고 '뱀'을 '업'이나 '지킴'으로 바꿔 부르고 '구데기'는 '가시, 거시' 등으로 부른다. 원래의 이름을 직접 부르면 우리가 그로 인해 더 많은 해를 입는다는 암묵적인 두려움이 있기 때문이다. 또 무서운 질병·죽음·성性 그리고 범죄에 관련된 단어들 역시 우리는 가능한 한 입에 담지 않는다. 부득이하여 그것을 언표言表해야 할 처지에는 그것을 슬쩍 다른말로 바꿔서 표현한다. 언어가 인격을 반영하는 척도이기 이전에 언어의 본질이 의사소통의 화합을 모색하는 하나의 도구이며, 동시에 인간 개개인에게 구원을 약속하는 정신적 지주支柱이기 때문이 아닌가 싶다. 금기어가 일상생활에서 비교적 잘 지켜지는 이유는 그것을 지킴으로 하여 우리가 정신적으로 안정을 얻을 수 있다는 일종의 정신요법적 기능이 있기 때문이다. 한가지 예만 더 들어보자.

불가佛家에서는 사원寺院을 도장道場이라고 쓰면서 그것을 '도량'이라고 발음한다. 만일에 '도장'이라한다면 도장屠場이라는 살생의 장소를 나타낼 수도 있으니 신성한 수도처修道處가 피비린내 나는 곳으로 오해될 수도 있지 않겠는가?

앞에서 지적한 바와 같이 금기담은 'A가 B하면 C가 D한다'와 같은 매우 정제整齊된 복문구조複文構造를 가지고 있다. 그리고 그 후반부는 모두 '망한다. 죽는다. 재수없다.' 등으로 되어 있다.

비유의 기능을 가진 속담처럼 이러한 금기담은 최근에 이르기까지 우리의 일상생활에 특히 부녀자들의 생활에 군림했던 무형의 교과서였다. 특별한 교육제도의 혜택을 받지 못하던 전근대의 서민부녀자들에게 이러 저러한 이유가 있으니 이러저러한 짓을 하면 아니된다는 식의 인과관계를 따져 가르치기 이전에 "…하면 집안이 망한다" "…하면 일찍 죽는다"하는 위협적인 언사言辭에 의한 가르침은 가위可謂 즉

효즉효效卽效가 있는 영약靈藥에 비견되었음직하다. 이제 금기담의 실례를 들어가면서 그 내용을 간략하게 검토해 보자.

○ 고사를 지내던 집에서 고사를 지내지 않으면 그 집안이 망한다
○ 제삿날 바느질 하면 조상의 혼령이 오지 않는다
○ 수박, 참외밭에서 '송장 이야기'하면 수박, 참외가 모두 썩는다.
○ 하늘에 대고 주먹질하면 벼락 맞는다.
○ 가축을 잡아 약에 쓰려고 할 때 불쌍하다는 말을 하면 효과가 없다.
○ 바다에 나가는 사람에게 잘 다녀오라고 하면 좋지 않다.
○ 집터가 나쁘면 가운이 쇠한다.
○ 남의 자식을 흉보면 제 자식도 그 아이를 닮는다.
○ 남의 집에 가서 광문을 열면 그 집의 복이 달아난다.

위에 인용한 것들은 모두 위구危懼와 보호의 대상에 관련된 것들로서 그 내용을 자세히 검토해 보면 흥미롭게도 긍정적인 면과 부정적인 면이 공존共存하고 있음을 발견한다. 그것들을 불합리하다고 일소에 붙여버리기에는 신성한 것, 귀중한 것에 대해서 가져야할 인간으로서의 경건한 자세가 너무도 강하게 우리의 의식을 압박한다. 금기담이 시간을 초월하여 현대에도 공감되는 소이所以가 여기에 있는 듯하다. 금기담은 이에 그치지 않는다. 행복을 추구하는 우리들이 모름지기 갖추어야할 생활태도의 면면들을 자상하게 지시해 주는 친절한 인도의 역할도 수행한다. 다음 예들을 살펴보자

○ 발등을 밟히면 재수가 없다.
○ 시기猜忌가 많으면 단명한다.
○ 손이나 발을 까불면 복이 달아난다.
○ 자다가 이를 갈면 팔자가 세다.
○ 동생이 형보다 먼저 장가들면 집안이 망한다.
○ 밥상 앞에서 울면 부모가 돌아간다.

위에서 전반부는 후반부를 유도하는 전제가 아니라 하더라도 여러 가지 관점에서 우리가 해서는 아니 될 것들이다.

남의 발등을 밟는 일, 시기하는 일, 형보다 먼저 장가가는 일, 고리대금을 하는 일 등은 명랑하고 질서 있는 사회에서 결코 바람직한 일이라고는 할 수 없다. 따라서 우리는 그러한 행위가 어떤 방법으로건 일어나지 않기를 바라는 심정을 갖는다. 이러한 심정이 후반부에서 명시하는 행복한 인간생활과 관계를 맺을 때, 그 금기담은 강한 설득력을 갖게 되는 것이다. 그리하여 금기담은 한걸음 더 나아가 여성들의 일상생활에서 부딪히는 자질구레한 사례에 대해서까지도 간섭하게 되었다. 엄격하게 말한다면 금기담의 전반부가 그렇게 연결 지어져야 한다는 논리적 타당성은 존재하지 않는다. 그러면서도 우리는 그 불합리를 초월하는 금기담의 당위성 앞에 겸손해지지 않을 수 없다. 왜냐하면 우리는 어린 시절, 할머니나 어머니로부터 그런 금기담을 들으며 성장하였기 때문이며 또 어느 틈엔가 그 속에서 민족의 언어적 슬기와 서민생활의 훈향薰香을 맛볼 수 있기 때문이기도 하다.

훈민정음 창제 정신

단군 할아버지 이래 반만 년을 면면히 이어 내려온 우리 민족의 역사 속에서, 문화적으로 가장 찬란한 꽃을 피웠던 시기를 한 군데만 짚어보라고 한다면, 우리는 누구나 조선왕조시대의 세종대왕 시절을 가리킬 것이고, 그 중에서도 세종 25년1443년 훈민정음이 창제된 시기를 으뜸으로 손꼽을 것이다. 훈민정음의 창제는 그만큼 우리 민족 문화사에서 가장 높이 솟은 문화적 위업이다. 신라시대에 불국사 석굴암을 지어낸 건축과 조각품이 위대하지 않다고 말할 수 없고, 고려시대 금속활자의 개발이 놀랍지 않다고 말할 수 없으며, 또 조선시대 거북선의 축조 기술이 경탄할 만한 사실이 아니라고 부정할 수도 없을 것이다. 그러나 그 어떠한 문화적 업적도 민족의 유일성을 보장하는 우리말을 담는 그릇, 곧 우리 문자인 훈민정음에 견줄 수는 없기 때문이다.

그러면 이 훈민정음이 어떻게 이 세상에 태어났는가? 그것이 지니고 있는 특성은 무엇이며 그것은 우리 민족에게 어떤 의미를 지니는 것인가? 우리는 이러한 의문들을 한데 묶어 '창제정신'이라는 말 속에 뭉뚱그려 넣고 그 내용을 차분하게 음미해 보기로 하자.

흔히 말하기를 위대한 문학 작품은 그러한 작품을 잉태할 수밖에 없었던 시대 환경과 그러한 작품을 창작한 특출한 천재와의 만남이라고 설명한다. 이러한 설명 방법에 따르면, 훈민정음은 걸출했던 전제군주 세종대왕과 그의 치세 기간에 해당되는 15세기 전반기라고 하는 우리나라 시대 조건과의 합작품이라고 설명할 수 있을 것이다. 다시 말하여, 세종대왕 같은 영특한 임금이 없었다면 훈민정음은 이 세상에 태어나지 못했을 것이요, 또 조선왕조 초기, 왕국을 건설하고 50여 년을 경과한 시기가 아니었다면 훈민정음은 세상에 태어나는 시기를 늦추거나 혹은 영영 놓쳤을 지도 모른다는 말이다.

세종이라는 한 개인의 천재성과 그 천재를 둘러싸고 있는 시대 환경과의 이 우연치 않은 만남은 우리 민족의 역사에서 우리에게 베풀어진 조물주의 특별한 은총이었던 것이다.

물론 우리는 훈민정음이 세종대왕의 개인적인 창작품이라고는 믿지 않는다. 정확하게 말한다면 훈민정음 창제에 참여했던 집현전 학사들의 공동 창작품이라고 해야 할 것이다. 그러나 임금의 권위와 언행이 천하를 주름잡던 당시의 형편에서 세종의 관심과 배려와 지도력이 아니었다면 훈민정음은 빛을 보기가 어려운 형편이었다. 따라서 훈민정음의 창제에 세종의 직접적인 참여가 다소 문제가 된다고 하더라도, 그 영예를 세종 개인의 업적으로 돌리는 것은 왕조 사회의 풍습을 존중한다는 의미에서, 그리고 동양의 전통적 겸양의 표현이라는 의미에서 충분히 인정할 만한 관습이라고 이해하여야 한다.

그러면 우리는 이제 세종 25년이라는 1440년대의 시대에 눈을 돌려 보기로 하자. '조선'이라는 새 왕조를 세운지 28년이 지난 뒤에 네 번째 임금으로 등극한 세종대왕은 그의 치세 기간이 우리 민족사에서 두 번 다시 찾아오기 힘든 절호의 문화적 발흥기임을 간파하였던 것 같다. 고려 말기에 극도로 문란했던 나라 안의 경제 형편은 할아버지 태조대왕과 아버지 태종대왕 시절에 전제 개혁을 통하여 말끔히 정리되었고, 임금의 자리를 놓고 피비린내 나는 골육간의 싸움을 벌였던 것도 부왕 시절에 깨끗하게 잊혀졌었다. 나라 밖으로는 우리나라에 가장 큰 영향을 미치는 중국 천하가 조선왕조보다 한 발 앞서 명나라를 세워 안정을 유지하고 있었다. 새로이 솟구치는 나라의 힘은 해안을 어지럽히는 왜구를 대마도까지 쫓아가서 쳐부술 만큼 기세가 있었고, 북쪽으로는 육진을 새로 다져둘 만큼 여유가 있었다. 이러한 형편에 새로운 문화 사업을 벌이지 않는다면 무엇을 할 것인가? 세종대왕이 새로운 문자 창제에 관심을 기울인 것은 너무도 당연하고 자연스런 귀결이었다.

우리는 세종의 치세 기간을 훈민정음 창제와 관련하여 대체로 세 가지 방법의 시대사적 관점에서 해석할 수 있다. 첫째는 사상사적 관점이요, 둘째는 정치사적 관점이며, 셋째는 문화사적 관점이다. 그 모두가 훈민정음이 나타날 수밖에 없는 시기였음을 입증하고 있다.

첫째, 조선왕조는 유학儒學이 지향하는 이념을 그대로 국가 건설의 기본 이념으로 삼은 나라였다. 고려말기에 불교를 지나치게 따름에 따라 빚어졌던 폐단을 씻어내고 새로운 기풍을 진작시키는 데 있어서, 중국의 송나라 이래로 학문적 깊이를 굳건히 다진 성리학은 새 왕조의 건국 이념으로서 손색이 없는 것이었다. 명나라에서 새로이 집대성한 유학의 3대 전집이라고 할 수 있는 사서대전四書大全, 오경대전五經大全, 성리대전性理大全은 세종이 임금으로 즉위하던 1419년에중국에서 간행된 지 3년 뒤에 해당함 입수되었다. 집현전 학자들이 밤을 밝히며 연구하고 토론한 것은 바로 이들 정교하게 발전한 유학의 이론서들이었다. 온 세상의 모든 현상을 하나의 원리로 설명하고자 했던 주역의 음양오행陰陽五行의 이론도 이 때에 집현전 학사들에 의하여 재검토되었고, 그것은 인간의 언어현상과 결부하여 면밀히 연구되었다. 물론 이미 그 이론에 따라 중국에서 발전한 성운학成運學이 함께 검토된 것은 두말할 필요도 없다. 그 연구는 한자음에 대한 정확한 이해를 촉구하였다. 따라서 중국에서 통용되는 표준 한자음이 어떤 것이며 우리나라 한자음의 실상이 어떤 것인지를 검토하게 하였다. 이것은 자연스럽게 우리나라 말의 성운학적 해석을 유도하게 하였다. 한편 유학이 처세의 최고 이념으로 하는 것은 예악禮樂이라는 한 마디로 요약할 수 있다. 그런데 그것은 온 나라의 백성이 일사불란한 질서를 지키며 서로 완전한 화합을 이루는 사회를 실현하는 것을 뜻한다. 예禮는 사랑과 신뢰를 바탕으로 하는 사회 질서를 나타내는 말이고, 악樂은 음악으로 표현되는 것인데 그 바탕은 너와 나, 임금과 신하, 임금과 백성, 남편과 아내 등, 서로 협조관계를 구성하는 사람들 사이에 사상과 감정상의 조화를 전제로 하는 경지를 나타내는 말이다. 이 예악 사상과 성운학의 결합은 백성들이 올바른 한자음을 배워 온 백성이 표준 발음으로 통일하고 화합할 필요성을 절감케 하였다.

둘째, 세종의 치세 기간은 앞서 말한 바와 같이 중국을 중심으로 한 동양의 국제정세가 모처럼의 안정과 평화를 유지하던 때였다. 그러나 고려 후반기는 원나라의 지배 밑에서 내정의 간섭을 받았었다. 원나라 공주를 역대의 임금이 왕비로 맞이 했어야 하기도 하였다. 이러한 굴욕적 외교 관계를 돌이켜 보지 않을 수 없었던 세종은 대외관계에서 어떻게 민족 자주 노선을 확립할 것인가에 깊은 배려를 했을 것이다. 명나라와의 관계에 있어서도 명분상의 사대事大를 하기는 하였으나 민족주의의 숨은 기치를 가꾸고자 하였을 것이다. 그것은 민족적 자주성이 문자를 통하여서 확립된다는 사실을 상기시켰다. 이미 중국의 주변에 있는 다른 나라들은 그들 고유의 문자를 가지고 있었다. 거란은 10세기에, 당구트는 11세기에, 여진은 12세기에, 몽고는 13세기에, 월남은 14세기에 각기 자기 민족의 고유 문자를 만들어 가지고 있었다. 우리 민족이 우리의 언어 실정에 맞는 문자가 없다는 것은 그야말로 자주적인 민족국가의 체면에 관계되는 것이었다. 비록 국제 문자의 기능을 하는 한자를 일상생활이나 외교 관계에서 사용한다고 할지라도, 고유한 문자를 보유하고 있다는 것과 그것이 없다는 것과는 현격한 차이가 있는 것이었다. 그 당시의 모든 주변 국가들이 민족적 자주성을 선언하는 방편으로 고유 문자의 보유는 필수적이었다. 세종이 국제 정세를 판단하는 안목이 높았으리라는 것은 의심할 여지가 없다. 이러한 대외적인 정세뿐만 아니라 대내적으로도 백성들을 위한 조치가 요구되고 있었다. 세종대에 이르기까지 진정으로 백성들의 복지를 위하여 노심초사한 군왕이 몇이나 있었는가를 생각해 보면, 세종이 백성들을 위하여 무엇을 할 것인가를 궁리할 때에 백성의 문자, 즉 우리나라 언어 체계에 꼭 맞는 문자를 염두에 떠올리지 않을 수 없었을 것이다. 요컨대 민족주의 및 민본주의의 표상으로서 고유문자 훈민정음은 이 시기에 이르러 이 세상에 빛을 보게 되어 있었던 것이다. 그 문자의 명칭에 '훈민訓民'이라는 표현을 명시한 점도 우리는 주목하여야 한다. 훈민정음 서문에도 나타나 있는 바와 같이 대다수의 일반 백성은 문화생활을 영위하지 못하는 '어린 백성어리석은 백성' 곧 우민愚民이었다. 나라의 힘이 백성들의 저력에 기초한다는 것을 알고 있었던 세종으로서는 백성들이 자신의 의견을 자유롭게 표현할 수 있는 자신감과 능력을 키워 주어야 한다고 믿었을 것이다. 그것은 고려조 이래 위정자들군왕을 비롯한 사대부 관료들의 커다란 관심사였다. '훈민'이란 용어는 사실 세종대왕 시절에 새삼스럽게 논의된 문제가 아니었다. 그것은 현대의 개념으로는 '국민 의식의 계발'을 뜻하는 것으로서 평이한 문자를 창제함으로써 실효를 거둘 수가 있었던 것이다.

셋째, 이미 국제화의 조짐을 보이기 시작한 15세기 초엽에 그러한 국제화 사회에 적응하려면 당시 세계의 중심인 중국 명나라를 비롯하여 인근에 있는 다른 나라에 대하여서도 깊이 이해하고 서로 교통하여야 하였다. 그러려면 그들 나라의 언어를 이해하는 것은 필수적인 선결 조건이었다. 언어의 습득이 문화 이해의 첫걸음임은 삼척동자라도 다 아는 사실이다. 그래서 만일 우리의 고유한 문자가 있어서 ㉮우리말을 바르게 적고 ㉯중국의 표준 한자음도 바르게 적으며 우리나라 한자음도 정리하고 ㉰인근에 있는 다른 나라 말도 바르게 적어서 그 말을 배우는 데 길잡이가 된다면 하나의 문자가 세 가지 기능을 동시에 수행하는 일석삼조의 이득을 가지게 될 것이 아닌가? 다시 말하여, 새로이 탄생할 문자는 한국 사람을 주인으로 하여 당시 동양세계 전체를 감싸는 국제 음성기호의 역할을 담당하는 것이었다. 실제로 훈민정음은 이 역할을 성공적으로 수행하였다. 우리말을 완벽하게 적는 것은 말할 것도 없고 중국어를 배우는 데 있어서 표준음과 속음을 표기하는 수단으로 훈민정음은 놀라우리만큼 완벽한 표기 수단이 되었다. 또한 중국어 이외에도 몽고어, 왜어, 여진어를 표기하는 데 조금도 불편함이 없었다. 그 당시 사역원司譯院의 모든 외국어 교과서가 훈민정음의 창제로 인하여 얼마나 간편하고도 효과적인 편집을 할 수 있었는가를 거듭하여 말할 필요조차 없을 것이다.

이와 같이 훈민정음은 사상적 학문적 시대 배경이 부추기고 국제적 정치적 시대 상황이 요구하였으며 사회적 문화적 요구가 모두 맞아떨어진 열매이었다. 따라서 훈민정음에는 새로운 국가 질서와 국민의 화합을 염원하는 예악禮樂사상이 바탕에 깔려 있다. 그리고 국제적으로 민족적 자긍심을 발현하는 민족 자주의 정신이 들어 있고, 동시에 온 백성의 교양을 높이고 사회참여 의식을 고취한다는 민본주의의 이상이 감추어져 있다. 더 나아가 세계의 모든 언어를 표기함으로써 국제화 시대에 대처한다는 문화 의식도 갖추고 있다.

그러나 이토록 아름답고 숭고한 이상을 지니고 창제된 훈민정음이기는 하지만 세종대왕 당시에는 꿈도 꾸지 못한 하나의 제약이 있었다. 그것은 이 훈민정음이 기존의 한자 문화, 한자 생활을 부정하고 폐기하자는 생각은 감히 상상도 못했다는 점이다. 그 당시 문화적 특권을 누리는 양반사회의 기존 질서와 기존 체제를 보다 완전하게 보존하고 도와 주기 위한, 어디까지나 보조 문자로서만 그 존재 가치가 인정되었다. 이와 같은 사실은 세종이 훈민정음을 창제한 후에 단 한번도 한자 사용을 유보하고 훈민정음만으로 문자 생활을 영위하자고 하는 생각을, 혹은 그런 발언을 누가 한 적이 있는가를 조사하여 보자. 용비어천가와 월인천강지곡이 간행되고 석보상절이며 허다한 불경언해가 세상에 나왔지만, 그것은 한자와의 공존 내지는 한자의 우선권을 인정하는 범위 내의 작업이었다. 이러한 형편은 19세기 말, 개화 계몽의 의식이 싹트고 새롭게 민족주의가 논의되기 시작하는 개화기가 되기까지 일관된 것이었다. 이것은 어찌 보면 당연한 것인지도 모른다. 세종대왕이 오늘날과 같은 민주주의 의식을 가지고 5년 동안만 임금 노릇을 하고 다른 사람에게 임금 자리를 양보할 생각을 하지 않았듯이, 훈민정음은 그 당시 어디까지나 한자 문화의 영광을 떠받치는 충실한 보조자에 지나지 않았다.

오늘날 우리가 훈민정음을 아끼고 사랑하면서 그것만으로 문자 생활을 영위하고자 하는 것은, 훈민정음이 새 역사를 맞아 새롭게 태어나는 문화적 재탄생이다. 우리가 그 이름을 '한글'로 고쳐 부르는 이유는 그것이 이미 '훈민'이라는 낡은 봉건적 국민계몽의 기능에서 벗어났기 때문이다. 그렇다고 하여 예악 사상을 만족시키는 기본 이념이 없어진 것은 아니다. 그것은 새로운 시대의 조명을 받고 더욱 확대 심화된 개념으로 수용된다고 보아야 한다. 15세기의 조선왕조와 21세기의 대한민국이 국제적으로 서 있는 자리가 다르듯이 한글도 이제는 세계 속의 한글로서 민족주의의 이상을 실현하고 진정한 의미에서 민본주의만이 존재하는 민주사회의 문자로서 한자가 지녔던 과거의 영광을 조용하게 그러면서도 당당하게 인수받아야 할 것이다. 그러기 위하여 우리가 할 수 있는 일은 우리들 앞에 산적해 있다. 전통문화 유산이 대부분 한자로 보존되어 있기 때문이다. 결국 우리가 세종대왕의 훈민정음 창제 정신을 계승하는 길은 새로운 시각에서 한글을 국제적인 문화 문자로 끌어올리는 다각적인 노력뿐임을 새삼스럽게 깨닫는다.

초판서문

야구나 축구를 하는 운동 경기장에는 선수들도 아니면서 선수들 꽁무니를 따라다니며 공이나 주워주고 잔심부름이나 하는 조무래기 꼬마들이 있다. 그들은 미래의 어느 날엔가 이름난 선수가 되리라는 꿈을 안고 열심히 뛰어다니며 공을 주워 나른다.

나는 가끔 내가 '국어'라는 운동장에서 '국어학'이라는 공을 주워 나른 그 조무래기 꼬마라는 생각을 한다. 육십 년을 넘게 살아오면서 나는 그 '국어'라는 운동장에서 사십여 년을 보냈지만 한 번도 그 운동장을 벗어나겠다고 생각해 본 적이 없다. 이름난 선수들은 나 보기를 별 재주도 없는 꼬마 녀석으로 치부했겠으나, 나는 그런 것에는 아랑곳하지 않고 제멋에 겨워 그분들을 따라다녔다. 육십 년의 인생 노정에는 번민도 많았고 회한도 없지 않았지만 그 운동장에 들어가 공이나 주우며 뛰어다닐 때에는 세상이 그렇게 즐거울 수가 없었다.

그렁저렁 세월이 흘러 나보고 환갑노인이라고 한다. 그 운동장에서도 이제는 거치적거려 더 이상 공 주워오는 일도 달갑게 여길 것 같지 않다. 그러나 남이야 뭐래건 나는 몇 년 더 그 운동장 한켠 구석에서 어슬렁거릴 심산인데, 그러자니 '그동안 내가 주워 나른 공이 이만큼은 되지 않습니까.'하고 사람들에게 내보일 것을 마련해야 할 형편이 되었다.

여기에 실린 글들은 이러한 사정으로 모아 놓은 조무래기 꼬마의 주은 공들이다. 이름난 선수들에게는 요긴치 않은 잡동사니겠지만 나처럼 제멋에 겨워 운동장을 어슬렁거릴 다음 세대의 선수 지망생이나 구경꾼들에는 이 운동장에 들어오는 요령을 터득하는 데 약간의 도움이 될지 모르겠다.

이러한 잡동사니 주은 공들도 가지런히 늘어놓고 보니 꿰어놓은 구슬인 양 그럴듯해 보인다. 이렇게 어엿한 책의 모습을 갖추게 된 것은 순전히 출판사 여러분들과 내 연구실에서 학연을 맺은 젊은이들의 수고 덕분이다. 이 서문 끝에 한 줄을 적어 내 고마움의 만분의 일이나마 전하고 싶다.

1998년 5월 구기동 서실에서

심재기 적음

저자 심재기沈在箕

인천 출생
서울대학교 국어국문학과 졸업
서울대학교 대학원 문학석사 · 문학박사
서울대학교 국어국문학과 교수 역임
전 국립국어원 원장
현 서울대학교 명예교수

대표논저 국어 어휘론(國語語彙論)
국어 의미론(國語意味論)(공저)
국어 어휘론신강(國語語彙論新講)
국어 문체발달사(國語文體發達史)

수 필 집 사랑과 은총의 세월
막내딸의 혼인날

한국어, 우리말 우리글 2 - 우리말 바로쓰기

초판인쇄 2009년 6월 9일
초판발행 2009년 6월 18일

저자 심재기
발행 제이앤씨
등록 제7-220호

주소 서울특별시 도봉구 창동 624-1 현대홈시티 102-1206
전화 (02)992-3253(대)
팩스 (02)991-1285
전자우편 jncbook@hanmail.net
홈페이지 http://www.jncbook.co.kr
책임편집 김연수

ISBN 978-89-5668-721-6 93810 **정가** 14,000원